Un sentiment plus fort que la trahison

Du même auteur
aux Éditions J'ai lu

Comment conquérir son épouse
N° 10137

Ashley
MARCH

Un sentiment plus fort que la trahison

Traduit de l'anglais (États-Unis)
par Catherine Berthet

J'ai lu

AVENTURES
& PASSIONS

Vous souhaitez être informé en avant-première
de nos programmes, nos coups de cœur ou encore
de l'actualité de notre site *J'ai lu pour elle* ?

Abonnez-vous à notre *Newsletter* en vous connectant
sur **www.jailu.com**

Retrouvez-nous également sur Facebook
pour avoir des informations exclusives :
www.facebook/jailu.pourelle

Titre original
ROMANCING THE COUNTESS

Éditeur original
Signet Eclipse published by New American Library,
a division of Penguin Group
(USA) INC., New York

À Luke qui, après avoir fait le sacrifice de lire
pour la première fois un roman d'amour,
est devenu mon supporter numéro un.
Et merci aussi de t'être occupé du ménage,
de la cuisine, et des enfants.
Si tu ne le savais pas déjà,
je suis ta plus grande admiratrice.

1

Londres, avril 1849

Comme presque chaque soir, couchée dans son lit, Leah contemplait les ombres dansantes que les flammes dans la cheminée projetaient sur le baldaquin. La pluie et le vent secouaient les carreaux, brisant le silence ouaté qui enveloppait d'ordinaire la maison.

Un éclair illumina la chambre et, l'espace d'un instant, elle vit les fleurs argentées qui ornaient le ciel de lit. Même si la pièce avait été plongée dans l'obscurité, elle n'aurait eu aucun mal à décrire chaque détail de l'imposant lit rococo. Les montants en acajou avec leurs corniches tarabiscotées ; les motifs entrelacés sur les tentures de velours sombre ; les pieds en forme de tête de lion, et le dôme qui surmontait le tout. Il y eut un nouvel éclair et Leah retint son souffle, anticipant le grondement du tonnerre qui n'allait pas manquer de suivre.

Elle songea aux femmes qui avaient dormi là avant elle : la mère de son mari, sa grand-mère. Avaient-elles, elles aussi, fixé si longtemps le ciel de lit qu'elles avaient rêvé de ses rubans brodés, de ses guirlandes sculptées, de ses volants argentés que les ombres obscurcissaient ? Tandis que les heures succédaient aux heures, avaient-elles imaginé qu'elles pouvaient compter chaque point, oubliant leur nombre quand un bruit brisait soudain le silence au rez-de-chaussée de la maison ?

Le cœur battant, Leah attendit que le bruit se transforme en pas dans l'escalier, attendit de reconnaître la démarche régulière et assurée de Ian. Quelle idiote elle avait été, autrefois, d'admirer sa façon de marcher – ainsi que son sourire désinvolte, les reflets dans ses cheveux blondis par le soleil… et tout le reste. Et elle l'était encore davantage aujourd'hui de redouter qu'il n'entre, alors même qu'elle savait qu'il ne protesterait pas lorsqu'elle prétexterait une migraine pour le renvoyer. Peut-être même se réjouirait-il de ce répit.

Alors que le bruit de pas se rapprochait, elle demeura au milieu du lit. Ni à gauche ni à droite, mais pile au centre, comme si cela pouvait retarder le moment où il se pencherait pour lui caresser les seins, en époux attentionné accomplissant son devoir conjugal. Il aurait au moins pu lui épargner cela.

Les pas retentirent dans le corridor. Leah poussa un long soupir de soulagement. Ce n'était pas son mari, la démarche était trop précipitée, les pas menus. Son regard passa de la porte au ciel de lit, ses doigts crispés sur la courtepointe se détendirent, et elle se remit à compter les points.

Un, deux, trois, quatre…

— Madame ?

C'était la voix de la gouvernante, dans l'antichambre. Leah reporta les yeux vers la porte.

— Madame George ? Désolée de vous déranger…

— Non, non. Pas du tout.

Leah repoussa drap et couverture et se leva, trop heureuse d'avoir un prétexte pour sortir du lit. Elle ouvrit la porte, fit signe à Mme Kemble d'entrer, et se figea en découvrant son visage. L'expression éternellement enjouée de la domestique avait fait place à une mine lugubre. Ses rides semblaient s'être creusées, elle se mordait la lèvre, et ses mains croisées au niveau de la taille tremblaient.

— Madame, je suis désolée. Il y a… il y a eu un accident.

Leah battit des paupières. Les lèvres de la gouvernante semblaient bouger très lentement, comme si chaque syllabe luttait pour s'échapper.

— Un accident ? répéta Leah.

Et alors qu'elle prononçait ces mots, elle sut qu'il était mort.

— Oui. M. George…

Elles se dévisagèrent durant un temps infini. Suffisamment pour compter une bonne centaine de points dans le ciel de lit, évalua Leah.

Elle finit par prononcer les mots. Ce n'était pas une question, mais une simple constatation.

— Il est mort.

Mme Kemble hocha la tête en frémissant.

— Oh, mon petit, je suis tellement navrée ! Si je peux faire quoi que ce soit…

Mort. Ian, son mari, était mort. Plus jamais elle ne resterait éveillée la nuit, attendant qu'il rentre après s'être arraché aux bras de sa maîtresse. Plus jamais elle ne guetterait son pas, ne compterait les points de broderie dans le ciel de lit, ne subirait ses étreintes sensuelles.

Il était parti.

Et Leah, qui s'était juré de ne plus jamais pleurer à cause de lui, tomba à genoux en agrippant la jupe de la gouvernante, et éclata en sanglots.

— La tour prend la reine. Échec au roi.

Sebastian hocha la tête et considéra les ombres que le feu projetait sur ce qui restait de sa petite armée d'ivoire. Il fit glisser un pion sur l'échiquier.

Son frère grommela un juron et plaça son fou près de son roi.

— Échec et mat. Bon sang, Sebastian, cela fait quatre fois de suite ! Tu te rends compte que tu n'as pas cessé de perdre ?

Sebastian haussa un sourcil, l'air détaché.

— Oui. Je pensais que cela te ferait plaisir.

James ramassa les pions qui restaient, et les disposa de nouveau sur l'échiquier.

— Ce qui me ferait plaisir, c'est que tu changes de rôle, et que tu cesses d'être un amoureux transi. Tu pourrais au moins faire un effort, et condescendre à remarquer ma présence. Cela ne fait qu'une demi-journée.

— Quatorze heures, précisa Sebastian en faisant rouler la reine en ivoire entre son pouce et son index.

Quatorze heures s'étaient écoulées depuis qu'Angela était partie dans leur domaine campagnard du Hampshire, mais son absence le rendait déjà fou. En trois ans de mariage, ils n'avaient été séparés que quelques nuits. Même s'ils faisaient moins l'amour depuis qu'elle était tombée malade, à l'automne dernier, Sebastian était attaché à leur petite routine domestique. Ils s'asseyaient ensemble devant le feu, et tandis qu'elle se brossait les cheveux, ils discutaient des événements de la journée. Si elle ne se sentait pas bien, ils s'embrassaient et se souhaitaient une bonne nuit, avant de se retirer dans leurs chambres respectives.

James marqua une pause.

— Quatorze heures ? Je suppose que tu as aussi compté les minutes et les secondes ?

Avec un petit sourire, Sebastian posa sa reine sur l'échiquier, et s'interdit de jeter un coup d'œil à la pendule posée sur la cheminée. Ses doigts effleurèrent la missive qu'il avait glissée sur le côté du fauteuil. Inutile de la déplier, il l'avait déjà lue une douzaine de fois et avait retenu par cœur les quelques lignes qu'Angela avait écrites.

En respirant assez fort, il pouvait même sentir le parfum qui s'en échappait. C'était la même senteur que celle qu'elle utilisait pour parfumer l'eau de son bain.

Lavande et vanille.

Des souvenirs l'enveloppèrent, doux, apaisants et excitants. Il y avait longtemps que son épouse ne tolérait plus sa présence lorsqu'elle prenait son bain, mais il se rappelait fort bien les effluves entêtants qui collaient à sa peau nue, le clapotis de l'eau contre les parois de la baignoire quand elle se cambrait sous ses caresses.

Ses doigts se crispèrent sur la lettre, cornant le papier.

James poussa un premier pion devant lui.

— Je sais que tu as des obligations au Parlement, dit-il, mais ils comprendraient si tu faisais passer la santé de ta femme avant tes devoirs politiques.

— Il le faudra bien, déclara Sebastian en déplaçant un pion à son tour. Je me rendrai dans le Hampshire dans une semaine, que la loi soit passée ou non.

Une semaine. Comparé à quatorze heures, c'était une éternité.

Mais il était impatient de faire cette surprise à Angela, qui ne les attendait, avec leur fils et lui, que dans quinze jours. Il lui apporterait sans doute aussi un cadeau. Peut-être un de ces petits épagneuls nains, pour lui tenir compagnie quand le mauvais temps l'obligeait à rester à l'intérieur. Quelque chose pour la distraire et la sortir de sa mélancolie. Car malgré toutes les attentions qu'il lui prodiguait, elle semblait parfois si seule.

Elle n'avait pas vraiment recouvré la santé après la naissance d'Henry, mais ces derniers temps, elle était de plus en plus renfermée. Quand ils étaient en ville elle continuait de jouer les hôtesses généreuses, souriant et flirtant gentiment avec leurs invités. Mais en privé, il apparaissait évident que l'air de Londres ne lui convenait pas. Sebastian le devinait à son regard triste. À la façon dont la plus légère de ses caresses la faisait tressaillir.

Il ne regrettait pas d'avoir autorisé Angela à partir à la campagne, mais rien ne pourrait l'obliger à demeurer loin d'elle toute une semaine alors qu'elle avait besoin de lui.

Sebastian considéra d'un œil morne les statuettes d'ivoire posées sur le côté de l'échiquier, combattants tombés sous les coups de l'armée d'ébène menée par James. Il déplaça son fou afin de bloquer la tour de son adversaire. Pour la première fois de la soirée, il se sentait prêt à faire un effort pour gagner.

— Je partirai peut-être dans trois jours, annonça-t-il.

James lui lança un regard entendu.

— La soirée commence à peine. Je suis sûr que dans quelques heures, tu feras préparer la voiture.

Un roulement de tonnerre fit écho au tumulte qui régnait dans le cœur de Sebastian.

— Peut-être, murmura-t-il en souriant, avant de s'emparer du cheval de son frère.

Le voyage sous la pluie serait long et difficile, mais il atteindrait Wriothesly le lendemain après-midi. Seulement quelques heures après l'arrivée d'Angela. À la perspective de la revoir…

En quelques minutes, Sebastian élimina presque toutes les pièces d'ébène, y compris un des deux fous.

— Échec au roi.

James pianota sur la table.

— Je t'ai demandé de remarquer ma présence, pas de gagner la partie.

Sebastian recula légèrement son fauteuil.

— Dépêche-toi de jouer.

— Tu pars déjà ? répliqua James avec un sourire ironique.

— Oui. Bon sang, prends ma tour, que je puisse...

Un coup fut frappé à la porte du salon.

— Entrez, cria Sebastian.

James prit tout son temps pour soulever sa reine, et la laissa en suspens un moment au-dessus de la seule tour d'ivoire qui restait sur l'échiquier.

— Monsieur, un message vient d'arriver pour vous.

Sebastian adressa un geste vague au majordome. Puis, prenant conscience de l'heure tardive, il se rembrunit et lui jeta un coup d'œil.

— Un message de qui, Wallace ?

— Un certain M. Grisby, monsieur. Je vous demande pardon. Je n'aurais pas osé interrompre votre partie, mais le messager dit que c'est très urgent.

— Un moment.

Sebastian se retourna vers la table de jeu. Sa tour avait disparu. D'un mouvement souple, il fit glisser sa reine sur l'échiquier, prenant au piège le roi de James.

— Échec et mat.

— Quelle surprise, marmonna James. Prends au moins le temps d'écouter ce que veut ce messager, avant de partir !

— Tu es un perdant très généreux.

James répondit d'un juron, et Sebastian prit le feuillet en souriant. Le papier était épais et bon marché, taché de gouttes de pluie.

— M. Grisby, dites-vous ? demanda-t-il sans lever les yeux.

— Oui, monsieur.

Sebastian déplia le document et l'orienta vers la lumière. Il déchiffra le message lentement, l'esprit occupé par Angela. Et tout à coup, les mots le frappèrent.

Lady Wriothesly…

Il lut et relut la lettre. Mais les mots refusaient de s'associer pour prendre un sens.

… identifié par les armoiries… accident… cocher blessé, l'homme et la femme tués sur le coup… les noms donnés par le cocher… lady Wriothesly… M. Ian George…

Le papier se mit à trembler sous ses yeux. Non, c'était sa main qui tremblait. La lettre…

Il avait dû dire quelque chose, car il entendit James l'appeler.

Angela était morte. Sa belle, sa douce Angela, son épouse adorée.

Et Ian était mort également. Son meilleur ami.

Ils étaient morts. Ensemble.

Des fragments de pensées se bousculèrent, s'assemblèrent, prirent forme. Hébété, Sebastian fixa la lettre, frottant l'encre du pouce. Il entendit la voix de James :

— Sebastian, que se passe-t-il ?

Puis la lettre disparut.

Une seule pensée demeura :

« Elle n'était pas si seule, en fin de compte. »

2

Êtes-vous conscient, monsieur George, que je suis une femme mariée ? Ce n'est pas un baiser qui fera chavirer mon cœur… il en faudra au moins deux.

En fait, l'amitié de Sebastian avec Ian aurait pu se résumer aux promenades qu'ils avaient faites ensemble. Il y avait eu ces premières escapades nocturnes, à Eton, lorsqu'ils allaient et venaient dans les jardins en attendant qu'apparaisse dans la chapelle la lumière qui annonçait l'arrivée du fantôme de Willie Foster. Quelques années plus tard, les excursions dans les collines, autour du domaine de Wriothesly, lorsqu'ils revenaient de Cambridge pour les vacances. Puis les promenades dans le parc au cours desquelles ils flirtaient avec les dames de la haute société, rivalisant de galanterie et de compliments pour se faire remarquer.

C'était sur l'épaule de Ian qu'il s'était appuyé pour déambuler, ivre, dans les rues de Londres, la veille de son mariage. Et c'était Ian qui avait arpenté avec lui son bureau lors de la naissance de Henry.

C'était sans doute pour cela qu'il éprouvait ce sentiment bizarre, alors qu'il accompagnait le cercueil qui contenait la dépouille de Ian. Il connaissait et avait confiance en l'homme avec qui il avait accompli toutes ces promenades ; il était plus proche de lui que son propre frère. Mais celui qui était allongé, raide, le corps brisé, dans cette boîte de chêne ciré aux poignées d'argent, n'était rien pour lui. C'était le corps d'un étranger, portant le nom d'un ami. Rien de plus.

Le trajet de l'église à la tombe fut court. Il aurait été effectué rapidement sans la foule en deuil qui formait une longue procession. Ian avait été adoré. Comme lors des funérailles d'Angela, des sanglots étouffés résonnaient dans le cortège, accompagnés de plaintes sourdes et de reniflements discrets.

Sebastian n'avait pas pleuré lors des obsèques d'Angela. Il avait attendu de se retrouver seul dans sa chambre. Il ne verserait pas de larmes pour Ian. Ni maintenant ni plus tard.

Comme le cortège funèbre approchait, de lourdes mottes de terre sombres tombèrent dans la fosse. Sebastian se tint sur le côté avec les autres quand les fossoyeurs firent descendre le cercueil drapé de noir dans la tombe. L'ultime promenade était terminée.

Sebastian tressaillit lorsque la première pelletée de terre fut jetée dans le caveau. Il fut soudain saisi de l'envie irrationnelle, et contradictoire, de sortir le cercueil de la tombe et d'arracher la pelle au bedeau pour enterrer Ian lui-même.

Comment avait-il osé l'aimer ? Oser être la dernière personne à voir le visage d'Angela ? Être auprès d'elle même dans la mort ! Elle aurait dû vieillir à ses côtés à lui, Sebastian ; sa beauté se serait fanée jusqu'à n'être plus visible qu'à travers le voile de bonté et de générosité qu'il avait toujours connu. Ils auraient eu d'autres enfants, puis des petits-enfants. Sa maladie aurait fini par…

Oui, sa maudite *maladie*.

Comme il avait été aisément trahi !

Les minutes s'égrenèrent tandis que la terre sur les côtés de la tombe continuait de tomber. Les pleurs devenaient plus distincts. Des femmes en crêpe noir et bombasin se serraient les unes contre les autres, formant un tableau lugubre dans le ciel matinal d'un bleu éclatant.

La rage de Sebastian allait crescendo. Finalement, quand la dernière pelletée de terre fut jetée, cette rage se détourna de Ian et d'Angela pour se diriger sur lui-même.

Il n'y avait pas de plus grand idiot que lui au monde. Comment avait-il pu être assez ignorant, assez confiant, pour ne rien voir, ne rien deviner ? Et maintenant, alors qu'il savait ce qu'ils avaient fait, il était encore assez niais pour les regretter.

Suivant la tradition qui s'appliquait aux femmes de la maison, Leah n'assista pas aux funérailles qui avaient lieu au village, près de Rennell House. Elle passa la plus grande partie de la journée avec la mère de Ian, s'efforçant de consoler la vicomtesse comme elle le pouvait et ne la quittant que lorsque celle-ci se rappelait une tâche ou une autre à accomplir.

Si les larmes de Leah s'étaient taries la nuit même où elle avait appris l'accident, celles de lady Rennell, en revanche, ne cessaient de couler. Les tasses de thé demeurèrent sans effet, et l'écho de ses sanglots résonna aux oreilles de Leah longtemps après que le vicomte eut escorté son épouse jusqu'à sa chambre pour la nuit.

Le lendemain matin, Leah se leva dès que les premiers rayons de soleil effleurèrent les rideaux de velours, les faisant passer du bordeaux au mauve pâle. Elle alla s'asseoir près de la fenêtre en attendant que la vicomtesse la fasse appeler. Au bout d'une heure, aucune femme de chambre n'étant venue l'aider à s'habiller, elle en déduisit qu'on lui laissait la journée pour pleurer à son aise la perte de son époux.

Si seulement sa famille savait combien elle avait pleuré la perte de Ian un an plus tôt, lorsqu'elle avait découvert ce dernier penché sur les seins nus de lady Wriothesly. Certes, elle avait pleuré en apprenant sa mort – le choc, de toute évidence –, mais son cœur était déjà brisé depuis longtemps. L'aurait-elle voulu qu'elle n'aurait pu se résoudre à verser une autre larme.

La branche d'un frêne frôlait l'appui de la fenêtre. Perché dessus, un roitelet brun sautillait en pépiant joyeusement. Bien qu'elle fût seule et que nul ne pût la voir, Leah se sentit coupable d'observer en souriant le petit oiseau parader sur sa branche. Coupable de prendre du plaisir à ce spectacle innocent alors que la veuve qu'elle était aurait dû sombrer dans le chagrin.

Il lui était plus facile de rester dans sa chambre toute la matinée. Ici au moins, elle n'avait pas besoin de troquer sa coiffe de veuve pour un voile de crêpe noir afin de cacher ses yeux qui n'étaient pas rougis par les larmes, et son visage qui n'était ni pâle ni creusé par le chagrin. Elle n'avait pas besoin de penser à parler à voix basse, feignant d'avoir la gorge serrée par trop de larmes contenues.

La chambre constituait une cage commode, mais le roitelet finit par s'envoler, et Leah par se fatiguer de faire les cent pas entre quatre murs. Se résignant à affronter les regards compatissants, elle rassembla son courage et sonna la femme de chambre pour s'habiller.

Elle avait à peine quitté sa chambre, enveloppée dans des mètres de crêpe noir, qu'un valet s'approcha.

— Je vous demande pardon, madame George, mais un gentleman demande à vous voir.

Leah observa le valet à travers son voile. Elle trouvait étrange de recevoir une visite chez ses beaux-parents, si peu de temps après la mort de Ian.

— Qui est-ce ? demanda-t-elle doucement.

— Le comte de Wriothesly, madame. Cela fait deux heures qu'il attend au salon. Il vous prie de lui pardonner de vous déranger en un moment pareil, mais il doit s'entretenir avec vous de toute urgence.

— Oui, bien sûr.

Leah congédia le valet d'un signe de tête et se dirigea vers le salon. À vrai dire, elle était étonnée que Wriothesly ait mis tant de temps pour se décider à venir la voir. Depuis la mort de Ian, elle s'était attendue chaque jour à recevoir sa visite, ou au moins une lettre. Non seulement parce qu'il était le meilleur ami de Ian, mais aussi parce qu'il devait être au courant de sa relation avec la comtesse, son épouse.

Paix à leur âme.

Leah s'obligea à desserrer les poings en pénétrant dans le salon. Comme toutes pièces ouvertes aux visiteurs, celle-ci portait encore les signes du deuil qui venait de frapper la famille : les rideaux étaient fermés, les miroirs recouverts de tissus noirs. Le comte était assis sur le canapé, le corps rigide, le regard fixé sur le mur en face de lui. Il n'avait pas touché au thé qu'on lui avait servi.

Voilà un bel exemple de chagrin véritable, songea Leah. Bien que seul son profil soit visible d'où elle se tenait, ses traits étaient visiblement tirés, son front, plissé, ses lèvres pincées, et son teint blême offrait un contraste frappant avec ses cheveux noirs. Pleurait-il ces deux êtres ? Dans ce cas, il était un bien meilleur chrétien qu'elle-même.

Il prit soudain conscience de sa présence, se leva, et s'inclina.

— Pardonnez-moi, madame George, je ne vous avais pas entendue entrer.

Leah faillit sourire sous son voile. Son respect de l'étiquette était exquis, son attitude noble et généreuse, et pourtant le reproche ne pouvait être plus clair : comment osait-elle l'observer sans manifester sa présence ?

— Lord Wriothesly, le salua-t-elle en faisant une révérence. Vous désiriez me parler ?

— Oui, je voulais...

Il s'interrompit, la considéra en fronçant les sourcils.

Leah baissa les yeux, se rendant compte, un peu tard, que sa voix était peut-être trop enjouée.

— Tout d'abord, je souhaite vous présenter mes condoléances.

— Moi de même.

Elle le regarda incliner la tête d'un air solennel.

Comme ils jouaient bien leurs rôles respectifs ! Wriothesly semblait déterminé à éviter toute référence à une réalité que tous deux ne connaissaient que trop bien, mais Leah découvrit tout à coup qu'elle n'avait plus envie de se conformer au rôle d'épouse parfaite et docile qui lui avait été assigné. Plus maintenant. Plus après avoir passé un an à feindre que tout allait pour le mieux. Même s'il était en deuil, le comte n'avait pas besoin de jouer cette comédie avec elle.

— Quel terrible accident, n'est-ce pas ? dit-elle.

— En effet.

Il pinça les lèvres en réaction à l'irrévérence de son ton.

— Je crois que ce sera plus facile si nous nous asseyons, ajouta-t-il.

Leah le considéra avec stupéfaction. Il avait l'air de penser qu'elle avait besoin d'être réconfortée, préparée à entendre de terribles nouvelles. Il n'imaginait tout de même pas qu'il allait devoir l'informer de l'infidélité de son mari ?

— Madame George, voulez-vous vous asseoir ? Dois-je sonner pour qu'une femme de chambre vous apporte du thé ?

— Je ne veux pas de thé, merci.

Elle alla s'asseoir sur le canapé, et il prit le fauteuil en face d'elle. Durant un long moment, il ne fit pas mine de vouloir prendre la parole, se contentant d'ajuster ses gants de cuir noir. Quand il posa enfin les yeux sur elle, Leah leva la main.

— Je vous en prie, monsieur, renonçons à cette politesse de façade. Nous connaissons tous deux la nature des relations qu'entretenaient Ian et lady Wriothesly.

Le comte laissa échapper un soupir.

— Ce n'était pas une façon très discrète de quitter le monde, n'est-ce pas ?

— Je suis de votre avis. Ils ont manqué de tact.

L'humour. Cela faisait si longtemps qu'elle n'avait pas eu de raison d'être amusée. Dommage que ce soit aux dépens de son époux décédé et de sa maîtresse.

Cette fois, lord Wriothesly ne put ignorer la désinvolture de son ton. Son regard plongea dans le sien, perçant l'épaisseur du tulle noir. Leah pencha la tête de côté et sourit.

— Soit vous avez développé un profond dégoût pour votre mari en très peu de temps, soit vous étiez déjà au courant de leur liaison, hasarda-t-il, les mâchoires crispées.

— Je pense que celle-ci a commencé quatre mois après notre mariage, mais je ne l'ai découverte que beaucoup plus tard.

Elle aurait pu crier, faire des scènes, mais elle n'avait jamais eu la force de le haïr. Il lui avait paru plus facile de se replier sur elle-même, de s'éloigner de Ian, de sa famille, de la société.

— Quatre mois après... Leur liaison a duré *une année* ?

Wriothesly se leva et se mit à faire les cent pas en fourrageant dans ses cheveux. Il finit par s'arrêter à l'autre bout de la pièce, les yeux rivés sur les rideaux tirés.

Leah observa sa souffrance à distance. Non qu'elle n'éprouvât point de compassion pour lui. Dieu sait qu'elle avait elle-même vécu un enfer en découvrant la vérité. Mais elle dissimulait ses sentiments depuis si longtemps qu'elle était un peu embarrassée par cette manifestation de chagrin.

Il plaqua les mains contre le mur et pencha la tête, comme s'il n'avait plus la force de se tenir debout.

Leah détourna les yeux, puis le regarda de nouveau. Peut-être avait-elle eu tort de parler, de l'entraîner dans ce monde secret qu'elle n'avait jamais partagé avec quiconque ? En voyant ses épaules trembler, elle sentit ses propres blessures se rouvrir. Elle se leva, bénissant une fois de plus ce voile de deuil qui la protégeait.

— Je vous prie de m'excuser, monsieur. Il vaut mieux que je me retire...

— Non. Ne partez pas.

Il pivota si brusquement sur ses talons, qu'il fallut un moment à Leah pour comprendre que son visage n'exprimait pas de la souffrance, mais de la rage.

— Monsieur ? fit-elle, se redressant instinctivement.

— Vous auriez dû me prévenir quand vous avez su ce qui se passait entre eux. J'avais le droit de savoir.

— Oh ? Et qu'étais-je censée dire ? « Je vous demande pardon, lord Wriothesly, mais votre épouse semble trouver le sexe de mon mari à son goût. Voudriez-vous avoir l'obligeance de la ramener dans votre lit ? »

Il se figea.

Leah battit des paupières. Seigneur, elle avait prononcé le mot *sexe.*

Elle se raidit, humiliée, et fut tentée de bredouiller des excuses, mais elle serra les lèvres. Le plaisir que cet acte de rébellion lui procura la prit de court, et tandis que Wriothesly étrécissait les yeux, elle leva le menton d'un air de défi. Un long moment s'écoula ainsi, et elle eut presque envie de répéter le mot interdit, pour voir sa réaction.

Sexe.

Elle n'avait encore jamais prononcé le mot à voix haute, il ne faisait pas partie de son vocabulaire, et appartenait à la catégorie des mots trop crus pour être utilisés par une dame.

— Nous pouvons être d'accord, je pense, sur le fait que Ian a dû séduire ma femme, finit par déclarer Wriothesly en évitant son regard.

— Bien sûr.

Les yeux du comte étaient d'un vert lumineux, mais ses cils étaient pâles et peu fournis. Leah devina qu'il avait dû être facile pour Angela d'oublier son serment de mariage. Comparé au charme de Ian et à sa blondeur resplendissante, le comte apparaissait sombre et tout en angles, et dépourvu de séduction. Seuls ses yeux verts adoucissaient toute cette austérité.

— Je suis venu vous demander une faveur, dit-il.

— Oui ?

Il se tourna pour prendre son chapeau avant de répondre :

— Tout le monde pense que Ian et Angela se rendaient dans le Hampshire parce qu'elle était malade.

— J'ai entendu cette histoire. Bien joué, monsieur le comte. Vous avez confié votre épouse malade à votre meilleur ami, car vous ne pouviez l'accompagner vous-même. Ce qui permettait aussi à ce dernier de passer dans notre demeure du Wiltshire après avoir déposé la comtesse chez elle. Très commode.

Leah marqua une pause, s'efforçant de réprimer son amertume. Puis elle ajouta d'une voix douce :

— Vous avez dû beaucoup aimer lady Wriothesly pour vous soucier de sa réputation encore maintenant.

Wriothesly tripota le ruban noir qui ornait son chapeau.

— J'apprécierais que vos explications concordent avec les miennes. La raison pour laquelle c'est Ian qui a accompagné mon épouse et non vous…

— Une migraine. Ne vous inquiétez pas. Je porte leur secret en moi depuis si longtemps, je n'ai pas l'intention de divulguer le vôtre.

— Je tiens cependant à vous demander votre parole d'honneur, répondit-il en soutenant son regard.

Leah laissa fuser un petit rire.

— Vous n'avez pas confiance en moi ?

— Je vous en prie.

— Très bien, je vous donne ma parole. Si quelqu'un m'interroge sur ce qui s'est passé ce jour-là, je ne contredirai pas votre version. Et je ferai en sorte que mes domestiques confirment mon histoire.

— Merci, madame George.

— Je vous en prie, c'est tout naturel.

Lord Wriothesly s'inclina, et elle répondit par une révérence. Il coiffa son chapeau, lui adressa un bref signe de tête et gagna la porte. La main sur la poignée de cuivre, il se retourna.

— Garder votre voile de deuil à l'intérieur est inutile, madame George. Il ne dissimule rien du tout.

Sur ces mots, il inclina de nouveau la tête, pivota sur ses talons, et sortit.

3

J'avoue que je ne verrai plus jamais la salle de musique de lady Waddington tout à fait de la même façon.

Deux mois plus tard, Leah maudit le comte de Wriothesly de lui avoir donné ce conseil. Et se reprocha amèrement de l'avoir suivi. Il lui aurait été beaucoup plus facile de dissimuler la vérité à sa mère si elle avait pu s'abriter derrière son voile, quand bien même le porter à l'intérieur était inhabituel.

S'efforçant de paraître à la fois triste et accueillante, Leah remplit deux tasses de thé. L'une pour sa mère, l'autre pour sa sœur Béatrice. Elle redoutait leur visite depuis son retour à Londres, trois jours auparavant. Sa mère s'attendait sans nul doute à la trouver brisée par le chagrin. Mais Leah, qui s'était tenue à l'écart de la bonne société, trouvait de plus en plus difficile de jouer les veuves éplorées.

La théière heurta légèrement la porcelaine disposée sur le plateau, et le bruit résonna dans le silence. Le cœur de Leah s'emballa, son corps se crispa. Comme elle l'avait fait toute sa vie, elle attendit que sa mère parle la première.

Adelaide Hartwell soupira, jeta un coup d'œil circulaire avant de reporter les yeux sur sa fille.

— J'avoue que le vicomte est très généreux de te permettre de continuer à utiliser la résidence londonienne et Linley Park, mais tu sais que nous préférerions t'avoir à la maison. Je suis inquiète de te savoir seule ici, avec tes souvenirs pour unique compagnie, ma chérie. Si tu reviens chez nous, nous serons au moins sûrs que tu te nourris correctement. Je sais qu'en période de deuil on a peu d'appétit, mais...

Elle eut un geste vague en direction de l'assiette de gâteaux auxquels Leah n'avait pas encore touché.

Ah, la première perfidie ! Habilement déguisée sous une apparente sollicitude maternelle. Alors qu'Adelaide et Béatrice Hartwell étaient la féminité incarnée, avec leurs seins ronds, leurs hanches opulentes, et leur visage à l'ovale parfait, Leah était le vilain petit canard. Trop mince. Trop peu de courbes, trop anguleuse... elle manquait de tout.

Leah baissa les yeux et versa le sucre dans les tasses.

— J'ai pris deux kilos depuis l'enterrement, mère.

Adelaide ne se départit pas de son air soucieux.

— C'est très bien, tu as toujours été trop frêle. Mais je crains que ce ne soit pas suffisant, ma chère. Tu as l'air d'une corneille affamée dans ces habits de deuil. Prends un biscuit. Au moins un, pour me faire plaisir.

Leah jeta un coup d'œil à Béatrice, cherchant chez sa sœur cadette un peu de réconfort. À dix-sept ans, Béatrice avait trois ans de moins que Leah, et en dehors de ses courbes plus prononcées et de ses yeux bleus, elle partageait avec elle beaucoup de traits communs, et la même défiance envers leurs parents. Mais Béatrice évita délibérément son regard. Elle n'avait pas prononcé un mot depuis leur arrivée. Leah observa sa mère, puis de nouveau sa sœur.

Certes, cette dernière avait passé deux mois à Londres, seule avec leur mère. Elle devait être soulagée que Leah redevienne, ne fût-ce que pour une heure, la cible des critiques maternelles.

— Leah, fit Adelaide d'un ton d'avertissement.

Leah n'eut pas besoin de la regarder pour savoir que ses yeux étaient étrécis, et qu'elle affichait une moue désapprobatrice.

Comme si elle avait reçu un coup de fouet, Leah se pencha vers le plateau et tendit automatiquement la main. C'était le geste docile d'une fille obéissante. Et bien que le mariage ait fait d'elle une femme blasée et sceptique, elle avait toujours été obéissante, n'est-ce pas ?

Elle eut pourtant une hésitation.

Dans le Wiltshire, à Linley Park, le domaine où elle s'était retirée après avoir quitté les parents de Ian, elle s'était accoutumée à ne se soumettre qu'à ses propres désirs. Feindre d'être en deuil alors qu'elle n'était entourée que de quelques domestiques qui s'efforçaient de se rendre invisibles était inutile.

Dans la journée elle faisait ce qui lui plaisait, laissait libre cours à ses caprices. Elle mangeait selon son bon plaisir, à l'heure qui lui convenait. Il n'était plus nécessaire d'établir des menus au goût de Ian, ni de se demander s'il serait là ou non pour le dîner. Elle pouvait passer l'après-midi pelotonnée dans un fauteuil près de la fenêtre, avec un livre, ou aller faire de longues promenades dans les collines. Fini les visites de courtoisie contraignantes qui l'obligeaient à bavarder, à sourire sur commande et à reconnaître qu'elle avait en effet une chance incomparable d'être mariée à Ian George. À Linley Park, elle ne souriait que si elle en avait envie. Elle pouvait rire ou se renfrogner, se mettre en colère, bouder, sans se soucier des attentes de qui que ce fût. Pendant quelque temps, elle était parvenue à tenir à distance cette solitude dont elle souffrait depuis qu'elle avait découvert la liaison de Ian.

Quant aux soirées... c'était un pur bonheur. Elle était enfin délivrée du maudit baldaquin de la résidence londonienne, et de l'entêtant parfum féminin qui s'attardait sur la peau de Ian après qu'il eut quitté sa maîtresse. Désormais, les étoiles formaient son ciel de lit, et elle respirait le parfum des fleurs porté par la brise nocturne. Parfois, elle restait assise toute la nuit dans le jardin, un châle sur les épaules, ou bien le visage offert à une averse printanière. Pour la première fois de sa vie, elle apprenait l'art de se faire plaisir.

Malheureusement, maintenant qu'elle était de retour à Londres et soumise de nouveau aux exigences futiles de sa mère, elle s'apercevait qu'une fois prises, ces habitudes égoïstes étaient impossibles à perdre.

Avec un imperceptible sourire, elle se redressa.

— Non, merci. Je n'ai pas du tout faim.

De l'autre côté de la table, Béatrice écarquilla les yeux et articula un mot d'avertissement silencieux. Imperturbable, Adelaide arqua un sourcil et ajouta du sucre dans sa tasse.

— Avais-tu une raison particulière de porter ton choix sur le crêpe pour tes vêtements de deuil ? Quand ton grand-père est mort, j'ai opté pour le bombasin.

— J'ai commandé des tenues dans les deux tissus.

Adelaide déposa sa cuillère sur le plateau, et souleva sa tasse.

— Je vois. Mais comme tu peux le constater, le crêpe se froisse terriblement. Ta robe est toute chiffonnée.

Leah inspira profondément, songeant avec nostalgie aux étoiles de Linley Park.

— Aviez-vous une raison particulière de souhaiter mon retour à Londres, mère ?

— Comme je te le disais dans mes lettres, ma chérie, tu me manquais et je me faisais du souci pour toi. Maintenant que tu es veuve, tu n'as plus personne pour prendre soin de toi et subvenir à tes…

— Vous n'ignorez pas que le vicomte de Rennell m'a alloué une rente annuelle, ainsi que l'usage de cette maison et de Linley Park aussi longtemps que je le souhaiterai. Il a toujours eu de l'affection pour moi.

— Oui, mais je suis sûre qu'il ne sera pas aussi généreux indéfiniment. Il s'attend que tu te remaries, ou bien il pense que peut-être…

Le regard d'Adelaide glissa sur le ventre de Leah.

Celle-ci déglutit, posa involontairement la main sur son ventre.

— C'est une possibilité, mais il n'y a rien de certain.

Son cycle était perturbé, et elle avait pris deux kilos en deux mois. Lord Rennell lui avait pris rendez-vous avec son médecin, à Londres.

Demain, elle saurait si elle attendait un enfant.

— Un héritier, murmura Adelaide.

Un *bébé*, rectifia Leah en silence. Un enfant à aimer et à choyer.

— Raison de plus pour revenir à la maison, enchaîna sa mère. Tu es bien trop jeune et vulnérable pour vivre seule. De son vivant, Ian te protégeait et s'occupait de toi. Et tu l'aimais, bien sûr, ma chérie. Mais il n'est plus là. Tu dois venir chez nous. Sans mari, tu…

— Assez.

La main de Leah se crispa sur son ventre. Ses doigts s'enfoncèrent dans le tissu, qui laissa une empreinte sur sa paume.

Adelaide se figea. Son visage se pinça, et les rides qu'elle essayait en vain d'effacer apparurent au coin de ses yeux et de ses lèvres.

— Leah, ma chère petite...

— Non, articula posément Leah. Je n'ai pas besoin d'un mari. En fait, je pense que je me débrouillerai très bien sans lui. Et je suis désolée, mais je n'ai pas besoin non plus que ma mère me dise ce que je dois faire, ce que je dois manger, ni quels vêtements je dois porter !

Le dernier mot flotta entre elles, chargé de défi et de colère.

Adelaide la foudroya du regard. Béatrice avait l'air effaré. Malgré son cœur qui battait à tout rompre, et les épingles de son bonnet de veuve qui lui martyrisaient le crâne, Leah éprouva une bouffée de satisfaction. Soutenant le regard de sa mère, elle poursuivit d'une voix calme et assurée :

— Je n'ai que vingt ans, mais je ne suis plus une enfant. Je suis veuve, mère, et le mariage m'a appris que j'étais parfaitement capable de diriger ma propre vie.

Un silence sépulcral tomba dans la pièce. Affichant une grande sérénité, Adelaide reposa délicatement sa tasse, et se leva.

— Viens, Béatrice. Ton père va s'inquiéter de notre absence.

Elle pivota sur ses talons, le dos rigide. Béatrice la suivit sans mot dire. Les mâchoires serrées, Leah regarda droit devant elle. Elle écouta les pas de sa mère et de sa sœur décroître dans l'escalier, puis dans le hall.

Sa mère s'attendait certainement qu'elle les rattrape et lui demande pardon.

Dehors, la voiture s'ébranla, les sabots des chevaux résonnèrent sur les pavés. Leah arracha brusquement son bonnet et les épingles qui le retenaient.

Elle avait passé presque deux ans à se comporter en épouse soumise et obéissante, même après avoir découvert l'infidélité de Ian. Il était temps qu'elle cesse de se comporter en fille soumise et obéissante.

Le lendemain, le médecin du vicomte de Rennell lui annonça la triste nouvelle : il n'y avait pas de bébé. Elle n'était pas enceinte.

Pendant toute la semaine qui suivit, Leah n'eut aucun mal à se comporter en veuve éplorée.

Sebastian frappa à la porte et recula d'un pas. Il trouvait étrange de se présenter à la résidence des George en sachant que Ian n'était plus là. Il trouvait encore plus étrange que Leah George lui ait envoyé un message pour lui demander de passer la voir. Il était venu, trop heureux d'avoir un prétexte pour sortir de chez lui.

Trois mois s'étaient écoulés depuis la mort d'Angela, et pourtant Henry continuait de la réclamer. Sebastian avait confié à la nurse le soin d'expliquer au petit garçon que sa maman était au ciel, mais celui-ci ne paraissait pas comprendre. Il avait espéré qu'un enfant de dix-huit mois oubliait vite, mais chaque fois qu'il entrait dans la nursery, Henry levait la tête en souriant et cherchait sa mère derrière lui.

Un valet ouvrit la porte et l'invita à entrer.

— Je crois que Mme George m'attend, dit Sebastian en lui remettant sa carte.

— Oui, monsieur. Si vous voulez bien me suivre.

Au lieu de l'emmener dans l'un des salons de réception, comme il s'y attendait, le domestique le précéda dans l'escalier qui menait aux chambres. Quand ils arrivèrent sur le palier, Sebastian entendit la voix forte et claire de Leah, si différente du gazouillis d'Angela.

— Celle-ci ira aux œuvres de charité. Non, pas la rayée, les valets seront peut-être intéressés. Et le chapeau… oui, celui-ci. Mon Dieu, combien de chapeaux un homme doit-il posséder pour être heureux ?

Le valet s'arrêta devant ce qui semblait être la chambre du maître de maison.

— Le comte de Wriothesly, madame, annonça-t-il.

Il y eut un bref silence. Sebastian se demanda si elle avait oublié le message qu'elle lui avait envoyé.

— Ah oui ! Entrez, je vous en prie, monsieur. J'en ai pour une seconde.

Sebastian marqua une pause sur le seuil. La pièce ressemblait davantage à un débarras qu'à une chambre. Des gilets, des vestes, des chapeaux hauts de forme, des pantalons… tout était entassé sur le lit, les fauteuils devant la cheminée ou carrément sur le sol. Des valets et des servantes sortirent du dressing, les bras chargés de vêtements, et les déposèrent au pied du lit.

Mme George apparut derrière les domestiques avec une pile de cartons à chapeaux. Elle les laissa tomber au milieu des vêtements, se tourna vers Sebastian, se frotta les mains pour en chasser la poussière, et fit une révérence.

— Monsieur.

Il n'aurait jamais dû lui conseiller d'ôter son voile de deuil. Ses yeux étaient trop brillants – Seigneur, ils étaient même pétillants ! –, ses joues empourprées, ses lèvres incurvées sur un sourire.

Sebastian aurait préféré la trouver en larmes.

— Vous ne portez pas de bonnet de deuil.

Elle fit la grimace.

— J'étais sûre que vous m'en feriez la remarque, avoua-t-elle. J'ai décidé que ce n'était pas nécessaire. Je porte déjà des vêtements noirs, ce bonnet me donnait l'impression d'avoir des œillères. D'autre part, je suis chez moi et personne ne me voit à part les domestiques. Et vous. J'espère que je ne vous choque pas, ajouta-t-elle, avec cette moue amusée qui semblait ne pas la quitter.

Elle n'était absolument pas sincère. Rien dans son apparence ni dans son ton ne laissait à penser qu'elle accordait la moindre importance à son opinion.

Elle était si terriblement *heureuse*. Une nouveauté pour lui qui vivait depuis trois mois dans un univers assombri par la tristesse. Ses domestiques, son frère, les autres lords au Parlement… tout le monde marchait sur la pointe des pieds, parlait à voix basse et s'interdisait de rire en sa présence. Seul le petit Henry osait sourire, inconscient du malheur qui s'était abattu sur la maison et ses occupants.

Mais Leah George n'était pas une enfant. Et même si elle était au courant depuis des mois de la liaison de son mari, elle aurait pu au moins avoir la décence d'être malheureuse, elle aussi. Ne serait-ce que parce qu'elle avait été trahie par son époux. Parce que sa vie avait brusquement changé. Parce qu'elle ne pouvait s'habiller qu'en noir. Parce que l'étiquette lui interdisait d'assister aux bals, aux réceptions, aux concerts. Bon sang, n'importe quoi, pourvu qu'elle cesse de sourire ainsi !

— Je vois que vous faites le ménage, dit-il en fronçant exagérément les sourcils.

Aucune de ses servantes n'avait encore pénétré dans la chambre d'Angela. Lui-même n'y avait pas mis les pieds. Il serait trop tenté de rester assis là, à respirer son parfum en se disant qu'elle allait franchir le seuil d'un instant à l'autre.

Leah suivit son regard et haussa les épaules.

— Je prépare mon retour à Linley Park. Il vaut mieux donner ces vêtements aux domestiques et aux œuvres de charité, plutôt que de les abandonner aux mites et aux souris. Mais venez, ajouta-t-elle en se dirigeant vers une porte, sur le côté. Vous devez être impatient de savoir pourquoi je vous ai fait venir.

Sebastian suivit Leah dans la pièce adjacente. Sa chambre, de toute évidence. À l'exception du grand lit à baldaquin orné de tentures sombres qui trônait au milieu de la pièce, la décoration était extrêmement féminine. Pas de rose, ni d'ivoire, les couleurs préférées d'Angela, mais une délicate palette de bleu clair et de jaunes. L'endroit était plus apaisant que sensuel, les meubles plus pratiques que luxueux. Pourtant, Sebastian se sentit mal à l'aise. Il avait l'impression de s'introduire dans l'intimité, dans la vie privée de la jeune femme.

Leah se pencha au-dessus d'une pile d'objets divers entassés à l'autre bout de la chambre. Les voix des domestiques leur parvenaient depuis la pièce voisine.

Sebastian s'approcha afin qu'ils ne puissent l'entendre.

— Bon sang, nous nous étions mis d'accord, il me semble ?

Elle se redressa brusquement, le balaya de la tête aux pieds, les yeux étrécis, puis reprit ses recherches.

— Je ne l'ai pas oublié. Je n'ai rien dit.

— Non ? Vous croyez que vos domestiques sont sourds et aveugles ? Qu'ils ne voient pas à quel point vous êtes heureuse, à peine trois mois après la mort de votre mari ? Je me moque de ce que vous portez, de ce que vous dites ou de ce que vous faites quand vous êtes seule, mais vous pourriez au moins sauvegarder les apparences en présence des autres. Sinon…

— Merci, monsieur, coupa-t-elle sans le regarder. Je crois avoir compris ce que vous vouliez dire.

— Sinon les gens vont se poser des questions. Il ne faudra pas longtemps pour que quelqu'un soupçonne la vérité vu les circonstances de l'accident…

— Seigneur ! s'exclama-t-elle en se redressant. Êtes-vous toujours aussi autoritaire ?

Sebastian pinça les lèvres. Tout chez cette femme lui rappelait Angela. Non parce qu'elle lui ressemblait, mais par le contraste qu'elle offrait avec son épouse. Sa voix, son style, son parfum. Au lieu des effluves chauds et sensuels de lavande et de vanille, il percevait une fragrance légère et subtile de savon.

— Uniquement avec les personnes imprudentes et obstinées, répliqua-t-il.

Il s'était toujours adressé aux femmes avec la plus grande déférence. Il ne jurait jamais en leur présence. Néanmoins, il n'éprouva pas la moindre culpabilité à s'être exprimé avec autant de brusquerie. Face à la veuve de Ian, qui lui rappelait cruellement la perte qu'il avait subie, il ne ressentait que de la colère, de la frustration, et un besoin irrationnel de fuir.

C'est alors que Leah se mit à rire, suscitant de surcroît son agacement.

— Vous me trouvez obstinée ?

— Oui.

— Et imprudente ?

Il hésita, car le sourire de la jeune femme s'était élargi. Il ne voulait surtout pas dire quoi que ce soit qui risque de la rendre encore plus heureuse ! Mais il ne voulait pas non plus se rétracter. Il finit donc par hocher lentement, prudemment, la tête.

Le visage de Leah s'illumina d'un tel plaisir qu'il aurait pu éclipser le soleil.

— Vous êtes contrariante, grommela Sebastian.

— Allons donc, lord Wriothesly, vous ne trouvez pas qu'il vaut mieux être imprudente et obstinée plutôt qu'obéissante et malheureuse ?

— L'imprudence peut rendre malheureux.

Elle le dévisagea en battant des cils. Chez Angela, une telle attitude aurait été de pure séduction. Mais Leah George semblait simplement espiègle. Sebastian jura tout bas.

— Je vous le répète, je me moque de ce que vous faites en privé. Mais devant les autres, je m'attends que vous vous conduisiez selon les usages de la bonne société, sinon la vérité finira par se savoir.

— J'ai déjà promis de ne pas révéler votre secret, lui rappela-t-elle en s'emparant d'un petit livre relié de cuir parmi le tas d'objets hétéroclites qui s'amoncelaient sur le sol. Je suis cependant curieuse de savoir ce qu'il serait, selon vous, imprudent de faire en privé. Broder son ouvrage à l'envers ? Lire la Bible dans son bain ? Tenez, ajouta-t-elle en lui tendant le livre.

Sebastian le prit du bout des doigts.

— Je suppose qu'il appartient à Ian ?

— Je n'en ai lu que quelques pages, mais, apparemment, il s'agit d'un journal qu'il a tenu durant sa jeunesse. J'ai hésité à vous l'envoyer, puis je me suis dit que c'était à vous de décider si oui ou non vous souhaitiez avoir certaines de ses affaires. Votre nom est cité dans ces lignes.

Sebastian fixa d'un regard vide la couverture de cuir brun tachée et usée sur les bords.

— Il y a aussi une épingle à cravate d'Eton, des coupures de journaux concernant les lois que vous avez soutenues au Parlement, et un caillou un peu bizarre – quoique je ne pense pas que vous vouliez le garder.

Le caillou apparut au creux de sa main gantée de noir, c'était une grosse pierre grise et terne.

Sebastian se rappela cette plaisanterie stupide. Ils étaient complètement ivres et se promenaient dans les allées de Cambridge, après avoir fêté leur départ de l'université. Ils s'étaient arrêtés pour se soulager contre un arbre, et en repartant Ian avait trébuché contre cette pierre. Après beaucoup de tentatives ratées tant il chancelait, il avait fini par ramasser le caillou. Il avait déclaré que ce serait sa pierre tombale et tous deux avaient trouvé cela hilarant et avaient eu un fou rire d'ivrognes.

Sebastian refusa d'un signe de tête.

— Non, je n'en veux pas. Je ne veux rien de tout cela.

Il fourra le journal entre les mains de Leah et pivota sur ses talons. Bon sang, il ne voulait pas de ces souvenirs, des souvenirs d'un passé mort et enterré.

— Vous trouvez cela amusant ? lança-t-il d'un ton hargneux en se retournant vers elle. Vous pensiez vraiment que je voulais...

— Monsieur, l'interrompit-elle doucement en indiquant de la tête la porte de la chambre où les domestiques continuaient de ranger les vêtements de

Ian. Vous étiez son meilleur ami, et j'ai préféré vous demander avant de…

— C'est tout ce que vous vouliez ? demanda-t-il à voix basse. C'est pour cette raison que vous m'avez fait venir ?

Leah lissa sa jupe. Elle le fixa sans mot dire, se mordillant la lèvre. Son sourire irritant avait enfin disparu.

— Madame George ?

— Non, admit-elle. Il y a autre chose.

Leah se dirigea vers un secrétaire de l'autre côté du lit, et ouvrit l'un des tiroirs. Elle revint vers lui à pas lents, comme à regret, en évitant son regard.

— J'ai aussi trouvé ceci, caché dans sa chambre à coucher. Je me suis dit que vous voudriez peut-être les avoir.

Elle lui tendit un paquet de lettres attachées par un ruban de satin rose, qui embaumaient la lavande et la vanille. Accroché aux missives se balançait un médaillon en or incrusté de diamants.

— Son portrait, souffla Leah.

Sebastian avait du mal à respirer, tout à coup.

— Vous les avez lues ? s'enquit-il d'une voix étranglée.

Elle fit signe que non.

— Pourquoi ?

— C'était votre femme. C'est à vous de les lire…

Le bras de Sebastian jaillit soudain, envoyant promener le médaillon et les lettres. Ces dernières s'éparpillèrent sur le sol. Il les fixa d'un regard hébété durant quelques secondes. Puis il leva les yeux sur Leah.

— Brûlez-les, suggéra-t-il, et il quitta la pièce.

4

Viens me voir. Sebastian est parti au bal, et j'ai encore prétexté que j'étais malade pour ne pas l'accompagner. Mary te fera entrer par la fenêtre du bureau.

Leah s'agenouilla pour ramasser les lettres. Elle envia Wriothesly, qui avait eu la force de partir sans les lire. Si seulement elle pouvait en faire autant ! Dès qu'elle les avait découvertes, cachées sous les montres et les épingles à cravate de Ian, elle avait été tentée de les ouvrir, tout en sachant que leur contenu allait lui briser le cœur encore une fois.

Elle s'assit sur le lit, les lettres dans une main, le ruban et le médaillon dans l'autre. Il y avait onze missives. Elle les avait recomptées plusieurs fois, en essayant de trouver des raisons de ne pas les lire.

C'était fini, après tout. Ian et Angela étaient morts et leur liaison aussi. Elle ne passerait plus ses nuits à attendre son retour, ne s'efforcerait plus de ne pas penser tandis qu'il la touchait. Ils ne passeraient plus des jours et des semaines dans un silence tendu, en espérant qu'elle allait enfin être enceinte. À quoi bon lire ces lettres ? Elles ne contenaient que les souvenirs de ses désillusions et de son chagrin.

Leah contempla le mur, avec son papier à fleurs bleues et sa frise jaune. Elle observa le tapis beige et or, les fauteuils de merisier recouverts de soie damassée. Elle détestait cette chambre et tout ce qui s'y était passé. Malgré le feu qui se consumait dans l'âtre au cœur de l'été, il y faisait froid. Les images du passé, de ses merveilleux quatre premiers mois de mariage, la hantaient.

Là, dans ce fauteuil, elle s'était assise tandis que Ian faisait glisser son déshabillé sur ses épaules.

Et là, il l'avait possédée en la plaquant contre le mur. Puis sur ce tapis, et cela lui avait paru tellement osé et décadent...

Leah ferma les yeux.

Et puis là, dans ce lit, après qu'elle eut surpris Ian et Angela ensemble. Pendant des mois, elle avait subi ses étreintes en essayant d'ignorer les sensations que ses mains et sa bouche faisaient naître en elle. Elle s'était mordu les lèvres jusqu'au sang pour réprimer ses gémissements. Elle l'avait laissé la posséder... encore, et encore, et encore.

Elle n'avait plus d'âme. Elle n'était plus qu'une pâle image réfléchie par le miroir, dépourvue de force et de maîtrise. Elle avait juré qu'elle ne donnerait plus à Ian ne serait-ce qu'un morceau de son cœur... mais en définitive, sans s'en rendre compte, elle lui avait tout donné.

Lord Wriothesly ne comprenait pas son attitude. Il attendait d'elle qu'elle se conforme aux attentes de la société. Qu'elle se conduise comme autrefois, qu'elle se montre soumise et obéissante. Elle en était incapable. Elle avait essayé d'être une bonne fille et une bonne épouse, cela l'avait menée à sa perte. À présent que Ian était mort, elle n'était pas sûre de survivre si elle devait renoncer à sa toute nouvelle indépendance.

Leah regarda ses mains, et lâcha le médaillon, le ruban et les lettres. Lord Wriothesly avait au moins raison sur une chose : il fallait les brûler.

Leah remercia d'un signe de tête le valet qui lui ouvrit la porte. Un sourire las flottait sur ses lèvres et elle était consciente que des cernes soulignaient ses yeux. Après avoir reçu ses invités à dîner la veille, elle s'était levée tôt ce matin pour aller prendre le petit déjeuner avec sa mère.

Le simple fait de penser à sa mère lui crispa les épaules, et elle tourna plusieurs fois la tête pour se détendre. Qu'Adelaide n'ait cessé de la critiquer indirectement devant ses invités ou de lui couper la parole était sans importance. Elle était enfin chez elle, et allait pouvoir retrouver son lit.

Mais avant tout, Ian.

Son sourire s'épanouit.

Ian.

Il lui avait dit qu'il resterait à la maison aujourd'hui afin de régler des affaires concernant Linley Park – il avait eu cette expression boudeuse qui rappelait toujours à Leah celle d'un écolier que l'on oblige à quitter un jardin ensoleillé pour aller s'enfermer dans une étude triste et sombre. Mais quand elle frappa à la porte de son bureau, elle n'obtint pas de réponse. Elle entrouvrit le battant pour jeter un œil à l'intérieur. Le fauteuil était éloigné de sa table de travail comme s'il n'avait pas pris le temps de le remettre en place avant de sortir.

— Roberts, demanda-t-elle au valet qui était à la porte. M. George est-il sorti ? A-t-il dit quand il rentrerait ?

— Non, madame. Il est en haut. Lady Wriothesly est passée chercher le châle qu'elle avait oublié hier, et il est allé la saluer.

Robert fixait un point au-dessus de sa tête, et elle fut tentée de sautiller pour attirer son attention. Mais elle se contenta de murmurer un remerciement, avant de monter dans le salon où elle avait trouvé le châle d'Angela, la veille, après le départ de ses invités. L'espace d'un instant, tandis qu'elle pliait l'étoffe de laine légère, elle avait regretté de ne pas être aussi jolie qu'Angela. Sa mère n'aurait plus eu de raisons de critiquer sa silhouette, ses cheveux, sa peau. Elle aurait pu porter du violet sans craindre que son teint ne paraisse cireux. Elle aurait eu l'assurance d'une femme que le monde entier trouvait belle.

Elle repoussa cette pensée, honteuse de cette bouffée de jalousie fugitive. Ce qu'elle aurait dû envier à Angela, c'était sa douceur et sa sincérité qui attiraient les gens à elle comme le soleil attire les fleurs. Leah aurait aimé avoir sur les gens le même effet que le soleil sur les fleurs, mais elle n'avait nul désir d'être douce et sincère. Contrairement à Angela, elle n'était pas capable d'écouter Mlle York radoter pendant des heures, ou de rester patiemment assise près de lord Dowbry qui reniflait en lorgnant sur son décolleté. Non que Leah ait une poitrine opulente, mais lord Dowbry semblait heureux de contempler tous les seins, les petits comme les gros.

Cela ne faisait aucun doute : Angela était véritablement angélique. Et sa récompense, c'était d'avoir un mari qui l'adorait. Lord Wriothesly était fou de sa femme. Leah, quant à elle, n'avait pas un physique remarquable, et était plus portée sur le sarcasme que sur la bonté. Néanmoins, elle avait eu la chance d'épouser

M. Ian George. Leur mariage avait été arrangé, mais son mari l'aimait.

Alors qu'elle approchait du salon, le sourire de Leah s'élargit. À vrai dire, elle n'avait aucune raison d'envier Angela.

Elle entendit la voix de cette dernière, et poussa la porte en lançant d'une voix enjouée : « Bon après-midi ! »

Du moins, c'est ce qu'elle avait eu l'intention de dire. Mais les mots restèrent coincés dans sa gorge.

Pétrifiée, elle regarda son mari, sa tête blonde penchée sur la poitrine d'Angela tandis qu'il lui prodiguait des caresses avec les lèvres et la langue. Le corsage d'Angela retombait autour de sa taille, ses doigts étaient crispés dans les cheveux de Ian, ses traits déformés par le plaisir. Chez toute autre femme, cela aurait ressemblé à une grimace. Chez Angela, cette expression la faisait simplement passer du statut d'ange à celui de séductrice.

N'était-ce pas étrange que la première pensée qui traversa l'esprit de Leah fut de se demander ce qu'aurait fait sa mère à sa place ? Elle aurait sans doute tourné les talons sans faire de bruit, et vaqué à ses occupations comme si de rien n'était.

Leah en était incapable. Elle demeura clouée sur place, la main plaquée sur la bouche. Oh, elle était choquée, horrifiée ! Ses yeux s'emplirent de larmes. Plutôt que « Bon après-midi », elle aurait voulu crier : « Soyez maudits ! Je vous hais ! »

Elle eut envie de casser quelque chose. Ce vase de tulipes, ou bien l'horloge sur le manteau de la cheminée. De courir dans la pièce en leur jetant des objets à la tête et en hurlant.

Elle imagina la scène tout en regardant les lèvres de Ian glisser dans le cou d'Angela. Les larmes roulaient sur ses joues. Finalement, les mots qui franchirent ses lèvres ne furent ni des insultes ni des accusations.

Juste un murmure, si doux qu'elle fut étonnée qu'ils l'aient entendue. Ils tressaillirent et tournèrent la tête dans sa direction. Leah n'oublierait jamais le visage de Ian à cet instant. Le plaisir s'évanouit, le chagrin et la culpabilité vacillèrent dans son regard.

— Comment avez-vous pu ? répéta-t-elle d'une voix brisée.

Angela détourna les yeux et se couvrit. Son cou et ses joues s'empourprèrent. Et Ian… Leah laissa échapper un petit sanglot pathétique. Ian, son mari bien-aimé, se plaça devant Angela. Pour la protéger du regard de sa femme.

— Je suis désolé, dit-il.

Elle était stupide d'avoir cru qu'il l'aimait. Laissant échapper un petit cri de détresse, elle pivota sur ses talons et s'enfuit.

— Puis-je vous aider, madame ?

Les doigts de Leah se figèrent sur le catalogue de robes, et elle regarda la vendeuse.

— J'aimerais voir les toilettes de deuil.

La jeune femme fit une révérence, et disparut à l'arrière de la boutique. Leah continua d'examiner les dessins de mode étalés sur le comptoir. Des tenues d'après-midi, des robes de bal, des habits d'amazone, ornés de nœuds et de volants, en mousseline, velours, soie, taffetas. Comme malgré elle, ses doigts effleurèrent une robe d'après-midi jaune bordée de dentelle blanche. Son cœur se mit à battre un peu plus vite. Elle ne pourrait pas se permettre de porter d'aussi jolies choses avant au moins le printemps prochain.

— Tout ce que nous avons est là, annonça la vendeuse en revenant.

Leah cacha vivement ses doigts dans les plis de sa jupe, tel un enfant pris en train de voler un gâteau.

— Merci, dit-elle.

Une semaine s'était écoulée depuis la visite de lord Wriothesly. Sept jours durant lesquels la solitude s'était installée de nouveau. Leah l'avait sentie rôder après que le médecin lui avait confirmé qu'elle n'était pas enceinte, mais elle l'avait tenue à l'écart en s'occupant de trier les affaires de Ian. Néanmoins, elle avait fini par se refermer sur elle, au point qu'elle ne supportait plus de demeurer dans la maison.

La couturière lui présenta un autre catalogue. Du bombasin. Du bombasin. Du crêpe. Encore du bombasin. Et encore du crêpe. Toujours noir. Terne. Sans le moindre ornement ni bout de dentelle. Pas de concession à la frivolité. Elle avait passé huit mois confinée chez elle, ses sentiments étouffés, seule dans son désespoir, avant la mort de Ian. Et maintenant, elle ne pouvait toujours pas échapper à ses obligations d'épouse, et devait s'envelopper de noir en mémoire de lui.

Leah referma l'album et leva les yeux. Elle sourit, mais se ressaisit rapidement en croisant le regard de la vendeuse.

Un sourire. Ce n'était pas toléré pour une veuve. Elle avait appris les règles de la bienséance sous la férule de sa mère. Avec toutes les obligations et les règles qui pesaient sur ses épaules, c'était un miracle qu'elle tienne encore debout.

— Je ne vais pas commander l'une de ces robes aujourd'hui, dit-elle dans un murmure.

— Non, madame ?

— J'aimerais voir vos tissus. Noirs, bien entendu. Avez-vous autre chose que du crêpe ou du bombasin ?

La jeune fille baissa les yeux.

— Un instant, je vous prie.

Tandis qu'elle attendait, Leah parcourut la boutique du regard – les fauteuils rose pâle, la petite table, les piles de catalogues, les murs tapissés d'un papier bleu et blanc à motifs orientaux. Elle pianota avec impatience sur le comptoir. Les rideaux s'écartèrent de nouveau, et la vendeuse réapparut.

Elle portait un rouleau d'organdi qui scintilla à la lumière.

— C'était une commande pour une robe de bal, mais la cliente a changé d'avis, expliqua-t-elle.

Il n'y avait aucune raison pour que le cœur de Leah s'emballe. Ce n'était qu'un bout de tissu, et il était noir. Elle ne pourrait pas l'agrémenter de ganses ou de perles, ni en faire une robe à la mode. Ce serait un vêtement de veuve respectable et bienséant, sans la moindre gaieté.

Pourtant, elle fit glisser la main sur le tissu, incapable de résister à la tentation. Ce n'était qu'une petite rébellion, mais c'était suffisant.

— J'ai réfléchi, murmura-t-elle en contemplant le tissu aux reflets bleutés. Finalement, je vais vous commander une robe.

— Quel modèle, madame ?

Leah feuilleta rapidement le catalogue, et arrêta son choix sur un modèle banal, qui ressemblait aux deux douzaines de robes de deuil qu'elle possédait déjà.

— Celle-ci.

— Voulez-vous que nous prenions vos mesures maintenant ?

— Oui. Quand sera-t-elle prête ? demanda Leah, et elle faillit rire.

Elle ne porterait la robe que chez elle. Son deuil étant récent, elle ne recevait pas d'invitations aux bals ou aux dîners de la bonne société. Il y avait très peu de chances que sa mère ou Béatrice lui rendent visite. Et les amies avec qui elle prenait le thé autrefois étaient des admiratrices de Ian, qui n'avaient que faire d'elle à présent qu'elle était veuve. Elle ne les intéressait que lorsqu'elle leur servait à approcher son mari.

— Dans une semaine, répondit la vendeuse. Ce délai vous convient ?

Sans réfléchir, Leah fit une petite pirouette. La couturière la regarda, les yeux ronds, et Leah lui sourit à travers son voile.

Sourire, virevolter, porter de l'organdi noir. Tout cela en une seule journée. Oh, mais ce n'était qu'un tout petit exercice d'indépendance ! À l'avenir, elle voulait bien plus que cela.

Ce soir-là, Leah passa de pièce en pièce. Elle essaya de lire, mais Thackeray lui-même ne parvint pas à capter son attention. Elle se mit au piano, mais au bout de quelques notes ses doigts s'immobilisèrent sur les touches et son regard se perdit dans le vague. Elle grimpa au premier étage, puis au second, revint arpenter le hall du rez-de-chaussée. Au bout d'un moment, les domestiques commencèrent de lui lancer des coups d'œil intrigués.

Toute sa vie, elle s'était soumise aux interdictions que lui imposait sa mère et aux exigences de la société. Elle n'avait jamais eu l'idée de se rebeller. Elle avait joué le jeu, persuadée qu'elle serait récompensée en épousant un gentil mari, qui l'aimerait et lui donnerait des enfants. Mais jusqu'à présent, cette obéissance ne lui avait valu que des déconvenues.

Elle tournoya sur elle-même. Dans le silence pesant, elle avait l'impression que la pièce se refermait sur elle. Cela faisait si longtemps qu'elle vivait avec le secret de Ian, craignant d'approcher les autres de peur qu'ils ne devinent la vérité dans son regard. Mais maintenant que Ian était mort, pourquoi devrait-elle accepter plus longtemps cette solitude ? Ce n'était pas parce qu'elle était veuve qu'elle devait devenir une paria. On ne lui envoyait pas d'invitation parce qu'on la croyait dévorée de chagrin. Mais ce n'était pas le cas.

Elle arpenta sa chambre, laissant son regard errer sur les murs, le sol, les bibelots disposés ici et là. Les flacons de parfum sur sa coiffeuse, le peigne au milieu du plateau, sous le miroir. Les aquarelles accrochées au mur, représentant des champs de coquelicots et de paisibles pâturages. Si elle avait été libre d'obéir à ses propres désirs, elle aurait choisi des tableaux de Delacroix ou de Géricault, vivants et pleins d'audace.

Elle pivota de nouveau, et son regard s'arrêta sur le secrétaire contre le mur. À l'intérieur se trouvaient les lettres qu'Angela avait écrites à Ian. Dix fois, vingt fois, elle les avait tenues au-dessus du feu, mais elle n'avait pu se résoudre à les brûler.

Elle s'en approcha, ouvrit le tiroir et sortit le paquet de lettres enrubanné de satin rose. Le parfum de lavande et de vanille s'était un peu estompé, mais elle le percevait encore. Un souvenir lui traversa l'esprit : Ian entrant dans son lit, elle, respirant ce parfum sur lui.

Sa main trembla et elle fut tentée de jeter les lettres dans le tiroir. Finalement, elle serra résolument la main et alla s'asseoir dans le fauteuil près de la cheminée.

Une goutte de sueur roula sur sa tempe. Ses paumes étaient moites. Elle respira lentement, profondément.

La sueur coula sur sa joue, son menton, dans son cou, s'insinuant sous son fichu.

Elle dénoua le ruban et choisit une lettre au hasard dans la pile. Ce pouvait être la première qu'Angela avait écrite, ou la dernière. Quelle importance ? Elle ne savait pas ce qu'elle cherchait, ni même pourquoi elle lisait ces missives.

Elle la déplia.

Mon cher amour,

Leah attendit que ses paupières la brûlent, que les sanglots lui serrent la gorge. Mais rien ne se passa. Elle se sentait trahie, certes, mais son cœur n'était plus une petite chose fragile et délicate. On ne le briserait plus aussi facilement, désormais.

Merci pour les fleurs. Elles étaient magnifiques. Je ne me rappelais pas t'avoir dit que j'adorais les orchidées. Elles sont dans ma chambre, et chaque fois que je les vois, je pense à toi et je souris.

Néanmoins, il faut absolument que tu cesses de m'envoyer des cadeaux. J'ai dû expliquer à Sebastian que c'était ma cousine Gertrude qui m'avait offert ces fleurs pour me remonter le moral. Je ne veux pas éveiller ses soupçons, et je n'aime pas lui mentir. Parfois, je n'arrive pas à me rappeler ce que je lui ai dit. Il y a deux jours j'ai fait semblant d'avoir mal à la tête, et il a voulu envoyer chercher le médecin, car je m'étais plainte la veille de maux d'estomac. J'aimerais ne pas avoir besoin de recourir à toutes ces ruses, mais je ne supporte plus qu'il me touche.

Leah fit une pause. Lord Wriothesly avait eu raison de refuser de lire ces lettres.

Il aurait fallu que je te rencontre le premier, ou bien que tu sois fils de comte, plutôt que de vicomte. Chaque jour, je me demande... mais non, je sais que cela ne sert à rien. Je t'aime, mon chéri. Tu m'as déjà posé la question, et je n'ai pas voulu l'admettre, mais oui, je suis jalouse d'elle. Quand nous sommes séparés, je t'imagine avec elle. Comme je voudrais vivre auprès de toi ! Je me vois assise tranquillement le soir, avec mon ouvrage, tandis que tu lis à côté de moi. Une scène domestique, je sais. Nos enfants seraient assis à nos pieds et t'écouteraient. Tu les ferais rire, sourire, comme avec le petit Henry. Et plus tard, tu me prendrais par la main pour regagner notre chambre.

Mon Ian chéri, j'aimerais écrire encore, mais... je garde les mots jusqu'à notre prochaine rencontre.

Le temps est long sans toi.

Je t'aime,

Ton Angela

La vue de Leah se brouilla, ses épaules s'affaissèrent, et la lettre s'échappa de ses doigts et tomba sur ses genoux.

Ils étaient amoureux. Du moins Angela l'avait-elle aimé.

Elle avait cru qu'il ne s'agissait que de désir physique, une sorte d'obsession, peut-être, mais... pas d'amour. Elle espérait un peu, avant de la lire, que cette lettre n'était rien d'autre qu'une sorte de mécanisme destiné à entretenir la passion. Elle aurait eu du mal à la lire, mais elle aurait eu le sentiment que sa colère et son amertume étaient justifiées. Alors qu'à présent...

Ils étaient tous perdants, en définitive.

Leah se leva, la lettre glissa de ses genoux. Elle fit quelques pas, avant de retourner la ramasser, puis de renouer le ruban autour du paquet.

Ian et Angela n'étaient peut-être pas perdants. Ils avaient fait ce qu'ils pouvaient pour se retrouver. Ils n'avaient pas laissé la société régir leur vie. La lettre d'Angela reflétait sa tristesse quand ils étaient séparés ; une tristesse à la mesure de la joie qu'ils éprouvaient à être ensemble

Leah rangea les lettres dans le tiroir. Le parfum qui s'en échappait n'était plus une insupportable insulte. C'était quelque chose de plus. Un rappel qu'elle n'oublierait pas. Un encouragement dont elle avait besoin sans le savoir.

Un défi.

5

Ne me dis pas que tu sais ce que je ressens. As-tu idée de la joie qui envahit mon cœur quand tu es là, de l'affliction lorsque tu t'en vas ? Non, je crains que tu n'en sois pas conscient, et je me sens seule avec ma peine.

Sebastian balaya la salle du regard. Vieille noblesse désargentée, nota-t-il en inspirant l'air chargé de fumée de cigares.

— Je regrette déjà d'être venu, murmura-t-il à James.

Il ne s'était pas aventuré jusqu'à son club depuis la mort d'Angela. Non qu'il dédaignât voir du monde. James venait si souvent chez lui qu'il finissait par faire partie des meubles. Ce qui le gênait, c'était la normalité qu'il retrouvait au club. Comme si la mort de Ian et d'Angela n'avait jamais eu lieu, comme si sa vie n'avait pas heurté de plein fouet la froide réalité, quatre mois auparavant.

— Tu peux le regretter autant que tu veux, répliqua James tandis qu'ils se dirigeaient vers une table bien en vue, au centre de la salle. Tu as de la chance que je ne t'aie pas ligoté sur mon cheval pour te traîner jusqu'ici. C'était pourtant tentant.

Les conversations roulaient sur les sujets habituels : le temps, la politique, la guerre et... les femmes. Sebastian prit place dans un fauteuil qui lui parut trop doux et trop rembourré. Il aspirait à la rigueur et à l'austérité. Les mains crispées sur ses genoux, il regarda James faire signe à un serveur.

Son frère sourit et posa le bras sur la table avec nonchalance.

— Tu as une mine épouvantable, observa-t-il.

— Je ne comprends pas pourquoi tu as voulu à tout prix changer de décor. Où que nous soyons, tu ne songes qu'à m'insulter.

— T'insulter est un des grands plaisirs de ma vie.

Le valet déposa des verres devant eux, et Sebastian pinça les lèvres. Il effleura le whisky du regard et s'en détourna. James s'empara de son verre et sirota le liquide doré en contemplant son frère avec cet air de patience infinie teinté de contrariété qu'il affichait ces derniers mois.

À la gauche de Sebastian, M. Alfred Dunlop discutait avec le jeune baron de Cooper-Giles.

— Il faut que j'y aille. Peu m'importe le scandale. Walter m'a dit que Mlle Pettigrew serait là.

— La fille du banquier ?

— Oui, répondit Dunlop sombrement. J'ai perdu mon investissement la semaine dernière avec le naufrage du *Reynard*. D'ici la fin de la semaine, j'ai bien l'intention d'avoir un contrat de mariage en main.

Le regard de Sebastian glissa vers la droite. Lord Derryhow vantait les mérites de son nouveau pur-sang. James soupira, et Sebastian esquissa un sourire en coin.

— Peut-être ai-je tout simplement besoin d'une femme, lâcha-t-il.

— D'une femme ? répéta James. À mettre dans ton lit ? ajouta-t-il, incrédule.

Sebastian acquiesça d'un signe de tête et se rembrunit. Son jeune frère avait-il toujours lu en lui aussi aisément ? s'interrogea-t-il.

Oui, il avait envie d'une aventure charnelle. De quelqu'un avec qui effacer le souvenir d'Angela. D'une autre peau, d'un autre parfum… Mais à cette pensée son corps se rebella, ses muscles se crispèrent.

— N'en parlons plus, fit-il en se tournant vers la grande fenêtre qui donnait sur la rue.

Le baron de Cooper-Giles et M. Dunlop parlaient d'une invitation, à présent.

James insista, une pointe d'amusement dans la voix :

— Veux-tu que je t'en envoie une ce soir ? Ou bien nous pourrions partir tout de suite, et j'essaierai de trouver lady Carroway. Elle te plaisait, il y a quelques années, non ?

— Bon sang, James, je t'ai dit que…

Il se tut en entendant prononcer un nom à la table voisine. Il fixa M. Dunlop du regard.

— Certes, enchaîna James, la veuve Carroway n'est plus de première jeunesse. Je pense que certains hommes seraient rebutés par ses cheveux gris. Moi, par exemple.

Sebastian lui adressa un regard éloquent, puis se leva et s'approcha de l'autre table. M. Dunlop s'interrompit au milieu de sa phrase et leva les yeux.

— Lord Wriothesly.

— Bonjour, messieurs, dit-il en inclinant la tête.

La politesse devenait plus facile avec la pratique, songea-t-il. Sa rage, son envie de détruire étaient moins violentes que quelques mois plus tôt. Il y avait eu une chaise cassée, une fenêtre brisée, des murs dans lesquels il avait laissé l'empreinte de son poing. Il avait même jeté le tisonnier à travers la chambre, après avoir résisté à l'envie de brûler le portrait d'Angela dans la cheminée. Il contrôlait mieux sa fureur désormais. Seules ses cravates mal nouées trahissaient la colère qui se dissimulait encore derrière la façade policée.

— Il me semble vous avoir entendu parler d'une invitation ? dit-il à Dunlop.

Ce dernier échangea un regard embarrassé avec Cooper-Giles, et Sebastian sut aussitôt qu'il avait bien entendu.

— Chez qui doit-elle avoir lieu, si je puis me permettre ?

Dunlop ne put se résoudre à croiser son regard.

— Chez Mme George. Nous partons demain… pour le Wiltshire…

Il s'interrompit, s'attendant sans doute que Sebastian soit choqué. En soi, et quand bien même Dunlop ignorait tout de la liaison entre Angela et Ian, l'idée que la veuve du meilleur ami de Sebastian ait lancé une telle invitation était absurde.

L'image d'Angela s'effaça, remplacée par celle d'une brune souriante. Trois semaines. C'était le temps qu'il avait fallu à Leah George pour trahir sa promesse.

— Ah, bien sûr !

Il calculait déjà combien de temps il leur faudrait pour aller à Linley Park, le domaine des George. Après leur avoir adressé de nouveau un signe de tête, il regagna sa table.

— Tout va bien, Sebastian ? s'enquit son frère avant de boire une nouvelle gorgée de whisky. Ton visage a pris ce joli ton pourpre que j'aime tellement…

— Apparemment, Mme George reçoit à Linley Park, annonça-t-il calmement.

Il fit glisser lentement le bout de ses doigts sur le bord de la table – preuve, s'il en était besoin, qu'il se contrôlait parfaitement.

— Quatre mois, murmura James, pensif. C'est un peu tôt.

— En effet. Tu imagines le scandale. La douce et modeste Mme George, veuve depuis peu, organisant une réception dans sa résidence de campagne.

Il imaginait sans peine la scène. Leah accueillant ses invités, sans son bonnet de veuve et arborant l'un de ses sourires ridicules. Elle avait peut-être même déjà renoncé à porter le deuil et s'affichait désormais en robe d'un jaune éclatant ou rouge provocant, comme pour proclamer sa nouvelle indépendance.

L'imprudente.

Dieu qu'elle avait aimé ce mot ! se souvenait-il. Elle s'était littéralement illuminée lorsqu'il l'en avait gratifiée. Avait-elle déjà projeté cette réception lorsqu'il lui avait rendu visite à Londres ? Ou était-ce lui qui lui en avait donné l'idée ?

Aucune importance. Le résultat, c'était qu'avec ce genre de comportement, certains finiraient par deviner la vérité. Il se moquait d'être considéré comme un imbécile, un homme fou de sa femme qui ne s'était jamais douté qu'il était cocu. Les commérages ne dureraient pas et sa fierté finirait par guérir. Non, ce qu'il ne supportait pas – et la pensée l'assaillait chaque fois qu'il posait les yeux sur Henry –, c'était qu'on puisse mettre en doute la légitimité de son fils.

Si seulement Henry avait eu les cheveux bruns ou les yeux verts ! S'il n'avait pas eu la frimousse aussi ronde, n'avait pas été aussi jeune, on aurait pu retrouver dans ses traits, ou dans ses manières, la preuve indubitable qu'il était le fils de Sebastian. Mais il avait le visage doux et innocent d'Angela, des cheveux blonds comme ceux de sa mère… et de Ian.

Ignorant la douleur sourde dans sa poitrine, Sebastian s'assit lourdement et s'empara du verre d'alcool auquel il n'avait pas encore touché. Il ne buvait pas souvent, mais cela lui parut nécessaire pour se fortifier en prévision des rumeurs qui n'allaient pas tarder à se déchaîner.

Pourquoi la jeune veuve de Ian George ne pleurait-elle pas un époux aimé de tous ? Qu'avait-il bien pu faire pour mériter un tel dédain ?

Il n'y avait d'autre réponse possible que la vérité.

James arqua un sourcil.

— Quand cette réception doit-elle avoir lieu ?

— Dans deux jours.

Ce qui signifiait que Leah avait déjà quitté Londres pour s'occuper des préparatifs. Il n'aurait pas le temps de se rendre dans le Wiltshire pour la convaincre de renoncer à cette invitation. Et même s'il arrivait à Linley Park à temps, il ne pourrait pas faire grand-chose pour empêcher le scandale d'éclater.

Sebastian reposa son verre avec un calme apparent. Elle devait se douter qu'il désapprouvait cette réception. Elle savait aussi qu'il en aurait vent. Peut-être n'avait-elle pas pris son avertissement au sérieux.

Malheureusement, il était temps pour Leah George d'apprendre de ses erreurs.

À peine six heures après l'arrivée des invités, Leah regrettait déjà d'avoir permis à ces curieux d'entrer chez elle. Oh, ils étaient assez discrets pour ne pas la dévisager ouvertement, bien sûr ! Ils lui lançaient des coups d'œil furtifs, et se détournaient vivement dès qu'elle regardait dans leur direction. Il n'empêche, elle dut résister à l'envie de demander au majordome de les renvoyer chez eux.

Elle n'avait pas l'habitude d'attirer l'attention. Quand ils recevaient, c'était toujours Ian qui s'occupait des invités. Et malgré les risques qu'elle avait pris en organisant cette réception après à peine quatre mois de veuvage, elle était très près de capituler pour retrouver l'obscurité bénie à laquelle elle était accoutumée.

Parcourant du regard les personnes assises à sa table, elle sourit, puis :

— Je vous demande pardon, messieurs, mais je vous demanderai de renoncer à votre cigare, ce soir. À la place, voulez-vous m'accompagner au salon ? J'ai une annonce à faire avant de vous parler du spectacle de ce soir.

Les invités se levèrent, en haussant les sourcils et en échangeant des coups d'œil. Leah se dirigea vers l'escalier, sans escorte. Elle avait envoyé trente invitations, mais seules huit personnes étaient venues. Honnêtement, elle n'en espérait pas tant. Mais peut-être les gens pensaient-ils qu'elle avait fait en sorte qu'ils soient en nombre impair afin d'ajouter à l'excentricité de recevoir si peu de temps après le décès de son mari.

Une fois dans le salon, Leah attendit que ses invités soient assis. Leurs visages étaient familiers, mais aucun d'entre eux ne faisait partie de ses amis proches, ni de ceux de Ian. Certains étaient venus attirés par un scandale éventuel, d'autres parce qu'ils n'étaient pas tout à fait admis dans les cercles de la haute société et qu'ils étaient heureux d'avoir reçu une invitation. Elle avait pris soin de ne pas convier ceux qui connaissaient bien Ian, ou qui auraient pu lui poser des questions embarrassantes.

Le cœur battant, les mains moites, elle se répéta que ces gens étaient là pour la distraire, rien de plus. Elle indiqua le portrait de Ian, qu'elle avait fait transporter de la galerie dans le salon.

— Merci à tous d'être venus, commença-t-elle. Je suis consciente que...

Herrod, le majordome, apparut sur le seuil.

— Veuillez m'excuser un instant, dit-elle.

Elle se leva et sortit avec le domestique.

— Je suis désolé de vous interrompre, madame, mais un gentleman vient d'arriver. Le comte de Wriothesly. Il insiste pour vous voir.

Wriothesly. Leah avait espéré qu'il n'entendrait parler de la réception qu'une fois celle-ci terminée. Mais il était venu. Pour la réprimander, la sermonner, et faire en sorte qu'elle soit aussi malheureuse que lui, sans aucun doute.

Immédiatement elle recouvra son calme, les battements de son cœur reprirent un rythme normal. Si elle n'était pas à l'aise en société, avec lord Wriothesly, c'était une autre histoire. Il voulait tester son indépendance, mais il était loin de soupçonner la force qu'elle avait acquise depuis la mort de Ian.

— Merci, Herrod. Veillez à ce que mes invités ne manquent de rien en attendant.

À présent, elle était impatiente de revoir le comte aux yeux incroyablement verts et à l'allure austère. Elle était curieuse de voir comment elle répondrait cette fois à ses exigences, et si elle saurait lui tenir tête.

En un sens, il lui faisait pitié. Alors qu'elle s'efforçait d'avancer, de s'éloigner de la personne qu'elle était devenue dans l'ombre de Ian, elle ne pouvait oublier l'anxiété du comte lorsqu'il lui avait rendu visite en ville. Sa fureur quand il avait envoyé voler les lettres d'Angela. Wriothesly s'accrochait à son chagrin alors qu'elle faisait tout pour lui échapper.

Il serait horrifié d'apprendre qu'elle avait pitié de lui – et plus encore, sans doute, de découvrir que c'était lui qui l'avait aidée à renforcer sa détermination. Mais quoi qu'il dise ce soir, elle ne céderait pas.

Wriothesly se tenait dans le hall, deux valises à ses pieds. L'air renfrogné, comme d'habitude. Leah prit un malin plaisir à le voir se rembrunir tandis qu'elle approchait. Réprimant un sourire, elle fit une révérence.

— Lord Wriothesly. J'ignorais que vous aviez l'intention de venir. La réception a déjà commencé, et nous...

— Considérez mon arrivée comme la conséquence des rumeurs que vous avez suscitées.

Il lui prit la main d'autorité et la porta à ses lèvres. Sous le geste courtois, Leah décela une poigne de fer. La tristesse qui accompagnait d'ordinaire le comte avait laissé place à la colère.

Ils se connaissaient depuis trois ans, mais pour la première fois, Leah eut l'impression que le comte de Wriothesly la voyait enfin. Non comme une femme parmi d'autres, comme l'épouse ou la veuve de Ian, mais comme Leah George, un individu à part entière. Méprisée. Détestable. L'ennemie.

Elle avait peut-être eu tort de le prendre en pitié.

Wriothesly lui relâcha la main.

— Madame George, il semblerait que j'aie surestimé votre intelligence.

Leah tressaillit en se frottant la main, qu'il avait écrasée dans la sienne sans daigner s'excuser. Son chagrin momentanément évaporé, il semblait vouloir consacrer toute son énergie à la réprimander.

— Êtes-vous de mauvaise humeur parce que vous arrivez trop tard pour le dîner ? hasarda-t-elle en inclinant la tête de côté.

— Je pensais avoir été clair quand je vous ai priée d'éviter tout scandale. Et pourtant, voilà où nous en sommes.

— Oui, murmura-t-elle. Voilà où nous en sommes. Bien que je ne vous aie pas envoyé d'invitation.

— Je suppose que je devrais me réjouir que vous ayez décidé de continuer à porter vos vêtements de deuil.

— J'ai décidé de garder la chemise de nuit en soie pour mon rendez-vous galant de minuit.

— Et vous avez suffisamment de bon sens pour cesser de sourire comme une…

Il s'interrompit et lui lança un regard mauvais tandis qu'elle arborait un large sourire. Tendant la main, elle lui tapota la mâchoire. C'était une erreur. Un geste spontané qu'elle regretta aussitôt. Mais elle ne pouvait revenir en arrière.

— Mon pauvre lord Wriothesly, j'ai tort de vous torturer, n'est-ce pas ? Venez avec moi. J'étais sur le point de m'adresser à nos invités quand vous êtes arrivé.

— Nos invités ? répéta-t-il alors qu'elle pivotait déjà et s'éloignait.

Elle commença à gravir l'escalier, la tête droite, guettant ses pas derrière elle. Il ne bougea pas.

— Nos invités ? répéta-t-il lorsqu'elle atteignit le palier.

Leah jeta un coup d'œil par-dessus son épaule. Il était au pied de l'escalier, la main posée sur la rampe, ses lèvres formant une ligne sévère. Récemment, elle n'avait eu aucun mal à le considérer comme une version masculine de sa mère : autoritaire, impatient, rigide, se conformant strictement à l'étiquette. Mais elle gardait des souvenirs du Wriothesly d'avant l'accident. Elle se rappelait son rire et celui de Ian résonnant dans la maison. L'amour et la tendresse dans son regard quand il s'adressait à sa femme, inconscient des coups d'œil complices qu'elle échangeait avec Ian. Son plaisir quand il présentait Henry à ses invités. Sa fierté, la première fois que celui-ci s'était incliné devant Leah pour la saluer.

Tous deux avaient changé après la trahison. Leah aimait à croire que malgré son chagrin, elle était sortie grandie de l'épreuve. Peut-être pouvait-elle exercer son indépendance sans le faire souffrir. Peut-être même pouvait-elle l'aider.

Elle revint sur ses pas en soupirant et s'arrêta à quelques marches de lui, si bien que leurs yeux étaient à la même hauteur.

— Je sais que vous ne seriez pas là, si vous ne craigniez pas que j'incite les gens à colporter des ragots au sujet de Ian et d'Angela. Vous préféreriez que je renvoie mes invités chez eux. Vous pourriez alors reprendre le cours de cette vie sinistre que vous vous êtes bâtie au cours des derniers mois. Mais si vous pouviez considérer cette réception comme une occasion de jouir de nouveau de la vie, si vous me laissiez vous aider, vous comprendriez pourquoi j'ai décidé de...

— Je n'ai pas besoin de votre aide.

Elle aurait mieux fait de ne rien dire. Elle se doutait pourtant qu'il n'accueillerait pas bien sa suggestion.

— Peut-être, mais...

Elle hésita en voyant une lueur d'animosité s'allumer dans son regard.

— C'est comme ça qu'il était avec vous ? demanda-t-il de but en blanc. Ian. Il vous traitait comme une enfant, n'est-ce pas ?

Il prononça les mots avec douceur, comme si c'était lui qui avait pitié d'elle. Leah demeura silencieuse, incertaine, incapable de détacher les yeux de sa bouche qui formait un pli dur.

— Ma pauvre madame George, murmura-t-il en lui caressant la joue du dos de la main.

Elle savait qu'il singeait son propre geste pour se moquer, mais le contact de son gant de cuir ressemblait à une caresse, et elle ne put s'empêcher de rougir. Ses doigts s'immobilisèrent sur sa mâchoire, et il lui prit le menton.

— Vous étiez toujours dans son ombre, n'est-ce pas ? Vous contentant de répéter ses paroles et ses gestes. Je constate que vous l'avez étudié avec soin. Mais je ne suis pas un enfant, madame George. Je n'ai pas besoin de votre aide.

— Je vous assure, monsieur, que je n'avais pas l'intention de me montrer condescendante. Les circonstances de la mort de Ian auraient-elles été différentes que je n'aurais aucune raison de vous voir. En fait, je crois qu'il vaudrait mieux que vous partiez. Votre présence n'est ni requise ni désirée.

Il pouvait bien aller en enfer, pour ce qu'elle s'en souciait.

— Hélas, je n'ai pas le choix ! répliqua-t-il. Je ne peux vous laisser seule. Ne songez pas non plus à renvoyer vos invités. Cela ne ferait que susciter davantage de ragots. La réception suivra son cours, en provoquant le moins de scandale possible.

— Vous croyez pouvoir me contrôler, fit-elle en croisant les bras.

Elle les décroisa aussitôt, trouvant cette attitude puérile. Comment diable avait-il pu prendre le dessus sur elle aussi facilement ?

Il la contourna pour gravir les marches à son tour.

— Non, madame. Je *vais* vous contrôler, quels que soient les moyens requis.

Leah fixa le vase de pensées sur la table du hall, et déplia lentement les poings. Elle avait beau respirer profondément, elle ne parvenait pas à se ressaisir. Un mouvement près de la porte attira son attention, et elle découvrit un valet à côté des valises du comte, attendant ses instructions.

— Portez les bagages de lord Wriosthesly dans la chambre bleue, ordonna-t-elle à contrecœur.

Elle regagna le salon, et garda les yeux fixés sur le portrait de son époux qui la contemplait, l'ombre d'un sourire flottant sur ses lèvres. De fait, elle l'avait trouvé condescendant les derniers mois, sans doute parce que son armure étincelante lui avait paru quelque peu rouillée. Toutefois, même s'il lui avait donné quantité de raisons d'être humiliée, blessée, furieuse, il ne l'avait jamais délibérément insultée.

Contrairement à Wriothesly.

Leah fit un signe au valet, qui lui apporta un verre de vin comme aux autres invités, puis se tourna vers l'assistance. Le cœur battant, elle parcourut la salle du regard, et repéra le comte, assis entre William Meyer et le baron Cooper-Giles. Il hocha la tête à son adresse – et il y avait dans son regard une mise en garde. Consciente que tout le monde les observait, elle leva son verre dans sa direction.

— Mesdames et messieurs, je me rends parfaitement compte qu'organiser une réception si tôt après la mort de mon époux n'est pas très orthodoxe. Certains trouveraient même cela scandaleux.

Cependant, si vous connaissiez un tant soit peu Ian, vous savez qu'il mérite davantage que des pleurs et du chagrin. Il avait une façon de vivre que beaucoup lui enviaient – moi incluse. Il riait, dansait, discutait de politique et de littérature, tout cela avec une passion débordante.

Leah jeta un coup d'œil au portrait. Si les larmes ne lui montaient pas aux yeux – ce à quoi tout le monde s'attendait sans doute –, en revanche, les souvenirs affluaient. Elle se rappelait avec quelle facilité elle était tombée amoureuse de cet homme. Et comment, naïvement, elle avait cru qu'il l'aimait aussi.

— Durant la semaine à venir, reprit-elle, je souhaite que nous célébrions la vie de mon époux, au lieu de le pleurer. Les menus comporteront ses plats préférés, et j'ai prévu plusieurs activités qu'il affectionnait particulièrement. Le meilleur ami de Ian, lord Wriothesly, s'est joint à nous dans ce but. Pour le moment, je propose de porter un toast. À mon époux bien-aimé, l'un des hommes les plus merveilleux que j'aie jamais connus. À Ian George.

Les verres se levèrent un par un, dans la salle.

— À Ian, répétèrent les invités, avant de boire.

Wriothesly porta son verre à ses lèvres, mais n'en avala pas une gorgée. Son expression demeura figée en un masque poli. Seul un rapide coup d'œil en direction de Leah trahit son étonnement.

Satisfaite, Leah but un peu de vin, avant de faire signe à Herrod.

— Et maintenant, comme promis, permettez-moi de vous présenter notre invitée, qui nous chantera quelques-unes des chansons favorites de Ian : Mlle Victoria Lind.

Lorsque les derniers murmures d'approbation se furent tus, et que la chanteuse d'opéra lança une première roulade, Sebastian se décida enfin à goûter à son vin. Portant un toast muet, non à Ian, mais à sa veuve.

Il lui était impossible de garder Leah à l'œil tout en prétendant accorder toute son attention à Mlle Lind. Il était néanmoins conscient de sa présence à sa gauche. Et de sa force, qu'il ne pouvait désormais sous-estimer.

Il aurait aimé pouvoir continuer de penser à elle comme à une jeune veuve pressée d'explorer sa liberté toute neuve. Une veuve capable de prendre une douzaine d'amants, ou de se livrer à toutes les excentricités, car elle n'avait plus besoin de trouver un mari. Quoique peu discret et irresponsable, ce comportement aurait eu un sens. Sebastian aurait pu deviner ses projets et les contrecarrer.

Mais Leah George était plus astucieuse qu'il ne l'avait prévu, et les motifs qu'il avait eu vite fait de lui prêter se révélaient n'être que ses propres suppositions ridicules. Elle organisait une réception, mais elle portait ses vêtements de deuil. Ses invités étaient des célibataires, des couples mariés, ainsi qu'une jeune femme avec sa dame de compagnie. Rien qui puisse offenser la moralité. Elle s'était même arrangée pour éviter les commérages en consacrant cette réunion au souvenir de Ian. Personne n'oublierait son attitude d'épouse dévouée, ni son émouvant discours.

Néanmoins, Sebastian n'était pas convaincu. Il ne comprenait peut-être pas les raisons de ses actes, mais il était certain qu'elle n'était pas aussi désintéressée qu'elle le paraissait. Leah George avait envie de jeter son bonnet par-dessus les moulins. Et s'il avait jusqu'ici sous-estimé son intelligence, il ferait en sorte de ne pas commettre à nouveau cette erreur.

Quand la première chanson prit fin et que tout le monde applaudit, il tourna la tête et sourit à Leah. Elle leva le menton, lui prouvant ainsi qu'elle avait interprété son sourire comme un avertissement.

6

Dis-le-moi encore, mon chéri. Dis-le-moi cent fois, mille fois. Je n'oublierai jamais le jour où tu as prononcé ces mots pour la première fois. Je ne m'en lasserai jamais. Dis-moi que tu m'aimes.

En cette fin de matinée, le soleil brillait de tous ses feux. Quelques nuages d'un blanc pur flottaient paresseusement dans le ciel. Une petite brise automnale agitait les feuilles, faisait naître des frissons à la surface du lac, et ébouriffait les cheveux de Sebastian.

La journée aurait été superbe sans la silhouette noire qui gâchait le paysage : celle de Leah George qui, après s'être montrée inconséquente, s'était rapidement transformée en peste.

Du bout de son ombrelle à l'ourlet de sa robe, elle était l'innocence incarnée. Elle utilisait son voile de veuve pour ajouter à son image de droiture alors même que les mensonges se succédaient dans sa bouche.

— ... les promenades en barque étaient un de ses passe-temps préférés à Linley Park... Nous l'avons cherché partout, avant de découvrir qu'il avait passé l'après-midi sur le lac...

Elle désigna les quatre embarcations qui se balançaient près de la rive. Des valets, réquisitionnés pour aider les invités, tiraient sur les cordes afin de ramener les embarcations vers la berge.

— Après sa mort, j'ai trouvé des poèmes qu'il avait dû écrire ici. Il y était question d'un oiseau se posant à l'avant du bateau, des couleurs changeantes de l'eau au fil des saisons, de la paix immense qu'il éprouvait lorsqu'il était seul sur le lac.

Tournant la tête, Sebastian considéra Leah avec incrédulité. Elle mêlait aux mensonges des histoires sorties tout droit de son imagination. Ian adorait réciter des poèmes, c'était connu, mais il ne le faisait que pour attirer l'attention des femmes. À la connaissance de Sebastian, la seule chose qu'il eût écrite, c'était un poème de cinq lignes, aussi scabreux qu'humoristique, au sujet d'un marin pensant à la putain qui l'attendait au port.

— Comme ce doit être beau ! s'exclama Mme Meyer. Pourriez-vous nous les lire ce soir ?

— Je... euh... bredouilla Leah, décontenancée.

Les autres durent penser qu'elle était submergée par l'émotion, mais Sebastian n'était pas dupe.

— Oui, bien sûr, reprit-elle. Peut-être. Mais je parle trop. Nous avons quatre bateaux, nous pourrions donc faire deux groupes de deux et deux groupes de trois. Les messieurs joueront les rameurs.

Elle marqua une pause, et malgré l'ombrelle qui cachait son visage, Sebastian devina qu'elle réfléchissait à la composition des groupes. Quoi qu'elle propose, il refuserait de s'y soumettre. Il était clair qu'il ne pouvait lui faire confiance.

Les promenades en barque, le passe-temps favori de Ian ? Pour l'amour du ciel !

— Mademoiselle Pettigrew, madame Thompson, vous pourriez vous joindre à M. Dunlop. Lord Elliot et Mme Meyer monteront dans le deuxième bateau. M. Meyer, lady Elliot, et lord Wriothesly, dans le troisième. Et moi, j'irai avec M. Cooper-Giles.

Son ombrelle tourna, un rayon de soleil perça son voile, et il vit le petit sourire qu'elle adressa au baron.

— Si vous ne voyez pas d'inconvénient à m'écouter évoquer le souvenir de M. George, bien entendu, ajouta-t-elle.

— Bien sûr que non, madame, répliqua poliment Cooper-Giles. Ce sera un plaisir.

Sebastian croisa les bras en fronçant les sourcils. Le connaissant, il ne faudrait pas plus de cinq minutes à Cooper-Giles pour découvrir que Leah était singulièrement heureuse que son mari soit mort.

— Je suis désolé, madame George, dit-il en s'avançant. Je crains de ne pouvoir me joindre à vous. J'ai mal au cœur en bateau. Mais je ne vois pas d'inconvénient à rester ici. Je m'amuserai tout autant à vous regarder, j'en suis sûr.

— Oh, je suis désolée, lord Wriothesly ! C'est une terrible affection.

— En effet.

— Mon cousin Herbert est comme vous, intervint Mme Meyer.

— Vraiment ? fit Leah. Je savais qu'on pouvait être malade en mer, mais pas sur un lac. Nous comprenons, lord Wriothesly, mais je n'imagine pas vous demander de rester seul ici. Ne préférez-vous pas retourner à la maison ?

— Non, non, tout ira très bien, tant que je ne monte pas dans une de ces barques. Amusez-vous, je vous en prie. Je resterai là.

Mlle Pettigrew lança un regard hésitant à Leah, puis à Sebastian.

— Mme Thompson et moi-même serons heureuses de vous tenir compagnie.

Aussitôt, M. Dunlop, qui devait prendre les rames de leur embarcation, lança :

— Dans ce cas, je resterai aussi.

Sebastian haussa les sourcils. M. Dunlop courtisait Mlle Pettigrew sans faire montre d'une grande subtilité.

— Je ne veux pas gâcher votre journée, dit-il en soupirant. Mme George semblait beaucoup tenir à cette promenade sur le lac. Ian aimait tellement cela.

Alors qu'il prononçait ces mots, Sebastian fut presque sûr que tous les invités allaient retourner à la maison. Mais Leah intervint.

— Sottises. Je resterai ici avec vous, lord Wriothesly. Mlle Pettigrew, Mme Thompson et M. Dunlop feront leur tour en barque comme prévu. Lord Elliot, M. Meyer et Mme Meyer monteront dans la deuxième embarcation, lord Cooper-Giles et lady Elliot dans la troisième.

— Merci, madame George, répondit Sebastian en s'inclinant. Vous êtes très aimable.

— Je vous en prie, monsieur. Vous étiez le meilleur ami de Ian, et il vous aimait tant. Comment pourrais-je vous abandonner ? Ian penserait que j'ai trahi votre amitié, ce qu'il n'aurait jamais fait.

Sebastian se raidit. La flèche perfide de Leah avait atteint son but. Il parvint néanmoins à conserver une expression polie devant les autres. Quand ceux-ci se dirigèrent vers le lac, il suivit Leah qui s'assit sur un banc de pierre, à l'ombre d'un frêne. Avec l'aide des valets, les invités prirent place dans les embarcations. Le baron Cooper-Giles semblait considérablement soulagé de ne pas avoir à écouter Leah chanter les louanges de son défunt mari pendant une heure.

— Je devrai vous présenter des excuses, dit doucement la jeune femme.

Sebastian regarda un des valets pousser la barque loin de la rive.

— Vous ne lui donniez pas satisfaction, au lit ? demanda-t-il abruptement.

Il avait envie de blâmer quelqu'un. De la blesser.

Il la sentit se raidir et, du coin de l'œil, vit ses doigts se crisper sur le manche de son ombrelle.

— Si vous sous-entendez qu'il a séduit lady Wriothesly parce que je…

— C'est exactement ce que je sous-entends.

Il n'aurait pas dû s'asseoir si près d'elle. Il percevait de nouveau cette odeur de savon, de propreté, si peu sensuelle.

— C'est une supposition légitime vu que vous n'avez pas eu d'enfant. Ne supportait-il pas de vous toucher ? Vous n'êtes pas aussi belle qu'elle, ni aussi féminine. Bon sang, vous ne portez même pas un parfum de femme. Angela…

— Oui, monsieur ? Vous allez me dire qu'elle était l'épouse idéale ? Un parangon de vertu, peut-être ?

— Elle…

Sebastian serra les mâchoires. Quand cesserait-il de voir Angela comme il aurait voulu qu'elle soit ?

Il évita de regarder Leah, mais il sentait son regard le transpercer. Ses pommettes s'enflammèrent. Personne ne lui avait jamais fait à ce point honte. Cela dit, il n'avait encore jamais eu de raison de regretter son comportement. Elle avait eu l'intention de s'excuser, et il n'avait même pas eu la courtoisie de la laisser faire. Il était tellement habité par la colère qu'il en oubliait de se comporter en gentleman.

— Je suppose que je pourrais aussi vous demander si vous parveniez à satisfaire lady Wriothesly, dit-elle, mais je ne veux vraiment pas le savoir.

Sebastian regarda M. Meyer et lord Elliot s'efforcer désespérément de ramer en cadence.

Le soleil perçait le feuillage et projetait des rayons de lumière dorée sur le sol. Les minutes s'égrenèrent.

M. Dunlop dut dire quelque chose de drôle, car le joli rire de Mlle Pettigrew retentit.

Sebastian changea de position, mal à l'aise. Le silence parut encore plus pesant lorsque le rire de la jeune fille cessa. Ce fut Leah qui le rompit, d'un ton léger et ironique. Comme s'ils étaient deux personnes ordinaires engagées dans une conversation banale.

— Je suppose que vous n'avez pas fait souvent de promenades en barque avec Ian vu l'affection dont vous souffrez.

— Non, admit-il avec un petit sourire.

Ils échangèrent un regard, et il distingua ses traits malgré le voile. Ses yeux bruns avaient des reflets ambrés. Son nez était droit et fin. Ses lèvres, pulpeuses, comme si Dieu, se sentant coupable de ne pas l'avoir dotée de courbes féminines, avait voulu se rattraper.

Sebastian se concentra sur ses yeux. Des yeux bruns, qui n'avaient rien d'exceptionnel.

— En fait, je n'ai pas le souvenir d'avoir jamais mis les pieds dans une embarcation avec Ian, reprit-il. Ni de l'avoir vu dans une barque. En revanche, je me rappelle l'avoir entendu me dire qu'il avait peur de l'eau parce qu'il avait failli se noyer quand il était enfant.

Leah battit des cils.

— Oh. Eh bien, c'est dommage.

— Qu'est-ce qui est dommage ? Qu'il n'ait pas aimé les promenades en barque, ou que je vous aie prise en flagrant délit de mensonge ?

— Qu'il n'ait pas aimé les promenades, bien sûr. Mais vous êtes le seul ici à le savoir. J'ai pris soin de n'inviter que des gens qui n'étaient pas très proches de Ian. De toute évidence, je ne le connaissais pas aussi bien que je le croyais puisqu'il ne m'avait jamais confié ce détail.

Il n'en avait vraisemblablement jamais soufflé mot à qui que ce soit. Sebastian ne le savait que parce qu'il l'avait trouvé un jour en larmes et frissonnant, après que leurs maîtres de Eton les eurent obligés à participer à une compétition de natation.

— Quant à la poésie…

Leah inclina la tête de côté, tout en faisant nonchalamment tournoyer son ombrelle.

— Je me suis laissé emporter par mon imagination, n'est-ce pas ? admit-elle en esquissant un petit sourire qui parvenait à être à la fois timide et aguicheur.

Sebastian en fut déconcerté. Il ne l'avait jamais imaginée souriant de cette façon.

— J'avais simplement envie de faire un tour en barque, avoua-t-elle en laissant son regard errer sur le lac.

— Je vois. Oserai-je vous demander quelles surprises vous nous gardez encore en réserve ? Ian aimait-il tricoter, peindre des aquarelles, composer des hymnes ?

Leah lui coula un regard de côté.

— Le tarot. Il adorait tirer les cartes.

Sebastian émit un grognement, qui la fit rire.

— Je peux être très magnanime, vous savez, ajouta-t-elle. En tant que meilleur ami, vous avez le droit d'énumérer les activités préférées de Ian.

Les activités préférées de Ian… Eh bien, il y avait la pêche et la chasse. La danse et les cartes. Et faire l'amour à Angela.

— Non, dit-il.

Leah hocha la tête, puis observa les autres.

— Mlle Pettigrew et M. Dunlop ont l'air de bien s'entendre, qu'en pensez-vous ?

Il se moquait comme d'une guigne de Mlle Pettigrew et de son prétendant. Des images affreuses le torturaient, il imaginait Angela dans les bras de Ian, se cambrant sous ses caresses. Sa bonne humeur s'évanouit brusquement.

— Dites-moi, madame George, si vous aviez envie de vous promener en barque, pourquoi ne l'avez-vous pas fait toute seule ? Vous avez des domestiques pour vous accompagner. Pourquoi risquer de provoquer un scandale en recevant si tôt après la mort de votre mari ? Pourquoi mépriser ma requête vous priant d'être discrète ?

Leah ne répondit pas.

— Je n'ai pas l'habitude qu'on m'ignore, lâcha-t-il, excédé.

Sans prévenir, elle se leva et s'éloigna. Sebastian la suivit. Alors qu'il ouvrait la bouche pour répéter sa question, elle fit volte-face.

— Je vous prie de m'excuser, monsieur. Je crois que l'excursion sur le lac est presque terminée, et notre pique-nique…

Elle prit une profonde inspiration, puis sourit. Un petit sourire poli. Pour une fois, Sebastian se surprit à regretter son grand sourire extravagant.

— J'espère que vous passerez un bon moment, conclut-elle, avant de lui tourner le dos.

Il n'y avait pas beaucoup d'arbres dans cette partie du parc. La prairie qui s'étendait au pied des collines était parsemée de quelques chênes et de rares ifs.

Afin que les invités aient de l'ombre pendant le pique-nique, les domestiques construisirent un auvent et dressèrent les tables sous les tentes. Le buffet comprenait des queues de homards, des poulets, du champagne, des tartes aux fruits, de la crème, et toutes sortes de friandises. Quand tout fut prêt, Leah congédia les domestiques, et retourna vers le lac.

Wriothesly aidait lady Elliot et le baron de Cooper-Giles à sortir de leur embarcation tandis que les deux autres barques se rapprochaient de la rive. Une brise légère souleva le bord du voile de Leah dont le cœur continuait de battre à grands coups.

Expliquer à Wriothesly pour quelle raison elle avait décidé d'organiser cette partie de campagne n'aurait pas été difficile. Lui avouer qu'elle souffrait de la solitude n'aurait pas été plus humiliant que d'être comparée à Angela. Elle avait fait en sorte que cette invitation ne donne lieu à aucun scandale, et avait même écrit au vicomte de Rennell pour lui demander son autorisation. Certes, elle avait planifié des activités pour son propre plaisir, mais tout le monde croyait qu'elle le faisait pour honorer la mémoire de son mari. Son comportement était loin d'éveiller les soupçons.

Cependant, alors que la vérité aurait pu tranquilliser lord Wriothesly, elle tenait à garder secret un certain aspect de sa personnalité. Pendant deux ans, elle avait donné tandis que Ian prenait. Elle avait bien essayé durant quelque temps de lui dissimuler ses sentiments, de ne manifester qu'une courtoisie placide, mais elle savait qu'il n'était pas dupe. Il voyait tout : sa colère, sa tristesse, son espoir qu'un jour il lui reviendrait. N'avait-elle pas le droit de cacher cette vulnérabilité à son entourage ?

— Quelle merveilleuse idée ! s'exclama lady Elliot. Je comprends pourquoi M. George aimait tant ces promenades sur le lac.

Un sourire artificiel plaqué sur les lèvres, Leah lui répondit :

— Je suis heureuse que cela vous ait plu. La journée est si belle que j'ai fait préparer un pique-nique.

Lady Elliot, une femme d'âge moyen, au nez pointu et à la moue désabusée, se pencha vers Leah.

— Si je peux me permettre d'être franche, madame George…

— Je vous en prie, répondit Leah en se raidissant.

— Vous n'êtes pas aussi scandaleuse que je le croyais.

Le sourire de Leah s'épanouit, et elle regretta que Wriothesly n'ait pas entendu ces mots.

— Désolée de vous décevoir.

Lady Elliot lissa ses jupes tandis qu'elles se dirigeaient vers l'auvent.

— Votre dévouement envers votre mari disparu est touchant. J'aimerais à penser que lord Elliot en ferait autant si je venais à mourir avant lui. Mais je pense qu'il se limitera à boire un verre de whisky en mon honneur. Peut-être allumera-t-il un cigare. À moins qu'il ne trousse l'une des servantes.

— Oh, je suis sûre qu'il ne…

Lady Elliot éclata de rire en balayant d'un geste la protestation de Leah.

— Bien sûr que non ! Il aurait trop peur que mon fantôme ne vienne le persécuter. Mais… disons juste, madame George, que vous m'avez presque redonné foi en l'amour.

— Mon mari était quelqu'un de… particulier, murmura Leah en baissant les yeux.

Les mensonges étaient moins faciles à débiter quand elle était en tête à tête avec l'un de ses invités. Elle jeta un coup d'œil par-dessus son épaule dans l'espoir d'attirer quelqu'un dans la conversation.

Lord Wriothesly marchait derrière elles avec les Meyer et lord Elliot. Et il la regardait. Leah s'empourpra et se détourna. Les paroles de Wriothesly l'avaient fait douter d'elle-même. Elle était douloureusement consciente de sa silhouette anguleuse, de l'étroitesse de ses épaules, de ses hanches minces.

Ian la trouvait peut-être aussi quelconque que le comte, mais avec lui elle s'était sentie belle. Il avait eu une façon de la regarder et de la toucher. Avant qu'elle ne se rende compte que même ses silences étaient trompeurs.

Ils atteignirent la tente. Les dames s'installèrent sur les couvertures, et les messieurs entreprirent de passer les plats et de servir le champagne.

Leah poussa un soupir de soulagement quand Wriothesly prit place de l'autre côté de la tente. Avec M. Meyer et lord Cooper-Giles entre eux, elle pourrait déjeuner sans avoir à croiser son regard.

— Je pense que je viendrai régulièrement dans le Wiltshire, dorénavant, déclara Mme Meyer. Le temps y est plus clément que dans le Northumberland.

Leah avala une cuillère de crème avant de remarquer :

— Vous devriez venir en avril. La lavande recouvre le sol pendant des semaines.

— En avril, nous n'avons que de la neige dans le Northumberland. M. Meyer s'obstine à refuser, mais j'espère toujours le convaincre de louer une maison à l'année à Londres. Ce serait préférable, malgré la chaleur qui règne en ville à la belle saison.

Lady Elliot agita son verre de champagne.

— Il faut passer au moins quelques semaines au bord de la mer en été. Mais pas à Bath. Lord Elliot et moi envisagions un voyage en Italie cette année, mais on nous l'a déconseillé à cause des troubles.

Leah avala une autre cuillère de crème. Elle aurait trouvé merveilleux de visiter le Continent, ou même l'Angleterre. De choisir librement sa destination.

Peut-être pourrait-elle le faire une fois cette partie de campagne achevée. Elle se rendrait en Cornouailles, ou dans le Sussex, ou même dans le Northumberland. L'Irlande n'était pas très loin non plus. Oh, sa mère aurait une attaque si elle se rendait en Irlande !

— Je vais faire une petite promenade, annonça Mlle Pettigrew en se levant.

M. Dunlop et lord Cooper-Giles l'imitèrent aussitôt pour l'escorter, mais elle s'adressa à Leah :

— Madame George, cela vous ennuierait de m'accompagner ?

Lord Wriothesly, qui bavardait avec lord Elliot et M. Meyer, tourna les yeux vers Leah, son regard vert la scrutant comme s'il cherchait à deviner ses pensées et ses secrets.

Elle trébucha un peu en se levant.

— Cela ne m'ennuie pas du tout, mademoiselle Pettigrew, répondit-elle.

Tandis qu'elles s'éloignaient, la jeune fille demeura silencieuse. Elle n'avait probablement que deux ans de moins qu'elle, mais Leah avait du mal à la considérer comme une femme tant elle paraissait innocente. Au bout de quelques minutes, Mlle Pettigrew se baissa pour cueillir une fleur.

— Je voulais vous remercier de m'avoir invitée, madame George. Linley Park est un endroit superbe.

— Je suis heureuse que vous soyez venue.

Elles se dirigèrent vers la rive du lac.

— C'est la première fois que l'on m'invite à une partie de campagne.

— C'est normal, si c'est votre première saison…

— C'est la troisième, murmura Mlle Pettigrew.

Leah cilla, désarçonnée. Elles avaient donc le même âge.

— Mon père a engagé Mme Thompson comme dame de compagnie dans l'espoir qu'elle fasse de moi une vraie dame. Mais pour les gens de la haute société, je ne suis que la fille d'un banquier, et ma fortune ne joue pas en ma faveur. Mme Thompson elle-même a du mal à cacher son aversion pour moi.

— Ce n'est pas vrai. Je l'ai vue avec vous, et…

— Et c'est une très bonne actrice, compléta Mlle Pettigrew, en contemplant les eaux miroitantes. Quand nous sommes seules, c'est à peine si elle m'adresse la parole.

— Je suis désolée.

Mlle Pettigrew s'attendait sans doute qu'elle lui donne un conseil. Après tout, elle avait passé vingt ans à apprendre comment devenir une vraie dame, une épouse désirable et une hôtesse que toutes les femmes enviaient.

Mais Mlle Pettigrew ne lui demanda pas de conseil ; elle se contenta de la remercier d'un hochement de tête. Ses yeux bleus enfiévrés contrastaient avec ses joues blêmes, nota Leah.

— Je crois que je suis amoureuse, madame George.

— Oh ! De M. Dunlop ?

— Non.

— Du baron de Cooper-Giles ?

— Non, non. Pas de quelqu'un de convenable, avoua Mlle Pettigrew en tournant les yeux vers le petit groupe.

Curieuse, Leah suivit son regard. S'il ne s'agissait pas des deux célibataires, il ne restait plus que les hommes mariés, M. Meyer et lord Elliot. Et elle doutait que la jeune fille trouve l'un ou l'autre de ces messieurs charmant ou séduisant. M. Meyer zézayait, et ses cheveux blonds étaient clairsemés. Quant à lord Elliot, il avait de la bedaine.

Bien entendu, il y avait aussi un veuf...

Lord Wriothesly n'était pas d'une beauté à couper le souffle, comme Ian, mais son regard était fascinant, et il avait le don de créer une illusion d'intimité...

— Je crois qu'il est encore amoureux de sa femme, dit-elle.

— Qui ça ? demanda Mlle Pettigrew.

— Lord Wriothesly.

— Oh, ce n'est pas lui non plus ! s'esclaffa Mlle Pettigrew. Ce serait trop commode d'aimer un homme que mon père approuverait ! Vous confierai-je mon secret, madame George ? Me promettez-vous de ne le répéter à personne ?

— Si vous le voulez vraiment...

— Il s'appelle William Price, et c'est un des employés de bureau de mon père.

— Vous avez raison. Je ne pense pas qu'il soit très convenable.

Mlle Pettigrew sourit tristement, puis joua un instant avec la fleur qu'elle avait à la main avant de murmurer :

— J'aimerais savoir comment vous avez fait.

— Comment j'ai fait ? répéta Leah, qui souleva sa jupe comme elles traversaient une zone un peu boueuse.

— Pour que M. George vous aime. Cet amour que vous sembliez partager… je n'avais jamais entendu cela. Comment l'avez-vous convaincu de vous épouser ?

— Je… Honnêtement, je n'ai fait que me soumettre au désir de mes parents. Je crois que les siens aussi désiraient ce mariage.

— Oh… Je vous demande pardon d'avoir été si directe. Mme Thompson ne serait pas fière de moi.

— Mais je l'aimais, ajouta Leah.

Cela paraissait si loin. Comme dans une autre vie. Elle avait aimé Ian, elle ne pouvait le nier. Il avait été l'homme de ses rêves, son chevalier en armure venu l'arracher aux griffes de sa mère. Elle l'avait aimé autant qu'elle l'avait haï de lui avoir fait comprendre, plus tard, que ses rêves n'étaient que des mensonges.

— Et il vous aimait aussi, dit Mlle Pettigrew avec un soupir nostalgique.

Par bonheur, ce n'était pas une question. Leah aurait été bien en peine d'y répondre, car elle ignorait la vérité.

Alors qu'elles retournaient vers la tente, Mlle Pettigrew donna à Leah la fleur qu'elle avait cueillie.

— Vous ne parlerez à personne de mon secret, n'est-ce pas, madame George ?

— Non, je vous le promets.

Mlle Pettigrew la remercia et retourna s'asseoir à côté de Mme Thompson. M. Dunlop et le baron de Cooper-Giles s'empressèrent de la rejoindre. Serrant sa fleur entre ses doigts, Leah alla prendre un autre verre de champagne, souriant à ses invités en passant. Tous lui rendirent son sourire, excepté lord Wriothesly.

Il la fixa jusqu'à ce qu'elle détourne les yeux.

Sebastian souleva le lourd globe de verre, le fit passer d'une main dans l'autre, et le reposa sur le bureau de Ian, où il servait de presse-papiers.

Bien qu'il soit venu un nombre incalculable de fois à Linley Park, il n'avait jamais vu Ian dans cette pièce. Il ne pouvait même pas l'imaginer assis à sa table de travail, la tête penchée sur les livres de comptes du domaine. Ian avait certainement dû assumer ses responsabilités, mais cela lui déplaisait. Il préférait utiliser son temps et son charme pour d'autres choses, comme...

Sebastian pivota et s'écarta du bureau. Pas ce soir. Il avait consacré suffisamment de temps à ce sujet ; ce soir, il refusait de penser à eux, ensemble.

La pensée de Henry l'avait empêché de dormir. Il en était lui-même surpris. Il lui tardait de revoir l'enfant, de découvrir quels nouveaux mots il avait appris en son absence. Il avait déjà été séparé de lui, bien sûr, parfois pendant plusieurs semaines. Mais cela n'était pas arrivé depuis la mort d'Angela. Alors qu'autrefois il lui paraissait normal qu'un bébé passe toute la journée avec sa nurse, il était à présent jaloux de ces moments. Il avait envie de voir son fils, de jouer avec lui... de sentir ses petits bras autour de son cou, et de se dire que oui, Henry était bien de son sang. Mais à présent, au lieu d'être auprès de lui, il était obligé de surveiller la veuve de Ian.

Une lumière vacilla dans le corridor. Sebastian s'approcha de la porte pour la fermer. Il était plus de minuit, et il n'avait pas envie que quelqu'un vienne lui demander ce qu'il faisait dans le bureau de Ian. Il ne savait pas lui-même pourquoi il était entré ici. Il n'y avait rien à trouver. Pas de papier, ni d'indice expliquant ce qui avait poussé Ian à le trahir. Tout était net et en ordre. Propre. Inutilisé.

Il s'immobilisa devant la porte. Était-ce une impression ou avait-il perçu son parfum ? Il tira sur le battant et sortit dans le couloir, sûr d'y trouver Leah occupée à faire ce qu'elle n'aurait pas dû.

Il se faufila sans bruit le long du couloir. La lumière fuyait devant lui. Il ne voyait plus à présent que les ombres que la flamme projetait sur les murs. Des pas résonnèrent dans l'escalier et il la vit monter à l'étage supérieur, une lampe à la main.

Elle ne portait ni voile ni bonnet, et sa cape était bleu roi, mais il avait passé suffisamment de temps à l'observer aujourd'hui pour savoir que c'était elle. Près du lac, puis pendant le dîner, et les charades ennuyeuses qui avaient suivi, il n'avait cessé de l'étudier. Au point qu'il aurait pu fermer les yeux et voir avec précision ses traits, et la façon qu'elle avait de frotter nerveusement le pouce contre le majeur de sa main droite.

Maintenant, il connaissait la vérité. Il aurait dû s'en rendre compte plus tôt – la première fois qu'il l'avait revue après l'enterrement de Ian, en fait. Elle avait paru presque heureuse de sa visite.

Puis dans sa résidence londonienne, quand elle l'avait invité à regarder dans les affaires de Ian. Elle avait souri en le voyant.

Encore aujourd'hui, son visage s'était éclairé au cours du pique-nique, alors qu'elle discutait avec les dames assises autour d'elle. Elle avait ri et plaisanté, donné son opinion, et même encouragé ses invitées à entonner avec elle la chanson prétendument préférée de Ian – du moins lorsqu'elle ne glissait pas des coups d'œil à Sebastian pour voir s'il la regardait toujours.

De fait, il ne l'avait pas lâchée des yeux. Et ce soir, pendant les charades, il avait remarqué pour la première fois combien elle était attentive au bien-être de ses invités. Par le passé, chaque fois qu'Angela et lui s'étaient rendus chez les George pour un bal ou une réception, Leah était restée en retrait, ne parlant que lorsqu'on lui adressait la parole. Mais à présent, elle allait au-devant des autres. La jeune femme discrète qui se fondait autrefois dans le décor brillait désormais comme un diamant.

Pourquoi une veuve qui n'avait jusque-là jamais fait le moindre accroc à l'étiquette suscitait-elle tout à coup toutes sortes de rumeurs en défiant les règles tacites de la bonne société ? Plutôt que de flirter ou de se comporter de manière scandaleuse, pourquoi invitait-elle des personnes respectables à sa partie de campagne, et essayait-elle de justifier cette invitation en célébrant la mémoire de son époux défunt ?

La réponse était évidente, et s'était imposée d'elle-même à Sebastian.

Leah George souffrait de la solitude.

Trois mois passés sous ses voiles de veuve après une année entière à porter seule le secret de la liaison de son mari avec Angela. Elle s'était presque enterrée vivante à force de respecter à la lettre les exigences de la bonne société.

Il aurait pu éprouver de la compassion pour elle, ou même applaudir son courage si elle n'avait, par ses actions, menacé sa sécurité et celle d'Henry. Mais il la comprenait mieux à présent, ce qui signifiait que s'il pouvait l'aider à alléger sa solitude, il serait peut-être capable d'empêcher un scandale.

Une seule question demeurait sans réponse : pourquoi refusait-elle de lui avouer qu'elle se sentait seule ?

Sebastian posa le pied sur la première marche alors que Leah atteignait l'étage supérieur. Il faillit l'appeler, mais aucun son ne franchit ses lèvres, et il la laissa fuir sans lui demander d'où elle venait ni où elle allait.

Il se figea, environné par les effluves qui s'attardaient dans son sillage. Cette fois, à l'odeur fraîche du savon s'ajoutait un parfum…

Il inhala de nouveau.

… de roses.

7

T'a-t-elle dit quelque chose ? Comment peux-tu être certain qu'elle ne lui parlera pas ?

— Hier, lord Wriothesly m'a confié qu'il avait partagé avec M. George une passion pour la peinture. Pour l'aquarelle, très exactement.

Leah indiqua les cinq chevalets installés du côté est de la maison.

— D'ici, les messieurs pourront peindre les collines, le jardin de Linley Park ou n'importe quel autre sujet qui leur plaira.

— Les messieurs ? releva M. Meyer. Et les dames ? Que feront-elles pendant ce temps ?

— Du tir à l'arc, répondit Leah en souriant.

Lord Elliot se tritura le lobe de l'oreille.

— Je vous demande pardon, madame George, mais je ne sais pas peindre. Et l'aquarelle…

Lady Elliot émit un soupir agacé.

— Ne vous inquiétez pas, le rassura Leah. Je suis certaine que lord Wriothesly se fera un plaisir de vous enseigner les rudiments. N'est-ce pas, monsieur ?

Pour la première fois depuis leur conversation de la veille, près du lac, elle s'adressa directement au comte.

Adossé au mur, ce dernier croisa les bras et l'observa d'un air nonchalant.

— La peinture n'est pas un problème, madame. En revanche, je suis un peu inquiet à l'idée que les dames fassent du tir à l'arc sans assistance. Il ne faudrait pas que l'une d'entre vous se blesse.

Mlle Pettigrew murmura une protestation, et fut aussitôt réprimandée par Mme Thompson.

— Vous me faites tellement penser à lui, parfois, monsieur, avoua Leah. Ian aussi était très chevaleresque. Vous rappelez-vous ce jour où, alors que nous nous promenions le long de la Serpentine, lady Wriothesly a trébuché et s'est blessée au pied ? Ian avait insisté pour qu'elle…

— Je m'en souviens, coupa Wriothesly en se redressant.

Malgré son voile, Leah vit la lueur menaçante qui passa dans ses yeux étrécis par la colère. Mais aussi par la surprise, nota-t-elle. Elle se demanda s'il songeait à toutes les fois où ils s'étaient promenés tous les quatre, s'il s'interrogeait sur des échanges en apparence anodins entre Ian et Angela.

Préférant ne pas s'attarder sur la question, elle reporta son attention sur ses invitées.

— Allons-y, mesdames.

— Je devrais sans doute les accompagner, entendit-elle M. Dunlop marmonner dans son dos.

— Laissez-les donc, protesta lord Cooper-Giles. Si nous devons faire de l'aquarelle, vous en ferez aussi.

Les femmes descendirent la colline en direction du sud-est, pour gagner le champ où les domestiques disposaient les cibles.

— Je n'ai jamais tiré à l'arc, avoua Mlle Pettigrew.

— Oh, c'est très drôle ! assura lady Elliot. Vous n'avez qu'à imaginer quelqu'un que vous détestez au centre de la cible. C'est le meilleur moyen de viser juste.

Mme Meyer sourit et lui décocha un coup de coude.

— La vie avec son mari devient plus tolérable quand on lui a percé le front d'une flèche, n'est-ce pas ?

— Ciel, nous sommes assoiffées de sang ! murmura Leah. Qui imaginerez-vous à la place de la cible, madame Thompson ?

L'autre veuve du groupe ne devait pas avoir dix ans de plus que Leah, mais son allure sévère la faisait paraître aussi vieille que Mme Meyer et lady Elliot. Elle garda le silence un bon moment, avant de cracher d'un ton méprisant :

— Lord Massey.

Ses compagnes échangèrent des regards intrigués, mais la dame de compagnie s'en tint là. Lady Elliot se tourna vers Leah.

— Et vous, madame George ? Sur qui allez-vous tirer aujourd'hui ?

— Contrairement à vous toutes, je suis très civilisée. J'aime le tir à l'arc pour la beauté du sport.

— Fadaises, répliqua lady Elliot en haussant les sourcils. Et que faites-vous du comte ?

— Du comte ? répéta Leah, le cœur battant.

— Lord Wriothesly, précisa Mme Meyer.

Lady Elliot fit passer son ombrelle d'une épaule à l'autre.

— Oui. J'ai cru percevoir une certaine inimitié entre vous.

Apparemment, Leah n'avait pas été aussi subtile qu'elle le pensait.

— Je crains que lord Wriothesly n'approuve pas cette partie de campagne. Il préférerait faire son deuil en privé, confia-t-elle à mi-voix.

Bien sûr, ce n'était pas là l'entière vérité. Leah n'allait pas avouer qu'elle prenait plaisir à le provoquer et était désolée lorsqu'elle s'apercevait qu'elle était allée trop loin. Elle ne ferait pas non plus allusion à l'aversion que le comte éprouvait pour elle, ni au fait qu'elle refusait obstinément d'accéder à sa demande de jouer les gentilles veuves éplorées.

— Dans ce cas, pourquoi est-il venu ? s'étonna Mlle Pettigrew alors qu'elles approchaient de la table où se trouvaient les arcs et les flèches.

— Je suppose qu'il pensait que c'était son devoir, répondit Leah en haussant les épaules.

— Eh bien, si vous ne voulez pas le placer sur votre cible, je vous autorise à le remplacer par lord Elliot, déclara obligeamment lady Elliot.

— Quelle générosité, madame.

Lady Elliot lui adressa un clin d'œil.

— Il est si gros que vous ne pourrez pas le manquer.

Les femmes choisirent leurs armes en riant, puis s'alignèrent face aux cibles. Mme Meyer montra à Mlle Pettigrew comment positionner sa flèche.

Leah rabattit son voile en arrière, tira sur la corde et visa.

— Un peu plus à gauche, lança une voix derrière elle.

Ses doigts glissèrent, sa flèche s'envola et se retrouva sur le sol, à plusieurs mètres de la cible.

Leah pivota sur elle-même, et fusilla Wriothesly du regard.

— Je vous avais dit de viser plus à gauche, fit remarquer celui-ci. Mais peut-être faut-il vous apprendre à tenir un arc.

Leah lui adressa un sourire doucereux.

— Et peut-être pourriez-vous vous tenir près de la cible et me montrer où je dois viser exactement ?

Il se mit à rire. C'était la première fois que cela arrivait depuis l'accident, et Leah ne put s'empêcher d'être extrêmement contente d'elle.

— N'avez-vous pas une aquarelle à terminer ? s'enquit-elle, en prenant une nouvelle flèche.

— C'est étrange, murmura-t-il en se rapprochant, je découvre que je n'ai aucun talent pour l'aquarelle. N'est-ce pas curieux, sachant combien Ian et moi adorions peindre ensemble ?

Le coude de Leah lui heurta la poitrine lorsqu'elle tira sur la corde de son arc, et bien qu'il ait aussitôt fait un pas de côté, elle se pétrifia.

— Si vous avez l'intention de renoncer...

— Renoncer ? coupa-t-il en refermant les doigts sur la flèche pour la maintenir immobile. Sommes-nous en train de jouer, madame George ?

Elle arqua un sourcil.

— Je ne crois pas avoir dit...

— Parce que je peux vous assurer que je gagnerai toutes les épreuves. Et bien que vous ayez, semble-t-il, oublié que vous étiez veuve, ce n'est pas mon cas. Et, malheureusement, pour m'assurer que vous vous comportez comme il convient, je ne peux vous permettre de rester seule avec vos invités.

— Je n'ai plus de gouvernante depuis l'âge de six ans, lord Wriothesly. Je ne pense pas avoir besoin d'être surveillée.

Il ouvrit la bouche comme pour parler, puis la referma. Avec une moue, il relâcha la flèche et recula. Après s'être incliné, il pivota, puis se tourna de nouveau vers elle.

— Oh, madame George ? Ne me menacez plus avec vos souvenirs de Ian et d'Angela. Ou vous risquez de constater que je peux être meilleur que vous à ce jeu-là.

Il s'éloigna, et Leah lança sa deuxième flèche. Celle-ci glissa sur le sol, à côté de l'autre. En attendant que le valet les lui rapporte, elle en profita pour observer Wriothesly du coin de l'œil. Ce dernier s'approcha de Mlle Pettigrew et de Mme Meyer. Il dut dire quelque chose de spirituel, car le visage de la jeune fille s'éclaira.

Puis il passa à lady Elliot, et enfin à Mme Thompson, aidant celle-ci à sélectionner une flèche, et parvint même à la faire rire. Finalement, il rejoignit ses compagnons sans avoir regardé une seule fois en direction de Leah.

Presque aussitôt, les dames entourèrent celle-ci.

— Allons-nous retourner là-bas ? demanda lady Elliot.

— Le pouvons-nous, madame Thompson ? s'enquit Mlle Pettigrew.

— Pourquoi pas ? répondit cette dernière. Sa suggestion n'a rien d'incorrect.

Voyant Leah froncer les sourcils, Mme Meyer expliqua en souriant :

— Ces messieurs prétendent qu'ils ne sont pas inspirés par le paysage. Ils préféreraient peindre notre portrait.

— Comme c'est... charmant, murmura Leah en s'efforçant de dissimuler sa déconvenue.

Wriothesly s'était arrangé pour gâcher une fois de plus son plaisir en jouant sur la vanité de ses invitées. Naturellement, elle ne pouvait continuer le tir à l'arc et abandonner ses invitées.

— Comment résister à un tel compliment ? dit-elle. Les cibles attendront.

Alors qu'elles remontaient vers la maison, Mlle Pettigrew murmura à Mme Thompson :

— M. Dunlop a demandé que je pose pour lui. C'est bon signe, n'est-ce pas ?

— Oui, et je suis censée poser pour lord Cooper-Giles. Ce qui signifie que le baron s'intéresse également à vous.

Quand elles atteignirent le sommet de la colline, Leah découvrit Wriothesly près des chevalets, les mains nouées dans le dos, une moue amusée sur les lèvres. Il savait qu'elles viendraient !

— Lord Elliot veut faire mon portrait, annonça lady Elliot. Quel vieux romantique !

Leah ralentit le pas. Il était normal que les célibataires tentent d'attirer l'attention de Mlle Pettigrew. Elle était très jolie, avec ses boucles brunes et ses grands yeux bleus. En outre, bien qu'elle n'appartienne pas à la noblesse, c'était une riche héritière, ce qui n'était pas négligeable. En revanche, il était inhabituel que les couples mariés décident d'avoir une activité ensemble.

— Pour qui allez-vous poser, madame Meyer ? s'enquit Leah avec appréhension.

— Mais pour M. Meyer, bien sûr.

Leah coula un regard du côté de Wriothesly, qui ne se gêna pas pour afficher un air suffisant.

— Bien sûr, répéta-t-elle, dépitée.

— Cessez de me foudroyer du regard, madame George, fit Sebastian d'un ton suave en observant son croquis. Comment voulez-vous que je sois inspiré ? Vous n'arrêtez pas de froncer les sourcils.

Comme les autres, qui s'étaient dispersés sur le côté de la maison, Sebastian avait choisi un arrière-plan pour son portrait. Leah était assise devant des buissons de lauriers et de houx aux baies rouges.

— Pourriez-vous relever un peu les sourcils ? reprit-il. Et ne pas faire cette moue…

— Que diriez-vous de ceci ? l'interrompit-elle.

Sebastian leva les yeux et découvrit qu'elle avait rabattu son voile devant son visage. Seule la blancheur de sa peau était encore visible sous le tulle.

— Je commence à croire, ma chère madame George, que vous n'avez pas envie que je fasse votre portrait, déclara-t-il en tapotant le chevalet du bout de son crayon.

— Pas du tout, lord Wriothesly. Je crains simplement que mon apparence ne vous déplaise. Il est très difficile de rester assise ici en sachant que vous pensez à votre femme et me comparez à ce parangon de vertu.

— Ah, dit-il, se rappelant la conversation de la veille qu'il s'était efforcé d'oublier. Vous voudriez que je m'excuse pour mon impolitesse.

— Non, j'ai accepté le fait que l'impolitesse était inhérente à votre nature. Vous devez avoir du mal à la contenir, comme tous vos autres défauts.

— Mes autres défauts ? répéta-t-il en déplaçant son tabouret du chevalet pour mieux la voir.

— Vous êtes surpris que j'emploie le pluriel ?

— À vrai dire, oui. Je n'avais pas conscience d'en avoir.

Elle ricana, et il commença à rire avant de se ressaisir.

— Je vous en prie, continuez, fit-il. Attendez. Énumérer mes multiples défauts vous prendra-t-il beaucoup de temps ?

Elle pencha la tête de côté.

— Je l'ignore. Il y en a tant que je crains d'en oublier.

— Mais vous allez essayer, pendant que je peins.

Il se leva et traversa la petite allée, faisant crisser les graviers sous ses bottes. Il s'arrêta devant elle, se pencha, attrapa le bord de son voile et le souleva lentement, au-dessus de son corsage, puis de son cou pâle. Arrivé à la hauteur de sa bouche, il marqua une pause feignant d'avoir laissé échapper le tissu. Il contempla les courbes pleines et sensuelles de ses lèvres. Il ne lui avouerait jamais que la bouche d'Angela ne l'avait pas autant troublé que la sienne.

Les doigts crispés sur le tulle, il le fit remonter au-dessus du nez, et des pommettes délicatement sculptées. Leurs yeux se croisèrent. Il ne pouvait plus prétendre que ceux de Leah étaient d'un marron banal. Vu de près, le brun chaud de ses iris était strié d'ambre, et ses épais cils sombres les rendaient d'autant plus saisissants. Il rejeta le voile en arrière, le bout de ses doigts gantés lui effleurant le front.

Puis il pivota sur ses talons et regagna son chevalet, le souffle court, les oreilles bourdonnantes.

— En plus de refuser de me laisser seule avec mes invitées, vous ne me faites pas confiance pour relever moi-même mon voile ? fit Leah d'une voix empreinte d'une vague curiosité.

Il sentit son regard peser sur lui tandis qu'il s'installait de nouveau à son chevalet.

— Considérez que c'est l'un de mes défauts, répliqua-t-il en s'efforçant d'apparaître indifférent, comme s'il ne s'était rien passé d'extraordinaire. Vous êtes censée les répertorier, vous vous souvenez ?

— Ah oui ! Eh bien, pour commencer je dirai que vous êtes… autoritaire.

Sebastian observa son esquisse. Le feuillage, le mur du jardin, la courbe d'une joue. Il n'avait encore tracé aucun détail sur le visage, mais il imaginait déjà les traits de la jeune femme. Le menton arrondi, la chevelure dessinant une pointe brune sur le front. Tout était clairement gravé dans sa mémoire.

« Parle », s'ordonna-t-il. La jeune femme attendait en silence qu'il commente sa remarque.

— Si je suis autoritaire, c'est uniquement pour contrebalancer votre comportement imprudent.

— Imprudent ? Vous trouvez imprudent de se promener en barque sur le lac et de pratiquer le tir à l'arc ?

— Je parle de votre partie de campagne. Vous savez que ce n'est pas convenable.

— Hmm.

Il devina qu'elle haussait les épaules, mais rien n'aurait pu l'obliger à jeter un coup d'œil derrière son chevalet. Il ne voulait pas admettre l'attirance qu'il éprouvait pour elle. Il préféra se concentrer sur le mur de brique qu'il traçait sur sa toile.

— Un autre de vos défauts, reprit-elle. Vous vous emportez facilement.

— Rarement, corrigea-t-il en fronçant les sourcils. Et uniquement avec vous.

— Non, non. Vous ne pouvez pas me rendre responsable de vos défauts, lord Wriothesly.

— Pourtant, vous êtes la seule cause de mon irritation.

Abandonnant le mur, il s'absorba dans le dessin du feuillage.

— Je vois. Vous refusez d'être responsable de votre propre comportement. Le troisième défaut serait-il la lâcheté ?

Il avait beau savoir qu'elle cherchait à le provoquer, Sebastian ne put s'empêcher de se raidir.

— Quand pourrai-je entamer à mon tour l'énumération de vos défauts, madame George ?

Elle rit doucement. Sebastian ferma les yeux. Il n'aurait pas dû être ici. Il aurait dû être à Londres avec Henry. Ou dans leur domaine du Hampshire, puisqu'on était en août. Mais pas dans le Wiltshire avec cette femme, à regretter qu'elle ne lui confie pas ses secrets, à écouter son rire joyeux, à découvrir, non sans surprise, qu'elle pouvait se révéler attirante.

— Vous pouvez commencer tout de suite si vous le souhaitez, répondit-elle d'un ton ouvertement amusé. Mais soyez certain que je connais déjà très bien chacun d'entre eux.

Avec un soupir, Sebastian termina de dessiner un buisson, avant de passer au suivant.

— Il y a une différence entre vous et moi, madame George. J'ai appris de mes erreurs. Alors que vous énumérez mes défauts, je suis bien trop poli pour faire la même chose avec vous. Bien que la tentation soit grande.

Il attendit, et sourit comme le silence se prolongeait, pas mécontent de l'avoir remise à sa place.

— Content de soi.

Son pinceau tressauta, et une longue trace de peinture gâcha son esquisse.

— C'est un autre de vos défauts, enchaîna-t-elle. En plus d'être autoritaire, emporté et lâche, vous êtes content de vous.

— Vraiment ? répliqua-t-il en essayant d'effacer le trait malvenu.

— Oh, mais j'ai oublié l'impolitesse ! C'est par là que nous avons commencé, n'est-ce pas ?

Sebastian sélectionna une couleur, incapable de s'empêcher de sourire.

— Dites-moi, madame George, y a-t-il une seule chose dans mon caractère qui joue en ma faveur ?

Un nouveau silence suivit sa question.

— Votre habitude du mensonge devrait vous servir, ajouta-t-il.

Elle demeura silencieuse, puis finit par admettre, à regret :

— Vous avez de beaux yeux.

— Merci. Mais je vous ferais remarquer que mes yeux n'ont rien à voir avec mon caractère.

— C'est tout ce que j'ai trouvé en votre faveur. Dans l'ensemble, vous êtes très irritant.

Sebastian se risqua à lui lancer un coup d'œil.

— Voilà qui est réconfortant, car je dois avouer que je n'ai pas grand-chose à dire en votre faveur non plus.

La regarder était une erreur. L'attirance inappropriée – et inattendue – qu'il ressentait à son endroit était toujours présente.

— Nous reconnaissons enfin que nous ne nous apprécions guère, reprit-il. Vous continuerez à faire ce qui vous plaît, et moi à m'assurer que vos actions inconsidérées n'ouvriront pas la voie à des spéculations concernant la vérité. Tout nous oppose, nous sommes des adversaires.

Leah hocha la tête. Son sourire s'effaça, mais elle ne cilla pas.

— En effet, répliqua-t-elle d'une voix ferme. Nous sommes ennemis.

8

Nous avons commis une erreur, ce soir. Si lord F. n'avait pas bu trois verres de sherry pendant le dîner, je suis sûre qu'il nous aurait vus. Oh, que je déteste ces rencontres furtives ! Et pourtant, chaque instant volé vaut la peine de braver mille scandales.

Plus tard ce soir-là, lorsque tout le monde se fut retiré, après le dîner et trois parties de whist qui avaient traîné en longueur, Leah était allongée dans son lit, incapable de trouver le sommeil. Elle ne parvenait pas à chasser de son esprit le regard de lord Wriothesly lorsqu'il lui avait soulevé son voile, dans le jardin. Elle n'était pas sûre de ce qu'elle y avait vu. Elle devait se tromper. Et surtout, elle n'avait pas éprouvé la même émotion que lui.

Alors qu'elle se retournait pour la énième fois, on frappa discrètement à la porte.

C'était Herrod, le majordome, une lampe à la main.

— Pardonnez-moi, madame George, mais il semble que l'un des invités se soit approprié le cognac du regretté M. George. Il se trouve dans le bureau et s'est montré désagréable quand je lui ai suggéré de se retirer dans sa chambre pour la nuit. Dois-je le laisser là ?

Leah resserra la ceinture de sa robe de chambre.

— Qui est-ce ? s'enquit-elle, devinant déjà la réponse.

— Lord Wriothesly.

Elle hocha la tête, s'empara d'une lampe sur son secrétaire pour suivre le majordome, puis se ravisa.

— Ne vous inquiétez pas, Herrod. J'irai voir le comte dans un moment.

— Très bien, madame.

Refermant la porte, elle posa la lampe, et alla chercher une cape qu'elle drapa sur ses épaules. Elle enfila une paire de mules, puis enroula ses cheveux en chignon sur la nuque qu'elle fixa à l'aide de quelques épingles. Après avoir vérifié dans le miroir que sa tenue était correcte, elle reprit la lampe et descendit.

Wriothesly était assis dans le canapé devant le feu. Il tourna la tête vers elle à son entrée. Ses yeux étaient fiévreux, ses joues empourprées.

— Lord Wriothesly ?

Elle n'obtint pas de réponse.

— Est-ce que... vous vous sentez bien ? Herrod m'a dit que vous étiez ici.

Les flammes qui se reflétaient dans les yeux du comte donnaient à son regard un éclat impie. Elle aurait aimé qu'il dise quelque chose, n'importe quoi, même des reproches, plutôt que ce silence. Mais il se contenta de l'observer. Elle fit quelques pas, s'immobilisa.

— Avez-vous besoin d'aide pour regagner...

— Approchez.

Sa voix était sourde, mais pas pâteuse. Il avait pourtant un flacon de cognac dans une main et un verre vide dans l'autre.

— Venez, madame George, ne faites pas la timide. Je vous attendais.

Leah ne bougea pas. D'ordinaire, elle n'aurait pas considéré Wriothesly comme un homme dangereux, mais vu la façon dont il la regardait ce soir, elle préférait se tenir sur ses gardes. En fait, elle ferait mieux de regagner sa chambre et de le laisser noyer son chagrin et sa colère dans l'alcool, se dit-elle. Mais elle ne recula ni n'avança.

— Pourquoi m'attendiez-vous ? demanda-t-elle en croisant les bras, comme si cela suffisait à la protéger.

Bien qu'elle détestât ses habits de veuve, elle regrettait de ne pas avoir son voile ce soir.

Il étrécit les yeux, puis haussa les épaules et se servit un doigt de cognac. Il l'avala d'un trait en renversant la tête en arrière, exposant son cou musclé.

Leah détourna les yeux, et fixa le flacon d'alcool. Puis elle se risqua à le regarder de nouveau.

Il souriait, mais dans son sourire, qui n'en était pas vraiment un, il y avait davantage de défi que d'humour.

— Approchez, madame George, répéta-t-il. Je veux sentir votre odeur.

Il était bel et bien ivre, décida-t-elle. Réconfortée par cette conclusion, elle s'esclaffa et décroisa les bras.

— Sentir mon odeur, monsieur ? N'avez-vous point dit que je n'avais pas un parfum de femme ? Il n'y a aucune raison…

Il agita la main qui tenait la bouteille.

— Je veux savoir si vous portez de nouveau ce parfum à la rose.

Leah secoua la tête.

— Monsieur, je sais que vous avez bu, mais je ne vois pas de quoi vous parlez.

— La nuit dernière, je vous ai aperçue dans l'escalier. Vous aviez cette même cape et vous sentiez la rose, et j'ai pensé…

Il baissa la tête et son regard se perdit dans les flammes.

— Je venais du jardin.

— Oui, bien sûr.

— Les roses sont en fleur.

Il hocha la tête, et versa un trait de cognac dans son verre.

— Mais… commença-t-elle avant de laisser échapper un rire incrédule. Vous pensiez que je portais du parfum pour vous ? À cause de ce que vous aviez dit ?

Il avala le contenu de son verre.

— Je vais être obligée d'ajouter l'adjectif « arrogant » à la liste de vos défauts, monsieur !

— Je n'aime pas boire, marmonna-t-il en fixant son verre.

— Je vois cela, commenta-t-elle, pince-sans-rire.

Elle s'approcha, lui prit le verre et le flacon des mains, et les posa sur le manteau de la cheminée.

— Je vais sonner un valet pour qu'il vous aide à monter dans votre chambre.

— Non, je veux rester là, avec vous. Je veux… vous parler.

Leah se dirigea vers le cordon de la sonnette.

— Il est plus de 2 heures du matin, monsieur, et…

— Qu'y avait-il dans les lettres ?

Leah se figea, et jeta un coup d'œil par-dessus son épaule. Une épingle à cheveux tomba, libérant une mèche qui vint lui balayer le cou.

Wriothesly était affalé sur le canapé, un bras sur le dossier, l'autre pendant nonchalamment de l'accoudoir. Ses jambes étaient étendues devant lui, sa tête appuyée sur les coussins. Jamais elle ne l'avait vu dans un tel état d'abandon.

— Vous les avez lues, n'est-ce pas ? reprit-il.

Sa première réaction fut de nier. Mais elle s'en découvrit incapable.

— Oui, je les ai lues. Pas toutes, seulement quelques-unes.

— Vous les avez brûlées ?

— Non. Elles sont dans mon bureau. Voulez-vous que j'aille les chercher ? Je peux vous les lire si vous le souhaitez.

— Non, dit-il en posant son bras replié sur ses yeux. Mais je veux que vous me disiez.

Leah alla s'asseoir au bout du canapé. Une autre épingle glissa. Les yeux rivés sur le feu, elle essaya de rattacher ses cheveux sans mot dire.

— Vous refusez ? s'enquit-il.

— Un instant.

Malgré ses efforts, une mèche ne cessait de retomber. Si elle ne parvenait pas à la fixer, son chignon se déferait et sa chevelure se répandrait sur ses épaules. Le comte avait beau l'accuser de courir au-devant du scandale, son désir d'indépendance n'allait pas jusqu'à ce genre de manquement aux convenances. Et certainement pas devant lui.

— Laissez-moi vous aider, fit-il en se redressant.

Le mouvement la fit basculer vers lui, et elle sentit son souffle lui caresser l'oreille lorsqu'il lui prit les épingles des mains.

— Je n'ai pas besoin d'aide, protesta-t-elle.

Elle se tourna pour récupérer lesdites épingles, puis se ravisa aussitôt. Il se tenait si près qu'elle avait failli lui effleurer la joue du bout du nez.

— Tenez-vous tranquille. Je n'ai pas envie de vous transpercer accidentellement le cou. J'ai bu pas mal de cognac, figurez-vous.

Leah cessa de respirer en sentant ses doigts sur sa nuque. Malgré la chaleur du feu tout proche, et celle qui émanait de Wriothesly, elle frissonna quand il lui maintint la tête pour enfoncer les épingles. Il ne se rendait pas compte de ce qu'il était en train de faire, et n'aurait sans doute jamais pris une telle liberté s'il n'avait été ivre.

Il tapota le chignon, puis recula et reprit sa place, le bras posé sur les yeux. Leah inspira longuement, s'efforçant de recouvrer son calme.

— Les lettres, lui rappela-t-il.

— Que voulez-vous savoir ?

— Je veux que vous me disiez qu'il ne s'agissait que de désir charnel.

Sa franchise, la supplication tranquille dans sa voix prirent Leah de court. Il aurait été plus facile de lui mentir, mais elle s'en découvrit incapable.

— Je crois qu'elle l'aimait. Je n'ai pas de lettres écrites par Ian, bien entendu. Mais celles de lady Wriothesly donnent tout lieu de croire que leur liaison n'était pas... uniquement physique.

Il poussa un grognement sourd qui évoquait un animal blessé.

— Disait-elle de manière explicite qu'elle l'aimait ?

— Oui.

— Ce n'est pas suffisant.

Écartant le bras, il redressa la tête et croisa le regard de Leah.

— Les amants avouent souvent leur amour, même si ce n'est pas vrai. Je pourrais vous dire que je vous aime et tenter de vous séduire.

— Je ne tomberais pas dans le panneau, rétorqua-t-elle. Et nous savons tous deux que vous ne tenterez rien de tel.

Il lui semblait impensable que quelqu'un la touche comme l'avait fait Ian. La pensée que Wriothesly le fasse était... troublante. Bien que ses traits soient assez plaisants, elle ne désirait plus connaître ce genre de fausse intimité avec un homme.

Il l'étudia un instant, puis esquissa un sourire.

— Non, en effet, confirma-t-il.

Une chose était certaine : cet homme avait le don de lui rappeler qu'elle n'était pas attirante.

— Qu'y avait-il d'autre ? demanda-t-il en renversant de nouveau la tête sur le dossier du canapé.

— Vous devriez peut-être lire ces lettres, suggéra-t-elle. Vous verriez par vous-même.

— Si vous craignez ma colère parce que vous êtes porteuse de mauvaises nouvelles, ne vous inquiétez pas. Je vous demande de me dire ce que vous avez lu.

Elle hésita et il l'encouragea d'un geste de la main.

— Allez-y.

— Elle voulait vous quitter, lâcha-t-elle avant de marquer une pause, guettant sa réaction.

Il ne broncha pas. Un instant, elle crut même qu'il avait cessé de respirer.

— Ils projetaient de fuir l'Angleterre, reprit-elle.

— Pour aller où ?

— En France. D'abord Paris, puis…

— Les imbéciles. Je les aurais suivis.

— Ils comptaient se cacher.

Sebastian s'assit, le corps soudain rigide.

— Je les aurais trouvés.

— Comme je vous l'ai dit, ils semblaient amoureux.

— Et c'est mieux, je suppose ?

Elle commença à acquiescer, mais quelque chose dans son expression l'arrêta net. Il avait besoin qu'elle lui dise la vérité.

— Peut-être pas, murmura-t-elle en détournant les yeux. Mais cela me donne l'impression d'être moins… indigne.

Dans le silence qui suivit, elle sentit son regard sur elle.

— Je suis désolé pour ce que je vous ai dit quand nous étions près du lac. Je n'aurais pas dû vous comparer à elle. C'était grossier de ma part. En fait, vous êtes très jolie...

— Je vous en prie ! s'exclama-t-elle en riant. Pas de flatterie.

En fait, elle trouvait encore plus insultant qu'il pense qu'elle avait besoin d'être rassurée sur son physique.

— J'ai besoin d'un autre verre, déclara-t-il en se levant pour aller récupérer le flacon et le verre.

— Monsieur...

— Vous ne m'avez toujours pas dit la vérité, madame George.

— Quelle vérité ?

Il regagna sa place, remplit son verre, et but à petites gorgées.

— Pourquoi avez-vous décidé d'organiser cette partie de campagne ? demanda-t-il en lui tendant le flacon.

Elle refusa d'un signe de tête, et repoussa sa main.

— Comme je vous l'ai dit, je voulais vous aider.

— Menteuse. Vous êtes trop égoïste pour cela. Étrangement, c'est une des choses que je préfère chez vous.

Leah sourit.

— Je croyais que nous nous détestions ?

— Oh, mais c'est le cas ! Je vous déteste cordialement. Surtout quand vous souriez.

— Vraiment ?

Il fit un geste de la main qui tenait le verre, renversant de d'alcool sur son pantalon.

— Vous êtes beaucoup trop heureuse. C'est choquant.

— Vraiment ? répéta-t-elle en réprimant un sourire.

— Mais oui, confirma-t-il avant de vider son verre. Si vous voulez être une hôtesse digne de ce nom, vous vous efforcerez d'avoir l'air malheureux. Je vous détesterais moins si vous étiez un peu plus pathétique de temps à autre.

— Je vois, dit-elle en le regardant poser le flacon et le verre sur le sol. Cela finira par passer, vous savez.

— Je dois préciser que je désapprouve aussi l'optimisme.

Elle se mit à rire, désarçonnée par cette version inattendue du personnage, un lord Wriothesly complètement soûl.

— Et maintenant, je crois que je vais poser la tête sur vos genoux, annonça-t-il. La pièce commence à tourner, et cela fait très longtemps que je n'ai pas posé la tête sur les genoux d'une femme.

Leah cessa de rire lorsqu'il fit mine de s'allonger.

— Non, monsieur ! Sebastian ! Laissez-moi me lever.

— Je commençais à me demander si vous vous rappeliez mon prénom, grommela-t-il. Restez tranquille, je vous en prie. Juste un instant.

Il s'empara de sa main, la porta à ses lèvres pour y déposer un baiser.

— Juste un instant, le temps que le monde cesse de tourner.

Leah retira vivement la main, irritée par la sensation troublante que provoquait le contact de ses lèvres. Il pesa alors contre elle de tout son poids, la forçant à le laisser s'allonger. Ne sachant où poser les mains, elle les pressa contre sa poitrine et le considéra avec perplexité. Il avait tourné le visage vers le feu, et fermé les yeux.

— Merci, murmura-t-il avec un soupir d'aise. Je crois que je vais m'endormir.

— Si vous faites cela, je vous pousserai par terre. Je vous donne cinq minutes, pas une de plus, ajouta-t-elle en lançant un coup d'œil à l'horloge sur la cheminée.

— Vous êtes très généreuse, madame George.

Les minutes s'égrenèrent. Leah essaya de s'occuper l'esprit en regardant le feu qui crépitait dans l'âtre. Il ne tarderait pas à s'éteindre, et il ne resterait bientôt plus que des braises qu'un domestique viendrait attiser un peu avant l'aube.

Mais elle avait beau se concentrer sur les flammes qui léchaient les bûches, ses pensées revenaient sans cesse à l'homme dont la tête reposait sur ses genoux. Son nez était aussi droit qu'une lame, et ses cheveux, d'un brun profond, étaient épais et bien coupés.

Les cinq minutes s'écoulèrent, mais elle ne dit rien. La poitrine de Wriothesly se soulevait à un rythme régulier, et il apparut évident qu'il dormait.

Comme dotée d'une volonté propre, la main de Leah se posa sur les cheveux du comte. Elle les lissa, les repoussa en arrière, s'aventura jusqu'à sa nuque qu'elle caressa du pouce.

S'il avait bougé, elle aurait retiré la main en prétendant qu'il avait rêvé. Mais il ne se réveilla pas et elle continua, éprouvant une satisfaction sensuelle dans la répétition de ce geste.

Ses paupières étaient lourdes, et bien que la chaleur du corps viril de Sebastian soit réconfortante après tant de nuits passées seule, elle ne pouvait prendre le risque de s'endormir. Dans quelques heures les domestiques se lèveraient, et il n'était pas question qu'ils la trouvent avec lord Wriothesly.

— Sebastian, chuchota-t-elle en lui touchant l'épaule.

Sa poitrine se souleva longuement, puis retomba.

— Sebastian, réveillez-vous.

Il ouvrit lentement les yeux – ses yeux splendides, d'un vert profond. Et Leah se rendit compte à cet instant que cet homme la troublait bien plus qu'elle ne l'aurait voulu.

9

Je suis désolée. Il a changé d'avis au dernier moment, et décidé de ne pas sortir. Il avait envie de passer la soirée avec moi. Ne t'inquiète pas, il ne m'a pas touchée. Tu me manques.

Le lendemain après-midi, pendant que les invités triaient les perruques, les costumes et les accessoires pour les tableaux vivants, Leah s'excusa car elle avait sa correspondance à mettre à jour.

Une fois installée au petit bureau de sa chambre, elle fut tentée de poser la tête sur ses bras croisés. Elle n'avait pas beaucoup dormi, même après avoir fait escorter Wriothesly jusqu'à sa chambre par un valet.

Elle avait beau faire, elle ne cessait de penser à la douceur de ses cheveux, au bien-être inattendu qu'elle avait éprouvé à le regarder dormir. Elle ne pouvait non plus effacer de sa mémoire le souvenir de son souffle sur sa nuque lorsqu'il avait fixé les épingles dans son chignon, ni la pression de ses lèvres sur sa main. Bien qu'il ait été ivre, elle avait apprécié sa compagnie, et sa proximité, et la façon dont il l'avait touchée. Au point qu'elle s'était ensuite tournée et retournée dans son lit, incapable de trouver le sommeil. Pour tout dire, sa réaction physique l'avait… effrayée.

Elle avait finalement succombé à la fatigue à l'aube. Et n'avait dormi que cinq heures avant qu'une servante vienne la réveiller.

Elle avait manqué le petit déjeuner ; le comte aussi apparemment. Ce dernier ne s'était pas non plus joint aux autres invités pour la promenade dans le parc, et n'était pas apparu à la table du déjeuner. Lorsqu'un valet vint avertir Leah qu'il avait frappé à sa porte, mais que le comte n'avait pas répondu, elle en avait conclu qu'il devait cuver son vin. Et avait espéré secrètement qu'il passerait la journée entière dans sa chambre.

Avec un soupir las, Leah se redressa et prit l'enveloppe sur laquelle s'étalait l'écriture agressive de sa mère. Elle décida que cette lettre pouvait attendre. Adelaide avait dû avoir vent de la partie de campagne, et exigeait sans doute de savoir pourquoi sa fille avait décidé de se déshonorer et, par là même, de déshonorer sa famille entière.

C'étaient les quatre autres lettres qu'elle attendait. Il s'agissait des réponses aux invitations à dîner qu'elle avait lancées pour le dernier jour de la partie de campagne. Un bal aurait lieu après le repas – de toutes les activités qu'elle avait prévues, c'était l'une des rares qui plaisaient vraiment à Ian. Ce serait aussi la première fois qu'elle aurait l'occasion de danser depuis l'accident. Un test destiné à elle-même.

Car même maintenant, après avoir passé quatre mois à l'écart de la société, après s'être soumise strictement aux règles et obligations de celle-ci, et avoir finalement décidé que son bonheur était plus important que l'obéissance, elle éprouvait encore des scrupules à bafouer à ce point le rituel du deuil. Certes, elle frissonnait d'impatience à l'idée de danser des cotillons, des quadrilles et des valses. Mais danser était plus grave que de faire une promenade en barque ou de tirer à l'arc, ou même d'organiser une partie de campagne si tôt après la mort de son mari.

En dehors du fait qu'il était fort possible que personne ne souhaite être son cavalier, elle n'était même pas sûre de vouloir vraiment provoquer ce genre de scandale. Car elle avait beau désirer se conduire comme bon lui semblait, il lui était encore difficile de sortir de son rôle d'observatrice discrète qui regardait les autres vivre leur vie, analysait leurs paroles et leurs actes, admirait la vivacité et le charme de femmes comme Angela, mais ne tenait pas à prendre leur place.

Le dîner n'aurait lieu que dans trois jours, elle avait donc encore le temps de prendre une décision. Qu'elle danse ou pas, ses invités pourraient s'amuser, et la partie de campagne se terminerait par une belle soirée. Un ultime hommage à la mémoire de Ian, penseraient-ils.

Leah ouvrit les quatre missives. Une seule déclinait l'invitation. Il y aurait donc neuf invités supplémentaires. Des membres de la petite noblesse locale pour la plupart, avides de contacts avec l'aristocratie londonienne. Le résultat était bien meilleur qu'elle ne s'y attendait.

Quittant son bureau, elle coula un regard de regret en direction du lit. Une hôtesse convenable serait immédiatement retournée auprès de ses invités ; il n'était pas poli de les abandonner plus d'une demi-heure.

Mais ils étaient très occupés avec les préparatifs des tableaux vivants. Et son veuvage étant récent, elle pouvait plus facilement se faire excuser. Elle songea à Wriothesly, qui devait dormir encore. Elle était certainement bien plus fatiguée que lui.

Elle alla tirer le cordon pour appeler une servante et lui demander de transmettre un message à ses invités.

Seigneur, quel mal de crâne ! Sebastian hocha la tête, et grimaça, comme Mlle Pettigrew lui expliquait quel rôle elle désirait qu'il joue dans les tableaux vivants. Contrairement aux autres, elle n'avait pas porté son choix sur une œuvre d'art célèbre, mais sur une pièce de Shakespeare. Plus précisément, la scène de *Jules César* dans laquelle l'empereur est poignardé. Sebastian était donc censé s'agenouiller sur le sol, tandis que lord Cooper-Giles et M. Dunlop brandiraient des couteaux en direction de sa poitrine.

Ce serait sûrement très amusant.

Mais où était donc passée Leah ?

Cela faisait deux heures qu'on le réclamait à droite et à gauche, toutes les dames ayant besoin de lui pour tenir un rôle dans une scène pastorale ou un tableau biblique. Diverses perruques étaient passées sur sa tête, on l'avait affublé d'arcs, de flèches, et d'autres accessoires. Apparemment, il n'était pas le seul à souffrir ; les autres hommes subissaient le même sort. Sebastian n'aurait su dire si Leah avait conçu ces tableaux vivants comme un amusement ou comme une torture destinée à la gent masculine.

Leah avait la migraine. C'était du moins ce que Herrod avait annoncé peu de temps après que Sebastian fut descendu. Les dames avaient échangé des murmures soucieux et des regards éloquents.

Mme George n'était pas remise de la perte de son cher époux. Pauvre petite femme courageuse.

Sebastian avait plutôt tendance à penser qu'elle l'évitait. Malheureusement, il ignorait pour quelle raison exactement. Il ne se rappelait pas tout ce qui s'était passé la veille, dans le bureau de Ian. Il savait néanmoins qu'il avait bu trop de cognac, avait parlé de Ian et d'Angela. Et découvert que la nuque de Leah le fascinait.

Il ne se rappelait pas grand-chose de leur conversation au sujet de Ian et d'Angela, en dehors du fait que, selon Leah, ils projetaient de s'enfuir ensemble. Il se demandait encore pourquoi il lui avait touché les cheveux, et, pire, ce qui l'avait incité à poser la tête sur ses genoux. Car de cela, il ne se souvenait que trop bien.

Non seulement il se rappelait la douceur de ses cuisses sous sa tête, mais aussi qu'il s'était endormi alors qu'elle lui caressait les cheveux. Sa voix un peu rauque répétant son prénom l'avait tiré de son sommeil, et quand il avait rouvert les yeux et croisé son regard las, il avait pensé qu'il ne voulait plus jamais bouger.

Lorsque Herrod leur avait annoncé qu'elle serait absente un moment, Sebastian en avait été soulagé. Il ne voulait pas se retrouver devant elle et lire dans son regard ce qu'il avait été forcé d'admettre ce matin en se réveillant, à savoir, qu'il y avait désormais davantage entre eux que le secret de Ian et d'Angela.

— Voilà, lord Wriothesly ! s'exclama Mlle Pettigrew en surgissant devant lui, une guirlande de feuillages à la main. Pour votre tête.

Sebastian ôta la couronne qu'elle avait placée sur son crâne.

— Je ne crois pas que les Romains portaient ce genre de choses.

— C'est tout ce que j'ai trouvé, avoua-t-elle.

— J'ai déjà accepté de porter une toge, précisa-t-il en haussant un sourcil.

— Vous avez raison, cette couronne ne va pas du tout, admit-elle avec un soupir.

Sebastian jeta un coup d'œil à lord Elliot, à l'autre bout de la pièce. Celui-ci était vêtu d'un peignoir marron retenu par une ceinture, et tenait une crosse de berger à la main. Lady Elliot était en train de noircir les joues de M. Meyer avec un morceau de charbon. Sebastian les considéra d'un air compatissant. Les seuls qui semblaient s'amuser étaient Dunlop et Cooper-Giles. Mais ils étaient sans doute plus entichés de Mlle Pettigrew – qui ne manquait pas de leur sourire en passant – que des rôles qui leur avaient été assignés.

Si, deux heures plus tôt, Sebastian s'était réjoui de l'absence de Leah, il commençait à trouver cela irritant. Il attrapa Mme Meyer par le bras alors qu'elle allait et venait avec divers accessoires, et l'attira à l'écart.

— Je suis inquiet pour Mme George, dit-il à voix basse. Je sais qu'elle a la migraine, mais depuis que je la connais, je ne l'ai jamais vue négliger ainsi ses invités.

Mme Meyer se pencha vers lui.

— Je ne pense pas qu'elle ait la migraine, monsieur, murmura-t-elle.

— Ah bon ?

— Elle était très pâle, ce matin. Les traits tirés, les yeux rougis. Je crains qu'elle n'ait pas fini de pleurer son mari. C'était un joli geste, mais le fait d'inviter du monde pour parler de ce que M. George aimait n'était sans doute pas une bonne idée.

— Hmm. Je suis d'accord avec vous, madame Meyer. Je vais demander à un domestique d'aller prendre des nouvelles de Mme George, décréta-t-il avant de se diriger vers la porte.

Dans le couloir, il trouva une servante qui l'envoya vers le majordome.

— J'aimerais voir Mme George, dit-il sans détour.

— Je suis désolé, monsieur, mais elle n'est pas disponible.

— Je sais. C'est justement pourquoi j'aimerais la voir.

Elle n'avait pas le droit de se cacher dans sa chambre, à moins d'être vraiment malade. Et il voulait en avoir la preuve. Il l'avait trop vue jouer les pauvres petites veuves éplorées pour ne pas être conscient de ses talents d'actrice.

Malheureusement, le majordome se contenta de le considérer d'un air patient.

— Mme George ne veut pas être dérangée.

— Très bien, répondit Sebastian.

Sur ce, il tourna les talons et gagna l'escalier. Il savait où se trouvait la suite du maître de maison, il allait donc jeter un coup d'œil dans la chambre voisine. Herrod lui emboîta le pas.

— Monsieur...

Sebastian tourna à droite dans le couloir et s'arrêta devant la cinquième porte sur la gauche.

— Monsieur !

Herrod le rattrapa, essoufflé.

— J'entre le premier, à moins que vous ne vouliez lui parler avant ?

— Ni l'un ni l'autre ! chuchota le majordome. Mme George n'est pas disponible parce qu'elle...

Sebastian poussa le battant et pénétra dans la chambre.

— ... dort, acheva le domestique en soupirant.

De fait, cela semblait exact. Recroquevillée sur le lit, Leah avait les yeux fermés, la main reposant sur la courtepointe.

— Est-elle malade ? voulut savoir Sebastian. Avez-vous envoyé chercher un médecin ?

Herrod lui adressa un regard indigné.

— Je pense que Mme George est simplement fatiguée, monsieur, rétorqua-t-il d'un ton acerbe. Il y a eu un problème avec l'un des invités, la nuit dernière.

— Ah, murmura Sebastian, penaud.

— Si vous voulez bien me suivre, à présent…

— Oui, bien sûr.

Mais avant qu'il ait franchi le seuil, la voix de Leah l'arrêta net :

— Sebastian ?

Elle n'avait pas dit « lord Wriothesly ». Sa voix était rauque, comme la veille – en fait, elle était épuisée, comprit-il. Il se retourna. Empêtrée dans la courtepointe, elle s'efforçait de se redresser en position assise.

— Que faites-vous là ? s'étonna-t-elle.

— Je vous demande pardon, madame, intervint Herrod. J'allais justement escorter lord Wriothesly.

Elle battit des paupières et repoussa ses cheveux en arrière d'un geste enfantin que Sebastian trouva charmant. Les yeux encore brouillés de sommeil, elle l'observa.

— Mes invités sont en bas, dit-elle d'un ton de reproche. Vous n'avez pas assez confiance en moi pour me laisser seule dans ma chambre, monsieur ? Ou bien considérez-vous le fait de dormir dans la journée comme répréhensible ?

— Je vous demande pardon, madame, répéta Herrod, derrière Sebastian. Nous allons vous laisser…

Sebastian sourit et alla se camper au pied du lit.

— Me croirez-vous si je vous dis que je m'inquiétais pour vous ?

— Non, répliqua-t-elle.

Puis, prenant soudain conscience de sa tenue, elle se rembrunit et ordonna :

— Tournez-vous.

Sebastian prit le temps d'examiner ses cheveux défaits, les poignets et le col de dentelle de sa chemise de nuit qui dépassaient de sous la courtepointe ornée de violettes qui la recouvrait presque complètement.

— Trop tard, dit-il d'une voix traînante. Je crains d'être déjà compromis.

Herrod s'éclaircit la voix.

— Oh, pour l'amour du ciel ! s'exclama Leah avant de lancer un oreiller à la tête de Sebastian.

— Je suis heureux de constater que vous n'avez pas perdu vos forces, dit-il en suivant la trajectoire de l'oreiller, qui passa à bonne distance. Je pensais que vous étiez peut-être malade.

— Je ne le suis pas.

— En êtes-vous sûre ? Vous êtes un peu rouge. Laissez-moi vous tâter le front, pour voir si vous avez de la fièvre...

— Herrod... appela-t-elle en décochant un regard noir à Sebastian.

— Oui, madame.

Le majordome saisit le bras de Sebastian et le poussa vers le corridor.

— Nous allons vous revoir très bientôt, donc ?

Un autre oreiller lui toucha la jambe. Herrod referma la porte derrière eux et lui lâcha le bras.

— Avez-vous besoin de moi pour retrouver le salon rose, monsieur ? s'enquit-il d'un ton grinçant.

— Non, merci. Je connais le chemin.

Avec un sourire contraint, le domestique lui désigna l'escalier.

— Comme vous voudrez, monsieur.

Sebastian longea le corridor, conscient de la présence du majordome à quelques pas derrière lui. Dans l'escalier, il croisa Mme Meyer, lady Elliot, et une servante.

— Vous voilà ! s'exclama Mme Meyer. Est-ce que Mme George va bien ?

Il hocha la tête d'un air solennel.

— Aussi bien que possible. Je crains que vous n'ayez vu juste, madame Meyer. Le chagrin…

— La pauvre petite !

— Retournons au salon poursuivre la préparation des tableaux vivants, suggéra Sebastian. Mme George nous rejoindra sans doute dans un moment.

Tandis qu'ils redescendaient comme un seul homme, Mme Meyer murmura :

— Pauvre Mme George. Oh, la pauvre chérie !

Le fait d'avoir été réveillée par lord Wriothesly eut un effet magique. Bien qu'elle n'ait dormi que quelques heures, Leah sentit sa fatigue s'envoler. Après le dîner, elle entraîna avec enthousiasme ses invités sur la pelouse pour le divertissement de la soirée.

Au sommet de la colline qui surplombait le lac, les domestiques avaient disposé des coussins et des couvertures. Un valet se tenait sur le côté, près d'un seau à champagne rempli de glace. De l'autre côté se trouvait une table basse sur laquelle on avait posé l'objet à l'honneur : un télescope.

Leah n'avait eu que peu l'occasion de s'en servir depuis qu'elle l'avait acheté, et il lui tardait d'observer les constellations, si possible avec quelqu'un qui avait l'habitude de manipuler ce genre d'instruments.

Déposant sa lampe sur la table, elle s'adressa à ses invités. Elle ne portait pas de voile ce soir, car il faisait trop sombre. Malgré la lumière qui provenait de la maison et les lampes disposées de part et d'autre des couvertures, les silhouettes des invités se découpaient à peine contre le ciel de velours.

Leah éteignit sa lampe, et quelqu'un laissa fuser un petit cri aigu. Sans doute Mme Meyer. Car, si innocente soit-elle, Mlle Pettigrew était une jeune fille raisonnable. Quant à lady Elliot, elle n'aurait pas crié même si une chauve-souris était venue se percher sur sa tête.

La voix de lord Wriothesly s'éleva dans l'obscurité :

— Bien sûr, l'astronomie. J'avais oublié combien Ian adorait observer les étoiles.

— C'était de loin son passe-temps favori, ajouta Leah, imperturbable. Nous passions des heures ici, étendus dans l'herbe. Ian nommait chaque constellation et me racontait les légendes qui s'y rattachaient.

C'était une chose qu'elle rêvait de faire, à présent, quoiqu'elle n'imaginât pas avec quel compagnon. Parfois, elle se demandait s'il y aurait un jour quelqu'un d'autre dans sa vie. Après Ian, elle doutait de pouvoir accorder de nouveau sa confiance à un homme.

— Monsieur Dunlop, madame Thompson, voudriez-vous être les premiers à regarder dans le télescope ?

Les autres s'installèrent sur les couvertures, certains avec une coupe de champagne, tandis que M. Dunlop et Mme Thompson s'approchaient de l'appareil.

Leah ramena les jambes sous elle. Le soir, en dehors du jardin d'agrément, cet endroit était l'un des plus agréables de Linley Park. Du sommet de la colline, on voyait la lune et les étoiles se refléter sur la surface miroitante du lac. Contrairement au ciel de Londres, qui était obscurci par le brouillard et la fumée, l'air ici était si pur que l'on pouvait compter les étoiles sans l'aide d'un télescope.

Lord et lady Elliot se mirent à discuter du nom d'une constellation qui brillait tel un immense saphir blanc au-dessus du lac. Leah avala une gorgée de champagne et soupira.

Voilà ce qu'elle voulait, la raison pour laquelle elle avait donné cette partie de campagne : partager les plaisirs qui la rendaient heureuse ; alléger sa solitude ; s'amuser sans arrière-pensées, et être libre de choisir qui elle serait à l'avenir alors même qu'elle portait encore ses vêtements de deuil.

Au bout d'un moment, M. Dunlop et Mme Thompson cédèrent la place à Mlle Pettigrew et au baron de Cooper-Giles.

Une haute silhouette vint s'installer près de Leah. Ses yeux s'étant habitués à l'obscurité, elle reconnut lord Wriothesly.

— Je suis content que vous vous sentiez mieux, dit-il en déplaçant un coussin pour allonger les jambes. Mais la prochaine fois, je vous conseille de fermer votre porte à clé.

— Excellente idée, dit-elle, ironique. Du reste, je l'aurais fait si j'avais pensé que quelqu'un se permettrait d'entrer sans y avoir été invité.

Levant la tête, il contempla le ciel, donnant à Leah l'impression qu'il ne lui prêtait pas attention.

— C'est la meilleure idée que vous avez eue jusqu'à présent, déclara-t-il à brûle-pourpoint. Quand j'étais enfant, mon père m'emmenait dans le jardin et me faisait nommer les constellations. Il voulait être sûr que j'apprenais mes leçons. Bien sûr, il fallait chaque fois que je les récite dans une langue différente. En latin, en français, en italien. J'étais devenu un bon petit astronome.

— Je suis sûre que vous…

Elle s'interrompit. La lampe éclairait son visage viril d'un halo doré, et il affichait une expression nostalgique qui lui coupa le souffle. Le regard de Leah glissa tout naturellement sur sa mâchoire, son cou, son torse.

— Cela aurait vraiment plu à Ian, vous savez, dit-il en la regardant avec un sourire en coin.

— Oui, je sais, acquiesça-t-elle en relevant vivement les yeux. C'est la raison pour laquelle j'ai choisi cette activité.

— Hmm, fit-il, pas vraiment convaincu.

Leah se redressa. Ils étaient trop proches l'un de l'autre ; c'était… perturbant. Comme il demeurait silencieux, elle finit par se lever et se dirigea vers le télescope.

Lord Cooper-Giles était en train d'ajuster les oculaires.

— Voilà, essayez encore une fois.

Mlle Pettigrew se pencha.

— Oh, je vois Orion, à présent ! Madame George, vous devriez regarder. Vite, sinon je risque de perdre le bon angle.

— Merci, murmura Leah, la tête ailleurs, en s'approchant. En effet, Orion est bien visible !

En réalité, ses yeux refusaient de se fixer sur quoi que ce soit. Quand bien même elle n'avait aucune raison de penser cela, elle imaginait le regard de lord Wriothesly suivant ses moindres mouvements. Elle orienta le télescope un peu plus haut, chercha une constellation qu'elle aurait pu nommer, mais son esprit ne parvenait pas à donner un sens à ce qu'elle voyait. Tout ce dont elle avait conscience, c'était de la présence de Wriothesly à deux pas. Agacée, elle se redressa et fit signe à Mlle Pettigrew de reprendre sa place.

Une fois de plus, le comte de Wriothesly avait réussi à lui gâcher son plaisir.

Sebastian était assis devant la cheminée de sa chambre. Tout le monde était couché, et il aurait dû l'être aussi depuis longtemps.

Il avait bien essayé de dormir. Il s'était déshabillé, s'était glissé entre les draps. Il avait même fermé les yeux et tenté de respirer lentement. Mais le visage de Leah continuait de flotter dans son esprit, l'empêchant de trouver le sommeil.

Il aurait dû être content qu'elle se soit éloignée de lui et l'ait évité pendant la soirée. Cela signifiait qu'elle ne recherchait pas son amitié, qu'elle n'en voulait pas et qu'il n'était pour elle qu'une simple relation. Cela aurait dû décourager l'attirance ridicule qu'il éprouvait pour elle. Or c'était tout le contraire qui s'était produit.

Il avait envie d'explorer ses vulnérabilités, de comprendre le mystère de Leah George, qui le fascinait alors qu'il aurait dû n'y voir qu'une source de contrariétés. Il voulait percer à jour ses secrets, puis, une fois sa curiosité satisfaite, s'éloigner.

Il ne devrait pas être assis là, à ruminer sur les courbes douces de sa bouche. Et l'attirance qu'il éprouvait pour elle n'aurait pas dû le pousser à se demander si la femme qu'il avait éperdument aimée pendant trois ans n'était pas qu'une belle façade, une illusion qu'il avait créée pour répondre à ses propres désirs.

Sebastian se leva si brusquement que son fauteuil se renversa. Se frottant le visage, il se mit à arpenter la chambre.

Il avait aimé *Angela*, et non quelque idéal caricatural issu de son imagination. Il le savait, au plus profond de son cœur. Il l'avait aimée, et s'il avait appris l'existence de cette liaison, il aurait fait son possible pour qu'Angela le choisisse, lui. Il l'aurait reconquise, par tous les moyens, et elle ne serait pas morte. Et Ian non plus. Ils seraient de nouveau ensemble, Angela, Henry et lui. Ian et Leah seraient à des centaines de kilomètres.

Dans l'air moite, des gouttes de sueur perlèrent sur son front. Il alla l'appuyer contre la vitre, mais celle-ci n'était pas plus fraîche que la chambre. Jurant à voix basse, il s'apprêtait à ouvrir la fenêtre lorsqu'une forme dans le jardin capta son attention.

Leah. Elle était assise sur un banc, le télescope posé à côté d'elle sur une table basse, une lampe à ses pieds. Elle avait la tête légèrement penchée en arrière et la lune éclairait ses traits. Son abondante chevelure était répandue sur ses épaules.

Sebastian s'écarta de la fenêtre, les lèvres pincées. Il fallait que cela cesse. Et au diable les conséquences !

10

Je lis chaque jour le sonnet que tu m'as donné. Mes larmes ont taché le papier. Moi aussi, je serai toujours à toi, « dans la plus longue nuit, ou dans le jour le plus court », « dans les cieux, sur la terre, ou bien en enfer ».

Leah continua de contempler le ciel tandis qu'il approchait. Pour une raison mystérieuse, il trouva cela agaçant. Bien qu'ils soient en pleine campagne, elle était dehors au beau milieu de la nuit, et sans arme pour se défendre hormis sa lampe et le lourd télescope de cuivre. Il aurait pu être n'importe qui.

Il s'arrêta à quelques pas du banc, en face d'elle, et attendit.

Elle pencha la tête et désigna un rosier en fleur.

— Je risque de sentir encore la rose, l'avertit-elle. J'ai trouvé Orion. Et Hydra. Ainsi que Cassiopée, et la constellation du Bélier.

— Je sais pourquoi vous avez invité ces gens.

— Vraiment ? Et quelle est votre conclusion ?

Sebastian garda le silence. Il était fasciné par la pâleur de son cou, et par le mouvement de ses lèvres tandis qu'elle regardait de nouveau le ciel comme si elle attendait qu'un baiser tombe de la voûte céleste.

— En avez-vous conclu que je me sentais seule, monsieur ? Est-ce pour cela que vous êtes là ?

Sebastian s'assit à côté d'elle.

— Pourquoi êtes-vous là ? répéta-t-elle en s'écartant de lui.

Il répondit par une question :

— Vous sentez-vous seule ?

Il lui semblait la voir revêtir une armure invisible, et il répugnait à la pousser dans ses retranchements. Il ne porterait pas d'accusation, ne l'obligerait pas à lui parler. Car tout à coup il voulait non seulement la comprendre, mais aussi gagner sa confiance.

— Pas en ce moment, mais je vous remercie de vous en inquiéter, répondit-elle d'un ton froid et courtois.

Elle lui avait signifié clairement qu'elle n'avait nul besoin de compagnie, pourtant il ne bougea pas.

— Je n'arrivais pas à dormir, avoua-t-il.

Se tournant vers elle, il s'adossa à l'accoudoir pour observer le profil de la jeune femme.

— Vous avez trouvé Cassiopée, disiez-vous ?

— Là, sur la gauche, dit-elle en indiquant la direction du doigt.

— Ah oui ! Je la vois.

Ils demeurèrent assis côte à côte un long moment, scrutant le ciel en silence. Sebastian écoutait le bruissement des feuilles de rosiers sous la brise. Il avait trouvé Hydra et Orion, et cherchait la constellation du Bélier quand Leah murmura :

— Le 9 avril, l'année dernière. C'est ce jour-là que je les ai surpris ensemble.

Elle avait parlé lentement, en détachant chaque syllabe.

— Vous ne m'avez jamais dit ce qui s'était passé, fit-il en posant les yeux sur elle. Cela n'a pas d'importance.

Je ne veux pas savoir, ajouta-t-il après une courte pause.

Leah posa les doigts sur le pied du télescope, qu'elle caressa pensivement.

— Parfois, je me dis que j'aurais préféré ne découvrir la vérité qu'au moment de l'accident, comme vous. J'aurais aimé être en colère, moi aussi. J'aurais probablement été capable de pleurer sur sa mort. Mais j'avais déjà épuisé mes larmes l'année dernière, au cours de cet affreux mois d'avril.

Elle laissa échapper un soupir triste, et le contraste avec sa voix monocorde, dans laquelle elle s'efforçait vaillamment de ne laisser filtrer aucune émotion, était poignant.

— Leah… commença-t-il d'un ton d'excuse.

Il n'avait pas le droit de lui causer autant de chagrin, même si tout dans son attitude semblait dire qu'elle voulait lui révéler ses secrets les plus profonds.

— Oui, je me sentais seule, continua-t-elle sans le laisser aller plus loin. Je ne pouvais pas pleurer devant les autres, car on m'aurait posé des questions. Et je gardais mes distances avec Ian… autant que je le pouvais.

— Avez-vous essayé de lui parler ?

Elle secoua la tête.

— Je les avais surpris ensemble. Ils m'avaient vue. Une confrontation était donc inutile. Je ne voulais pas que quelqu'un l'apprenne. Surtout pas ma mère, qui était convaincue de m'avoir déniché le mari parfait. Quant à mes amies et mes connaissances, elles étaient aussi et surtout celles de Ian. Toutes m'enviaient et trouvaient que j'étais la femme la plus heureuse du monde d'avoir épousé le fameux Ian George. Et vous…

Sebastian regarda sa main fine et gracieuse jouer avec le télescope.

— J'aurais peut-être dû vous parler, mais j'avais honte. À l'époque, je m'adressais toutes sortes de reproches. Ce devait être ma faute. J'étais ennuyeuse, laide, ou… comme vous l'avez suggéré, je ne le satisfaisais pas sur le plan des relations… conjugales, ajouta-t-elle en lui coulant un regard oblique.

Sebastian se racla la gorge, mal à l'aise. Il trouvait difficile d'imaginer Ian et Leah amants. À vrai dire, il avait moins de mal lorsqu'il s'agissait de Ian et d'Angela – il avait passé tellement de temps à se torturer à ce sujet. Ian et Leah étaient trop… différents. Elle était brune alors qu'il était blond, petite alors qu'il était grand, discrète alors qu'il était extraverti. Qui aurait pu penser qu'ils formaient un couple uni ?

— Bien que je sois entourée de monde, j'étais complètement seule, reprit-elle. Je n'avais personne à qui me confier, à qui avouer ma souffrance. Ian essaya de me parler, mais ce fut encore pire. Il m'obligea à avoir une conversation avec lui, alors que tout ce que je voulais, c'était être seule, feindre de ne l'avoir jamais aimé.

Elle se tut, ouvrit la bouche, puis la referma.

— Racontez-moi, la pressa Sebastian, songeant soudain que Ian l'avait peut-être menacée, ou même frappée.

Après tout, il ne le connaissait pas aussi bien qu'il l'avait cru. S'il n'avait pas hésité à le trahir avec Angela, peut-être était-il capable de pire.

— Non, souffla-t-elle, cela ne servirait à rien.

— Dites-moi au moins s'il vous a fait du mal.

Elle tourna vivement la tête et le considéra d'un air stupéfait.

— Non, Ian n'aurait jamais... Non, il n'aurait rien fait de tel.

Sebastian laissa échapper un long soupir. Leah enchaîna, et son débit était plus rapide, cette fois :

— Pendant un an, je n'ai parlé à personne de leur liaison. Jusqu'à l'accident. Ensuite, il y a eu vous, mais, bien sûr, vous n'aviez pas envie d'en parler. Vous vouliez garder cela secret.

— Vous comprenez certainement mon point de vue.

— Je le comprends, oui. Je ne vous reproche rien. Après tout, moi non plus je ne voulais pas que les gens sachent, parce que j'avais honte.

— Je n'ai pas honte, Leah. Je...

Elle se tourna et lui couvrit la bouche de sa main.

— Laissez-moi finir.

Sa main était douce et chaude. Sebastian fut tenté de fermer les yeux et de déposer un baiser au creux de sa paume. Il se contenta de hocher la tête. Leah laissa retomber sa main.

— J'allais dire que je ne voulais plus être seule. Pas après cet accident. Je sais que vous êtes encore en colère, mais j'ai passé une année entière à pleurer à cause d'eux. Vous avez raison, je pourrais me promener en barque seule, ou faire tout ce que je veux. Mais je n'en ai pas envie. Et si la seule façon pour moi d'être heureuse et d'avoir de la compagnie, c'est de feindre d'être toujours amoureuse de mon mari et de célébrer sa mémoire à travers une réunion qui n'est qu'une farce inepte, eh bien, soit !

Elle leva de nouveau le visage vers le ciel, les lèvres entrouvertes, la respiration hachée. À la lueur de la lampe Sebastian vit une veine battre dans son cou.

— Avez-vous atteint votre but ? demanda-t-il.

Elle tourna la tête vers lui, une interrogation muette dans le regard.

— Maintenant que vous avez organisé cette partie de campagne, vous sentez-vous toujours seule ?

Leah baissa brièvement les yeux, puis esquissa un sourire moqueur.

— Pas quand je suis avec vous.

Son ton n'avait rien d'aguicheur. Ce n'était pas une manœuvre de séduction, mais bien plutôt un aveu fait un peu à contrecœur, comme si elle regrettait que ce soit lui qui allège sa solitude. Pourtant, Sebastian se surprit à se pencher vers elle, incapable de garder ses distances. Il tendit la main pour lui toucher les cheveux.

Dieu qu'ils étaient doux. Ils coulaient entre ses doigts, si fins et si soyeux. Il les écarta de son visage et les regarda retomber telle une cascade contre sa joue.

Leah émit une petite plainte. Pour qu'il arrête ou qu'il continue ? Son regard était inquiet, méfiant. Puis elle ferma les yeux. C'était tout ce qu'il attendait.

Il lui encadra le visage de ses mains, sentit l'ossature délicate de sa mâchoire sous ses paumes. Il demeura un long moment immobile, éprouvant la chaleur de sa joue, savourant la douceur de sa peau.

Lorsqu'il lui effleura la bouche du pouce, le désir lui embrasa les reins. Malgré lui, il continua de caresser ses lèvres pulpeuses, les entrouvrit, effleura le bout de sa langue.

Les paupières fermées, les mains serrées sur ses genoux, elle lui frôla le doigt de la langue – à deux reprises. Sebastian s'immobilisa et attendit qu'elle rouvre les yeux, qu'elle le regarde et admette qu'elle voulait davantage.

Elle finit par s'y résoudre. Alors, soutenant son regard, il s'inclina sur elle, lui souleva le menton et l'embrassa.

Leah se raidit dès que sa bouche effleura la sienne. Elle savait, quand elle avait ouvert les yeux, qu'il allait l'embrasser ; son regard si intense révélait ses intentions. Elle l'avait laissé faire, croyant à tort qu'elle en avait envie.

Sa bouche s'anima sur la sienne, doucement d'abord, puis il la taquina, la mordilla, tenta de lui entrouvrir les lèvres de la langue.

Ce fut trop. Elle avait beau essayer, elle était incapable de lui rendre son baiser. Elle demeura immobile, les yeux ouverts, attendant que cela finisse. Comme elle l'avait fait nuit après nuit avec Ian.

Mais Sebastian continua de l'embrasser, sa main lui caressant le cou. Et c'était bon, Seigneur, mais elle suffoquait !

Leah le repoussa et bondit sur ses pieds, renversant la lampe dans son affolement. La lumière s'éteignit, ne laissant que les ombres créées par la lune et les étoiles.

Elle fit volte-face, tremblant comme une feuille.

— Ne me touchez plus *jamais*.

Il se pencha en avant, les mains sur ses genoux.

— Leah...

La gorge nouée, elle ramassa la lampe, cherchant la poignée de cuivre à tâtons dans l'herbe. Elle finit par la trouver et se redressa.

Elle aurait aimé tourner les talons et s'enfuir, mais elle n'y parvint pas.

— Pourquoi m'avez-vous embrassée ? demanda-t-elle, dans un souffle.

« Ne me dites pas que vous me désirez, le suppliat-elle en silence. Je vous en prie, ne mentez pas. »

Elle attendit. Un long moment. Mais il ne répondit pas.

— Était-ce pour vous venger ?

— Je ne suis pas sûr de comprendre ce que vous voulez dire.

Sa voix était froide et distante, à présent.

— Vous êtes en colère contre Ian et Angela. Espériez-vous prendre votre revanche en vous servant de moi ? En les trahissant, comme ils ont…

— Cela suffit, madame George.

— Dites-moi, insista-t-elle.

Elle se sentait un peu ridicule de rester, alors que de toute évidence il aurait voulu qu'elle s'en aille.

— Vous m'avez demandé pourquoi j'avais organisé cette partie de campagne, pourquoi je me sentais seule. Je vous ai répondu. Je mérite de savoir pourquoi vous m'avez embrassée. Était-ce pour vous venger, monsieur ?

Il s'adossa au banc et posa la cheville sur son genou.

— Oui, finit-il par déclarer avec nonchalance. Je vous ai embrassée dans un esprit de vengeance.

Leah hocha la tête et alla récupérer le télescope, qu'elle cala sous son bras.

— Ne me touchez plus jamais.

— Vous me l'avez déjà dit.

— Mais vous comprenez…

— Oui, je vous ai parfaitement entendue. Ne craignez rien, madame George, je ne répéterai pas cette erreur.

— Merci, dit-elle en regagnant l'allée. Bonne nuit, lord Wriothesly.

Elle se dirigea d'un pas rapide vers la maison, le télescope lui heurtant la jambe en rythme.

11

Ne me le demande plus. Je ne peux pas le quitter. Je suis sa mère.

Apparemment, Leah avait nourri de faux espoirs. En entrant dans le salon le lendemain matin, elle pensait apprendre que lord Wriothesly avait quitté Linley Park à l'aube. Mais non. Il était là, devant les fenêtres, en grande conversation avec M. Meyer et les autres gentlemen. Il tournait le dos à la porte, et elle trouva que ses jambes étaient plus longues et ses épaules plus larges que dans son souvenir. Elle avait passé la nuit à s'efforcer de l'oublier, sans succès. Non seulement sa présence physique était écrasante, mais le souvenir de son baiser était encore très vif, le plaisir qu'elle avait ressenti se mêlant à une sourde appréhension, à la peur de s'abandonner avec lui comme elle s'était abandonnée avec Ian.

Un sourire plaqué sur les lèvres, Leah rejoignit les dames.

— Bonjour.

— Bonjour, répondit Mlle Pettigrew. Tout va bien ? Nous ne vous avons pas vue au petit déjeuner.

De fait, elle n'était pas descendue prendre le petit déjeuner, depuis l'arrivée de Sebastian. Elle avait l'estomac noué, et cet homme occupait tellement ses pensées qu'elle ne s'endormait jamais avant l'aube. Si elle revoyait sa mère et que celle-ci lui faisait remarquer qu'elle avait perdu du poids, elle pourrait accuser Sebastian.

— Oh, je vais bien, merci de votre sollicitude ! J'avais quelques détails à régler concernant le dîner de vendredi. Sommes-nous prêtes pour les activités de la journée ?

Lady Elliot se leva. Elle portait une robe brun-roux qui faisait écho au fard qui ornait ses pommettes. Loin de la rajeunir, le maquillage soulignait la structure osseuse de son visage et la sécheresse de sa peau.

— Nous sommes prêtes, madame George. Allons chercher ces messieurs. Je voulais vous parler du premier mari de ma cousine Anne. Il me faisait beaucoup penser à votre Ian.

Lady Elliot prit le bras de Leah, et celle-ci feignit de l'écouter tandis qu'elles s'approchaient des messieurs. En réalité, elle ne pouvait détacher les yeux de Sebastian. Il était de profil par rapport à elle, et dominait ses compagnons d'une bonne tête. Son attitude dénotait une assurance qui faisait défaut aux autres. Sa silhouette était plus élancée, son nez, droit, et ses lèvres avaient quelque chose d'un peu boudeur.

C'était une bouche à embrasser. Une bouche qu'elle avait embrassée.

Tout en répondant à une question du baron de Cooper-Giles, il tourna la tête vers elle. Leah ne put s'empêcher de le comparer à un jaguar. Ses cheveux noirs et ses yeux verts la fascinaient alors qu'elle aurait dû ne lui accorder qu'à peine un regard.

— Ma chère.

Leah reporta son attention sur lady Elliot.

— Faites un effort pour ne pas laisser voir votre attirance.

Le cœur de Leah sombra.

— Je vous demande pardon, lady Elliot. Je n'ai pas compris…

— Lord Wriothesly a de l'allure, je vous l'accorde, mais il n'est pas très convenable de le dévorer des yeux comme si c'était un faisan présenté dans votre plus belle porcelaine.

— Lord Wriothesly était le meilleur ami de mon mari. Bien que j'aie la plus grande considération pour lui, je vous assure, madame, que je ne le vois pas de la façon que vous pensez.

Elles allaient atteindre l'endroit du salon où les messieurs poursuivaient leur discussion, mais lady Elliot l'entraîna à sa suite et elles continuèrent de faire le tour de la salle.

— Je sais que nous ne nous connaissons pas très bien, reprit lady Elliot à mi-voix. Et vous devez avoir un courage immense pour risquer de provoquer les foudres de la bonne société en organisant cette partie de campagne. Mais si je puis vous donner un conseil, n'alimentez pas le scandale en retrouvant Wriothesly le soir, dans le jardin.

Leah sentit le sang se retirer de son visage, et sa tête se mit à tourner comme si elle avait la fièvre.

— Vous nous avez vus, articula-t-elle d'une voix rauque.

Lady Elliot lui serra le bras comme si elle craignait qu'elle ne s'évanouisse.

— Oui, et je vous ai vue aussi vous enfuir comme il convenait de le faire. Sans les ronflements de Howard qui m'empêchent de dormir, je n'aurais sans doute pas assisté à la scène. J'adore les potins, madame George, et rien ne me ferait plus plaisir que de révéler votre petit tête-à-tête à mes amies. Mais je vous aime bien. Considérez cela comme une mise en garde, ma chère. Car bien que j'admire votre audace, je ne suis pas sûre de savoir tenir ma langue si cela devait se reproduire.

Le ton n'était pas du tout malveillant, mais Leah comprit parfaitement. Lady Elliot faisait ce que bon lui semblait. C'était le genre de femme capable d'user de son influence pour condamner une débutante au célibat si celle-ci l'avait offensée, ou de transformer une jeune fille qui faisait tapisserie en belle du moment uniquement parce que cela l'amusait. Elle lui rappelait un peu sa propre mère, si ce n'est que ses menaces étaient plus directes et ses mots plus doux. Leah n'avait nul désir d'influer sur la vie des autres, mais comme lady Elliot, elle ferait ce que bon lui semblait. Elle n'avait plus de raison d'avoir honte de ses actes ou d'être embarrassée.

— Je vous remercie de votre sollicitude, madame. Permettez-moi de vous répéter que je ne m'intéresse pas au comte. Mais si c'était le cas, et si je voulais vraiment le retrouver en secret, je le ferais sans remords. Je suis veuve… et ma réputation n'a plus d'importance.

Lady Elliot eut un rire à la fois amusé et incrédule.

— Une femme doit toujours sauvegarder sa réputation. C'est tout ce que nous avons.

— Pardonnez-moi, madame, mais je ne suis pas de cet avis. Je renoncerais sans hésiter à ma réputation si elle constituait un obstacle à mon indépendance ou à mon bonheur.

Lady Elliot haussa les sourcils.

— Dans ce cas, renoncez-y, ma chère. Mais quand vous aurez pris la décision, dites-le-moi, que je sois la première à en informer tout le monde.

Le problème quand on se disait qu'on ne voulait pas quelque chose, c'était que très rapidement on le désirait encore plus, découvrit Sebastian. Après avoir passé la nuit à tenter de se persuader qu'il devait éviter Leah, il s'aperçut, en la voyant le lendemain, que tous ses arguments allant dans ce sens étaient des mensonges.

Si elle avait fait un effort pour l'éviter, il l'aurait sans doute laissée tranquille... Peut-être. Mais elle ne lui en donna pas l'occasion. Loin de l'éviter, elle se comporta avec lui aussi poliment qu'avec ses autres invités. Elle parla avec lui, rit avec lui, le défia même à cheval au cours de la promenade dans le parc, dans l'après-midi. En somme, elle agissait comme s'il ne s'était strictement rien passé entre eux la veille.

Sans doute était-ce parce qu'elle mettait un point d'honneur à tout oublier, alors que Sebastian, au contraire, ne pouvait s'y résoudre.

Ce soir-là, quand le gong annonçant le dîner résonna, il offrit le bras à Leah. Ayant le rang le plus élevé, l'honneur de l'escorter jusqu'à la salle à manger lui revenait. Quand il s'approcha, il vit une lueur affolée passer dans son regard. Elle se ressaisit très vite, et s'il ne l'avait observée aussi attentivement, cela lui aurait échappé.

— Bonsoir, dit-il.

C'était la première fois depuis le début de la journée qu'il lui parlait sans que les autres membres du groupe, qui discutaient entre eux, aient le loisir d'écouter.

Elle le regarda et lui adressa un sourire incertain, qui disparut à peine apparu.

— Bonsoir, monsieur.

Ses joues se colorèrent. Elle semblait si jeune, soudain, si innocente. Trop jeune pour porter des vêtements de veuve.

Avant qu'il ait le temps d'ajouter quoi que ce soit, elle se dirigea d'un pas pressé vers l'escalier. Sebastian la força à ralentir l'allure afin de prolonger l'instant. Il n'était pas mécontent de découvrir qu'en dépit de son air indifférent, elle avait du mal à agir comme si elle n'avait pas été sensible à son baiser.

— Je suis impatient de voir les tableaux vivants de ce soir, dit-il. En fait, je devrais exiger que le tableau sur la mort de César ne soit joué qu'avec des couteaux en carton. Car si M. Dunlop vise aussi mal avec un couteau qu'avec un fusil, j'ai des raisons de craindre pour ma vie.

Leah ne répondit pas. C'est à peine s'il sentait sa main gantée sur son bras. Elle lui avait demandé de ne plus la toucher, et devait être exaspérée de devoir le toucher, lui, comme l'exigeait l'étiquette.

Sebastian pencha la tête pour lui murmurer à l'oreille :

— Je commence à croire que vous voulez m'ignorer, Leah.

Les épaules de la jeune femme se raidirent, et elle eut un mouvement de recul involontaire. Si seulement elle savait à quel point cette réaction encourageait Sebastian ! Il trouvait très intéressant qu'elle s'entête à ignorer l'homme qu'il était en public, le comte aux manières raffinées qui avait obtenu la main de la beauté la plus prisée de Londres.

Leah George préférait son côté sombre. L'homme qui taquinait, provoquait, dont la voix rauque laissait entrevoir la passion, le plaisir, les chaînes brisées.

— Voyez-vous un inconvénient à ce que je vous appelle par votre prénom ? s'enquit-il.

Il guetta sa réaction, mais ne décela chez elle aucun changement.

— Comme vous voudrez, monsieur.

— Ah, elle parle !

— On ne m'a pas encore coupé la langue, rétorqua-t-elle.

— En effet, je me souviens que vous en avez fait usage, hier soir. C'est très audacieux de votre part de me le rappeler, madame George.

Elle prit une brève inspiration et lui adressa un regard furieux en pinçant les lèvres.

— Si vous ne vous étiez pas sauvée aussi vite, j'aurais aimé faire plus ample connaissance avec elle.

Leah redressa les épaules, indignée.

— Je suis veuve, monsieur. Dois-je vous rappeler que mon mari est mort il y a seulement quatre mois ?

Les conversations autour d'eux s'interrompirent comme Sebastian s'esclaffait. Il avait été incapable de se retenir. Elle avait un petit air si satisfait, avec ses joues en feu et ses yeux qui lançaient des éclairs. Comme si elle croyait à ce qu'elle disait ! Les autres se remirent à parler, et Sebastian arqua un sourcil tandis qu'ils descendaient les dernières marches d'escalier.

— Pardonnez-moi, madame. Tout ce que je peux dire pour ma défense, c'est que vous faites une veuve ravissante.

— Cessez de me taquiner, articula-t-elle d'une voix posée. Cessez d'agir comme si tout ceci n'était pour vous qu'un amusement.

— Si cette comédie donnée en mémoire de Ian, cette façon de flirter avec le scandale ne sont pas censées être un amusement, dites-moi ce que c'est ?

Elle braqua sur lui ses grands yeux couleur d'ambre au regard si intelligent, si fascinant.

— C'est un choix.

— Un choix ?

— Un test pour moi-même.

Ils atteignirent la salle à manger, et Sebastian ralentit de nouveau le pas afin de prolonger leur échange. Dès qu'ils seraient assis, toute conversation un tant soit peu intime serait impossible.

— Quel genre de test ? demanda-t-il.

Sa bouche était tout près de son oreille ; elle ne la touchait pas bien qu'il fût tenté d'en frôler le lobe, ne serait-ce que pour susciter une réaction.

Et se tester lui-même. Cette attirance qu'il éprouvait pour elle était certes physique, mais elle allait aussi bien au-delà. C'était l'union de deux esprits, une affinité que l'un comme l'autre semblaient avoir du mal à admettre.

Elle continua d'avancer, et il n'eut d'autre choix que de l'escorter jusqu'à sa chaise.

— J'espère que le menu de ce soir vous plaira, monsieur, dit-elle d'un ton enjoué, assez fort pour que les autres entendent.

C'était là la Leah qu'elle voulait qu'il voie, qu'elle prétendait être pour ses invités. Mais il savait qu'elle était tout autre, et il ne se contentait plus de ce qu'elle jugeait bon de leur offrir. Il était stupéfait qu'elle ait pu lui faire croire, et faire croire à tout le monde, qu'elle n'était qu'une jeune femme effacée, une poupée à qui Ian avait donné vie.

Ils s'assirent à table. Leah à gauche de la place d'honneur, laissée libre en mémoire de Ian, et Sebastian en face d'elle. Il l'observa tandis qu'elle conversait avec lord et lady Elliot.

Ces derniers jours, elle avait commencé à se révéler un peu aux autres – un peu seulement. Ils avaient eu un aperçu de sa bonté, de sa vivacité d'esprit, mais lui seul avait pris la mesure de sa force et de sa vulnérabilité. C'était étrange de connaître les secrets d'une personne et de savoir qu'elle aussi connaissait les vôtres. Ils ne partageaient pas uniquement le secret de la liaison entre Ian et Angela, mais la compréhension de certains sentiments plus profonds que l'un et l'autre dissimulaient aux yeux du monde. Il était probable qu'il en savait plus sur Leah qu'il n'en avait jamais su sur sa propre femme. Et, que cela lui plaise ou non, Leah en savait plus que quiconque sur lui. Elle l'avait vu en colère, triste, offensé, désespéré. Et maintenant, elle savait aussi à quel point il la désirait.

Un valet s'avança pour remplir le verre de Leah et elle s'adossa à sa chaise. C'est là qu'elle commit l'erreur de croiser le regard de Sebastian. Levant son verre, il porta un toast silencieux avant de goûter à son vin. Tandis que le valet s'éloignait, il observa la jeune femme par-dessus le bord de son verre. Et tout bascula.

Il le vit dans ses yeux. C'était là, évident, alors qu'elle aurait dû essayer de le lui cacher.

Leah George le désirait aussi.

Après dîner, Leah se leva et s'excusa auprès de ses invités :

— Je vous rejoins tout de suite au salon, assura-t-elle.

— Quelque chose ne va pas ? s'inquiéta lady Elliot, son regard passant de Leah à Sebastian.

— Non, juste une question domestique à régler, répondit Leah.

Elle sourit à ses convives qui quittaient la table.

Une minute. Elle avait juste besoin d'une minute pour se ressaisir avant de se retrouver sous le feu du regard de Sebastian. Tout le plaisir qu'elle avait retiré de cette partie de campagne avait disparu. Elle n'avait plus qu'une envie à présent : qu'il s'en aille. Elle ne supportait plus sa proximité. Les questions muettes qui flottaient entre eux. La tendance qu'avait son corps à s'incliner vers lui chaque fois qu'il était près d'elle. La façon dont son pouls s'emballait alors qu'elle aurait voulu paraître calme et indifférente.

Elle demanda à Herrod d'appeler Mme Kemble. En entendant les pas de la gouvernante dans le hall, elle sortit à son tour de la salle à manger.

Sebastian était là, adossé au mur opposé, les bras croisés. Il l'attendait.

Le cœur battant, Leah fit signe à Mme Kemble d'approcher.

— Je me suis rappelé qu'il fallait changer quelque chose dans le menu de la réception. Demandez à Cook de remplacer les cailles par des canards aux raisins.

— Oui, madame.

Mme Kemble griffonna quelques mots dans le petit carnet qui ne la quittait pas.

Leah tourna ostensiblement le dos à Sebastian pour ne plus l'avoir dans son champ de vision. Ce qui ne l'empêchait pas d'être consciente de sa présence, et de son regard qui pesait sur elle. Elle sentit son cou s'empourprer.

— Et pour le dessert, ajoutez une tarte aux mûres.

— Bien, madame. Y a-t-il autre chose ?

Leah se balança d'un pied sur l'autre. Si elle changeait tout le menu, cela prendrait du temps et il finirait par s'en aller.

— Non, ce sera tout.

— Très bien. Je vais immédiatement faire part de ces changements à Cook.

Mme Kemble pivota sur ses talons et s'éloigna d'un air affairé.

Après avoir inspiré à fond, Leah se décida à faire face à Sebastian. Tentée un instant de passer à côté de lui sans mot dire, elle s'en tint finalement à sa politesse habituelle et lui adressa son sourire le plus engageant.

— Les invités s'impatientent-ils ? Vous ont-ils envoyé me chercher ?

Ignorant ses questions, il s'approcha d'elle, s'arrêtant à quelques centimètres.

— Je voulais vous parler en tête à tête.

Leah haussa les sourcils et se mit en marche pour rétablir une distance plus confortable entre eux.

— Une autre fois, dit-elle. Les autres attendent, et la soirée sera longue. Il faut que vous alliez revêtir votre costume de Jules César, n'est-ce pas ?

Ô Seigneur ! La vision de Sebastian uniquement vêtu d'une toge romaine lui traversa l'esprit.

— Vous essayez de m'éviter.

Il lui emboîta le pas, l'empêchant de maintenir un écart entre eux.

— Je suis déçu, Leah. Ce matin tout allait très bien.

La jeune femme garda les yeux fixés droit devant elle. N'avait-elle pas été assez claire la veille ? Elle ne voulait pas de lui.

— Je bavarderai volontiers avec vous dans le salon, mais je refuse d'être grossière avec les au…

Il lui agrippa le bras et la fit pivoter vers lui.

— Veuillez accepter mes excuses pour ce qui s'est passé hier soir. Vous n'avez aucune raison d'avoir peur de moi, Leah.

Des voix leur parvinrent du salon, à l'étage, et elle lança un coup d'œil vers l'escalier.

— Je n'ai pas peur de vous, répliqua-t-elle en soutenant son regard.

— Alors, pourquoi vous êtes-vous enfuie ?

— Ôtez la main de mon bras, je vous prie.

Il baissa les yeux, regarda ses doigts crispés sur le poignet fin de Leah. Plutôt que de la lâcher, il glissa les doigts sous le bord de sa manche pour caresser sa peau nue.

Leah eut un mouvement de recul. Elle s'efforça d'ignorer le feu qui se déploya depuis son poignet jusqu'à sa poitrine et à l'intérieur de ses cuisses.

— Soyez maudit, Sebastian, murmura-t-elle.

Sur ce elle empoigna ses jupes et commença à gravir les marches, la tête haute, le pas régulier et gracieux. Un départ digne, mais aucun d'eux n'était dupe : elle fuyait une fois de plus.

Elle était au milieu de l'escalier quand Sebastian déclara :

— J'ai menti la nuit dernière, madame George.

Serrant ses jupes plus fermement, Leah continua son ascension.

— Je ne vous ai pas embrassée pour me venger de Ian et d'Angela.

Leah hésita. Sa mule accrocha le bord de sa jupe, et elle faillit perdre l'équilibre. Attrapant la rampe, elle garda les yeux rivés devant elle, sur le petit paysage que la grand-mère de Ian avait peint. Sur les deux fauteuils recouverts de soie rose, juste au-dessous.

La voix la poursuivit, pleine de défi :

— Je vous ai embrassée parce que j'en avais envie. Parce que je vous désirais. *Vous.*

Les jambes tremblantes, Leah monta les dernières marches en courant.

— Leah !

Elle se retourna et croisa le regard de Sebastian – un regard brûlant d'un désir qui n'était que le reflet du sien. Étouffant un cri, elle s'enfuit.

12

Je t'enverrai une réponse demain. J'ai trouvé ceci il y a deux jours, et j'ai pensé à toi. Quoi qu'il arrive, je t'aime et t'aimerai toujours. « Ma bonté est aussi immense que la mer, mon amour aussi profond ; oui, plus je donne, plus je possède, l'une et l'autre sont infinis[1]. »

Le lendemain, Leah modifia ses plans. Renonçant aux activités de groupe qu'elle avait prévues, elle incita les messieurs à sortir et à se livrer aux amusements traditionnels d'une partie de campagne. Pêche, chasse, promenades à cheval, peu lui importait ce qu'ils faisaient tant que cela éloignait Sebastian de la maison. Les dames demeurèrent à l'intérieur, à bavarder, tricoter ou jouer d'un instrument de musique. Quand elles s'aventurèrent à l'extérieur, en fin d'après-midi, ce fut pour se promener dans les jardins d'agrément où Leah savait qu'elle ne risquait pas de croiser Sebastian.

Pendant le dîner, elle encouragea lady Elliot et M. Dunlop, ses invités les plus bavards, à régaler

1. Shakespeare, *Roméo et Juliette*, acte II, scène 1, traduction de Pierre Jean Jouve et Georges Pitoëf. *(N.d.T.)*

leurs amis des potins qu'ils avaient entendus à la fin de la Saison.

Ensuite, après avoir suggéré des jeux de cartes, Leah prit soin de rester à l'écart de Sebastian. Ils savaient tous deux qu'elle s'efforçait de l'éviter, mais elle fut étonnée qu'il ne cherche pas à l'approcher, ni ne se débrouille pour ne pas la laisser seule avec ses invités.

Apparemment, il lui faisait confiance, à présent. Il n'allait pas tarder à s'apercevoir que c'était une erreur.

Le lendemain matin, dernier jour de la partie de campagne, Leah se leva assez tôt pour retrouver les autres à la table du petit déjeuner. Toutefois, avant de se servir, elle fit une petite annonce.

— Je vous demande à l'avance de m'excuser de vous abandonner quelques heures, mais je vous ai préparé une surprise pour le dîner de ce soir, et je suis contrainte de me rendre à Swindon.

— Oh, j'adore les surprises ! s'exclama Mme Meyer.

Leah fit signe au majordome, et lui tendit une feuille de papier.

— Je vous invite à prendre connaissance du document que je viens de donner à Herrod. C'est une liste d'activités que Ian appréciait.

Bien que visiblement intrigués, aucun de ses invités ne lui demanda des détails. Sebastian lui-même s'abstint de l'interroger, mais elle sentit qu'il la suivait des yeux lorsqu'elle se dirigea vers la porte.

Une fois dans la voiture, Leah essaya de se détendre. Elle jeta un coup d'œil à la longue boîte rectangulaire posée sur le siège opposé. Celle-ci contenait la robe d'organdi qu'elle n'avait jamais eu l'intention de porter en présence de quiconque.

Leah, jeune veuve rebelle, avait décidé de danser.

Comme elle l'avait dit à Sebastian, c'était un test. Elle n'avait organisé cette partie de campagne que pour tester sa propre détermination à mener la vie qu'elle souhaitait. Elle avait choisi de ne pas se plier aux exigences de la société, mais de trouver le bonheur dans l'indépendance qu'elle avait acquise après la mort de Ian.

Or, si elle avait envie de danser lors d'une partie de campagne, elle le ferait, même si la société jugeait cela inconvenant. Et si elle voulait non seulement porter la robe d'organdi noir qui n'était qu'une parodie de tenue de deuil, mais la faire modifier de façon scandaleuse, rien ni personne ne l'en empêcherait ! Comme elle l'avait dit à lady Elliot, son bonheur était désormais plus important que sa réputation.

Il y aurait certes des conséquences. Leah n'était pas naïve au point de croire qu'elle sortirait indemne de cette expérience. Mais pour la première fois de sa vie, elle se moquait des conséquences.

Tout en regardant défiler le paysage, elle se demanda comment réagirait Sebastian en apprenant qu'il y aurait un bal après le dîner.

Elle avait eu l'intention de l'annoncer ce matin, car elle savait que les dames en seraient enchantées. Mais après ce qui s'était passé entre Sebastian et elle, elle avait changé d'avis. Elle le leur dirait plus tard dans l'après-midi, avant qu'elles ne se préparent pour le dîner. Il serait alors trop tard pour que Sebastian tente de l'obliger à annuler la soirée. Les autres invités seraient déjà en route pour Linley Park.

Elle ne cessait de se demander ce que ferait Sebastian quand il comprendrait qu'elle avait l'intention de danser. Et surtout quand il verrait sa robe.

Il serait furieux, c'était certain.

Mais quelle que soit sa réaction, elle s'en moquait. Elle n'avait pas l'intention de danser pour lui, et ce n'était pas non plus pour lui qu'elle voulait porter cette robe. Si l'incident du jardin lui avait appris quelque chose, c'était qu'une partie d'elle-même était encore prisonnière de Ian et du passé. Or ce soir, enfin, elle comptait s'en libérer.

Le carrosse pencha brusquement dans un virage, et la boîte glissa sur le siège. Leah la retint de justesse, et la déposa sur ses genoux. Elle y demeura jusqu'à leur arrivée à Swindon.

Mme Neville, la couturière, vint l'accueillir à la porte de sa boutique, qui était beaucoup plus petite que les ateliers de modistes londoniens. Il y avait une seule ouvrière, que Leah aperçut, la tête penchée sur son ouvrage, lorsqu'elles passèrent dans l'arrière-boutique.

Mme Neville considéra la jeune femme de la tête aux pieds, sans doute intriguée par son voile et ses vêtements de deuil. Puis elle tendit les mains pour s'emparer de la boîte.

— Je suppose que c'est la robe dont il était question dans votre message ? dit-elle.

Leah hésita à la lui donner.

— Madame ? Souhaitez-vous toujours que j'effectue les modifications pour ce soir ?

Avec le sentiment de franchir une frontière invisible qu'elle s'était contentée jusque-là d'imaginer, Leah acquiesça d'un hochement de tête, et lui remit la boîte.

— Hélène ! appela Mme Neville. Laissez donc cette jupe et venez aider Mme George à se dévêtir.

Tandis que son assistante s'activait auprès de Leah, Mme Neville sortit la robe de sa boîte. Elle eut un claquement de langue appréciateur.

— Je commence à comprendre ce que vous voulez, je crois, madame George, dit-elle en caressant le tissu.

Avec l'aide d'Hélène, Leah enfila la robe d'organdi noir, puis contempla son reflet dans le miroir. Contrairement au bombasin, l'étoffe n'était pas raide et n'irritait pas la peau. Elle était fluide et souple sous les doigts, et chatoyait dans la lumière. Par contraste, les jupons dessous paraissaient lourds et contraignants.

Mme Neville lui prit ses mesures, la contourna, et Leah sentit ses doigts se poser sur la longue rangée de petits boutons en forme de perles.

— Qu'aimeriez-vous que je fasse avec ceci, madame ? s'enquit-elle. Je pourrais les coudre au bord du décolleté dans le dos.

Leah considéra sans ciller la femme libre et audacieuse qui lui faisait face dans le miroir.

— C'est une excellente idée, madame Neville.

Une demi-heure, la couturière recula d'un pas.

— Ce travail ne me prendra pas très longtemps, annonça-t-elle. Je vous ferai livrer la robe à 18 heures.

Leah hocha la tête, jeta un dernier coup d'œil au miroir, et sourit.

— C'est une belle jument, mais elle n'est pas meilleure que celle de lord Derryhow. Je l'ai vue à Ascot l'année dernière, quand elle s'est mise à boiter après le...

Sebastian oublia ce qu'il allait dire en voyant Leah pénétrer dans le salon.

— Mais ses origines sont supérieures. Son...

Sebastian cessa d'écouter le baron de Cooper-Giles, qui n'avait manifestement pas vu la belle jeune femme qui venait d'entrer.

— Lord Wriothesly ?

Sebastian désigna la porte.

— Je crois que Mme George a terminé de préparer sa surprise.

Ladite surprise l'avait obligée à délaisser ses invités durant toute la matinée et le début de l'après-midi, mais elle semblait très contente d'elle, et ses yeux brillaient en dépit de ses efforts pour réprimer son humeur joyeuse. Sebastian tourna la tête vers la fenêtre et jeta un coup d'œil dehors. Il avait eu beau l'éviter la veille, le souvenir de leur baiser et du désir qu'il avait lu dans son regard le harcelait sans relâche. Mais peut-être avait-il été le jouet de son imagination, s'interrogea-t-il en reportant son attention sur Leah, car il n'avait pas vu la moindre lueur de désir dans ses yeux depuis.

— Pardonnez-moi d'avoir gardé le secret, commença-t-elle. Mais je voulais que tous les détails soient réglés avant de vous en parler. Ce soir, après le dîner, des musiciens nous rejoindront, et cette partie de campagne se terminera par une soirée dansante.

Cette annonce laissa les invités sans voix. Et dans le silence qui suivit, une question dut traverser tous les esprits : leur hôtesse danserait-elle aussi ?

Mâchoires serrées, Sebastian attendit la réponse, dont il devinait déjà la teneur. Certes, il comprenait le désir de liberté de Leah, et il l'aurait sans doute encouragé en d'autres circonstances. Mais si elle décidait de danser, cela ferait scandale et les rumeurs ne tarderaient pas à se déchaîner. Il était possible qu'elles demeurent circonscrites et qu'il ne soit pas question de Ian et d'Angela, ni de la légitimité de Henry. Et c'était ce *possible* qui inquiétait Sebastian.

Attitude, expression, maintien, tout dans Leah évoquait la modestie et la douceur. Sebastian croisa les bras et l'observa, attendant qu'un détail trahisse ses pensées.

— Comme je l'ai déjà dit, cette partie de campagne a un caractère exceptionnel. Pour notre dernière soirée ensemble, je voulais vous exprimer ma gratitude. Ian aimait danser. Ce soir, j'espère que vous danserez aussi, en mémoire de lui.

Sebastian étrécit les yeux. Elle n'avait parlé que de ses invités, et n'avait pas dit qu'elle ne se joindrait pas à eux.

— À présent, si vous voulez bien m'excuser. Les autres invités sont attendus dans un peu plus d'une heure. Je dois aller me préparer pour le dîner.

Leah tourna les talons et quitta la pièce. Sebastian dut admettre qu'elle était très habile. En quelques mots elle avait ouvert la porte à toutes les spéculations. Elle assisterait au dîner, aucun doute, mais serait-elle également présente à la soirée dansante ? Et si c'était le cas, y participerait-elle ou se contenterait-elle d'observer les autres ?

C'était la meilleure façon d'accroître l'excitation que l'annonce d'une soirée dansante avait déjà fait naître. Malheureusement pour elle, il s'arrangerait pour la voir seul à seule avant le début de la soirée afin de découvrir ses véritables intentions.

Les autres femmes s'éclipsèrent à leur tour pour aller se préparer, mais les hommes s'attardèrent pour discuter chevaux et chasse à courre. Sebastian leur faussa rapidement compagnie.

Il se rendit dans l'aile opposée, là où se trouvait la chambre de la maîtresse de maison. Après s'être assuré qu'il n'y avait personne dans le corridor, il frappa à la porte.

L'image de Leah en train de se déshabiller s'imposa à lui, et il s'empressa de la chasser.

Il frappa de nouveau, puis se déplaça de côté en entendant des pas. C'étaient probablement ceux d'une servante, mais il ne voulait pas voir, même accidentellement, Leah en petite tenue.

Le verrou tourna, et le visage rond d'une jeune femme de chambre apparut dans l'embrasure.

— Oui, monsieur ? Que puis-je faire pour vous ?

— S'il vous plaît, pourriez-vous dire à Mme George…

— Est-ce lord Wriothesly ? fit une voix à l'intérieur.

— Oui, madame.

Il y eut un mouvement à l'intérieur de la chambre, et la servante s'effaça. Leah apparut. Elle était encore vêtue de sa robe de deuil, mais ses cheveux étaient répandus sur ses épaules comme si la femme de chambre s'apprêtait à les brosser.

Leah sourit. Plus la moindre trace de cette vulnérabilité qu'elle lui avait laissée voir. Sebastian résista à la tentation de lui toucher les cheveux, de lui caresser les lèvres du pouce afin d'effacer ce sourire artificiel.

— Je suppose que vous voulez savoir si je danserai ce soir ? dit-elle d'une voix égale.

— Suis-je aussi transparent ?

Il l'étudia, s'efforçant de comparer son visage à celui d'Angela. Il voyait clairement celle-ci quand il était seul. Elle était partout où son regard se posait. Son profil apparaissait dans le motif d'un papier peint ; la nuit, ses courbes voluptueuses se découpaient dans la pénombre. S'il fermait les yeux et repoussait ces pensées, son image persistait, le narguait, l'empêchait de tourner la page.

Mais l'image d'Angela qui lui vint à l'esprit en cet instant était floue, une ombre disparaissant avant même de s'être entièrement formée. Tout ce qu'il voyait, c'était Leah, mince et pâle, trop vivante pour se laisser étouffer par les rituels du deuil. Des rituels qu'il allait lui demander d'observer à la lettre.

— Vous n'êtes pas transparent, répondit-elle, mais très prévisible.

— Vraiment ?

Si la femme de chambre n'avait pas été là, il l'aurait poussée à l'intérieur et l'aurait embrassée.

— Quant à savoir si je danserai ce soir...

Son sourire s'élargit, et elle se pencha imperceptiblement en avant. Sebastian sentit le souffle lui manquer.

— La réponse est oui, lança-t-elle avant de fermer la porte.

Le verrou tourna bruyamment. Les dents serrées, Sebastian frappa de nouveau. Il n'obtint pas de réponse.

— Madame George, appela-t-il d'une voix posée en jetant des coups d'œil à droite et à gauche.

Toujours pas de réponse.

— Madame George ! répéta-t-il, un ton plus haut. Madame Geo...

Un bruit lui parvint depuis l'extrémité du couloir, et il recula. S'il voulait prévenir tout scandale, il valait mieux qu'il ne soit pas vu devant la chambre de Leah.

Furieux, il pivota sur ses talons et regagna sa propre chambre pour se préparer. Leah avait peut-être décidé de danser ce soir, mais elle serait bien en peine de le faire si personne ne venait l'inviter.

Le dîner fut un succès. Les invités étaient charmants et spirituels, les femmes portaient des robes magnifiques, et les hommes étaient d'une incomparable élégance dans leurs habits de soirée. Ils passèrent dans le salon quand vint l'heure de danser. Les musiciens jouaient divinement, et même Leah n'avait pas encore revêtu sa robe d'organdi, la soirée avait déjà un lustre, un scintillement tout bonnement magique. Jamais elle n'aurait imaginé organiser une soirée pareille, une soirée au cours de laquelle elle défiait toutes les règles.

Chaque soir, quand elle était enfant, sa mère lui racontait une histoire en lui brossant les cheveux. Ce n'étaient pas des contes de fées dans lesquels des princes épousaient des princesses et vivaient heureux jusqu'à la fin de leurs jours, non. C'étaient des histoires de petites filles qui avaient fait des sottises. L'une avait joué dans la boue avec ses frères, l'autre avait caché un chiot dans son lit. Au fil des ans, Leah avait non seulement appris ce que l'on attendait d'elle, mais aussi ce que sa mère désapprouvait – sa mère qui lui semblait si représentative de la morale anglaise.

On ne regardait pas quelqu'un fixement. On ne faisait pas de bruit en mangeant. Une dame devait donner cent coups de brosse à ses cheveux chaque soir, pas un de plus, pas un de moins. Ne jamais se trouver seule avec un gentleman. Se tenir droite. Porter du blanc pour son premier bal, et du noir pendant une année entière quand on était en deuil. Garder une belle silhouette, ni trop enveloppée ni trop maigre. Sourire même quand on n'en avait pas envie, danser même si cela ne vous tentait pas – mais pas plus de deux fois de suite avec le même homme. Et toujours viser la perfection.

Ne jamais, *jamais*, briser ces règles.

Ce soir, Leah avait bien l'intention de les piétiner.

Elle ne put s'empêcher de sourire à Sebastian. Et n'essaya pas d'ignorer la douce brûlure au creux de son ventre quand leurs regards se croisèrent. Elle n'essaya pas non plus de l'éviter – du moins pour le moment. Elle se sentait légère. Heureuse. Libre. Et pour une fois, elle se savait réellement désirable.

— Vous devriez aller danser, lui suggéra-t-elle alors qu'ils regardaient les autres.

— Je préfère rester près de vous.

Elle s'esclaffa. Il n'essayait même pas de dissimuler ses soupçons.

— Ma compagnie est-elle si agréable, monsieur ?

Sebastian tourna la tête, regarda sa bouche, puis remonta jusqu'à ses yeux.

— Tout chez vous est agréable, madame George.

Leah se mordit la lèvre, s'efforçant d'ignorer la chaleur qui se répandait sur ses joues et dans son cou. Elle détourna le regard.

— Vous êtes très beau ce soir, monsieur.

— Qu'est-ce que cela ? Un compliment de la jolie veuve ?

— Une simple remarque.

— Pourquoi ai-je l'impression que vous avez un peu trop bu pendant le dîner ?

La bouche de Leah s'incurva, et elle lui glissa un regard de biais.

— Peut-être, admit-elle. Ou peut-être suis-je franche, tout simplement.

Recouvrant sa gravité habituelle, Sebastian se pencha vers elle. Elle ouvrit la bouche pour le mettre en garde contre les commérages, mais il ne lui en laissa pas le temps.

— Soyez prudente, Leah, ou je vais être franc, moi aussi.

Le pouls de la jeune femme s'affola. Elle se rappela ce qu'il lui avait dit dans l'escalier. Il se tenait si près que leurs bras se frôlaient. Elle leva la main, fit mine de chasser un grain de poussière sur la manche de sa veste.

— J'ai été prudente toute ma vie. Je commence à trouver cela un peu ennuyeux.

Elle s'éloigna au moment où le baron de Cooper-Giles s'arrêtait à leur hauteur pour discuter avec Sebastian. À l'exception de Mme Meyer, lady Elliot et Mme Thompson, tout le monde dansait. Leah demeura au bord de la piste improvisée. De temps à autre, elle croisait le regard de Sebastian. Ce dernier ne l'avait pas suivie, mais il ne la quittait pas des yeux.

Le quadrille se termina, et elle vit lord Elliot et M. Hallaway rejoindre Sebastian et le baron de Cooper-Giles. Mlle Pettigrew et Mlle Sanders, la fille d'un cousin éloigné du vicomte Parbury, s'approchèrent de Leah.

— J'allais justement partir, dit-elle.

— Partir ? s'exclama Mlle Pettigrew, les joues toutes roses.

Leah hocha la tête et souleva sa robe pour leur montrer l'ourlet, qu'elle avait déchiré elle-même avant le dîner.

— J'ai marché sur ma jupe.

— Voulez-vous que je vous tienne compagnie pendant que l'on vous recoud cet ourlet ? proposa Mlle Sanders.

Mais elle tournait déjà la tête vers Cooper-Giles, qui venait dans leur direction

— Oh non, merci ! Continuez de danser.

Leah s'assura que Sebastian ne la regardait pas, puis quitta discrètement le salon.

Dès qu'elle entra dans sa chambre, Agathe, qui attendait dans un fauteuil près de la cheminée, se leva et vint vers elle.

Pendant qu'elle lui déboutonnait sa robe, Leah ôta son bonnet, révélant le joli chignon que sa femme de chambre avait réalisé un peu plus tôt.

— Il y a une tresse qui ne tient pas bien, remarqua-t-elle en se regardant dans la glace.

— Je vais arranger cela, madame. J'en ai pour une minute.

— Non, non, je n'ai pas le temps. Je veux être redescendue à temps pour la valse.

Elle espérait que Sebastian serait si ébloui par sa robe qu'il lui pardonnerait et l'inviterait à danser sans se soucier de l'opinion d'autrui. Et si tel n'était pas le cas, le plus important à ses yeux, c'était de faire son entrée en robe d'organdi, et de danser en dépit des critiques que sa conduite ne manquerait pas de susciter. Si personne ne l'invitait, elle aurait au moins affirmé sa liberté et sa nouvelle identité. Elle n'était plus esclave des convenances, n'obéissait plus aux caprices des autres. Elle n'était plus une petite fille qui subissait en silence les critiques de sa mère et l'infidélité de son mari.

Laissant tomber sa tenue de veuve sur le sol, elle alla prendre la robe d'organdi posée sur le lit. Elle était vraiment exquise. Mme Neville s'était surpassée. Le dos était ouvert si bien qu'Agathe put la lui enfiler facilement sans déranger le savant amoncellement de tresses.

Leah alla ensuite s'asseoir à sa coiffeuse et s'empara de ses boucles d'oreilles en diamant.

— Je n'arrive pas à croire que je suis en train de faire cela, murmura-t-elle en les fixant.

Agathe glissa le collier assorti autour de son cou, puis recula. Leah se leva, écarta les bras et tourbillonna sur elle-même.

— Est-ce que cela vous plaît, Agathe ?

La jeune domestique sourit.

— Vous êtes très belle, madame.

— Merci.

Leah laissa retomber ses bras. Peu importait qu'elle soit belle ou pas. Ce soir, tout ce qu'elle voulait, c'était ne plus ressembler à une veuve.

13

Comment puis-je espérer davantage ? C'est méchant de ta part de m'avoir taquinée, de m'avoir laissée croire que c'était possible.

Sebastian faisait les cent pas devant le salon quand Leah redescendit.

Seigneur. Sacrebleu. Les jurons se bousculèrent dans sa tête, et ses mâchoires se crispèrent. La veuve qu'il avait côtoyée depuis quatre mois était transformée. Son bonnet avait disparu, révélant un chignon qui mettait ses traits en valeur. Elle portait des diamants, et non les sobres ornements noirs de rigueur. Et bien que sa robe parût noire au premier coup d'œil, il devint évident à mesure qu'elle avançait que des fils bleus s'étaient glissés dans la trame, car le tissu scintillait et réfléchissait la lumière, passant du noir au bleu à chaque pas.

Grâce au ciel, la coupe était sobre. Les manches descendaient jusqu'aux poignets, le corsage n'était pas décolleté. Les pensées interdites qui l'assaillirent alors qu'elle se dirigeait vers lui étaient inspirées par son imagination, et non par l'audace du vêtement.

Elle ralentit le pas, et son sourire s'effaça.

— Vous n'étiez pas censé me voir avant que j'entre dans le salon.

Sebastian fit un pas vers elle. Il se dit que c'était pour lui barrer le passage, mais en réalité, il avait simplement envie d'être plus près d'elle.

— Retournez dans votre chambre. Remettez la robe que vous portiez tout à l'heure. Et je vous en prie, n'essayez pas de danser ce soir.

Elle secoua la tête et tenta de le contourner, mais il tendit le bras.

— Il faut que je le fasse, déclara-t-elle en soutenant son regard.

— Si vous vous entêtez, Henry risque d'en pâtir. Je ne peux pas vous permettre…

— Je vous en prie, Sebastian. Quoi que je fasse, c'est tiré par les cheveux d'imaginer que cela provoquera des rumeurs au sujet de Ian et d'Angela.

— Possible. Mais si la vérité vient à se savoir, même à travers des potins que personne ne peut confirmer, que croyez-vous qu'il arrivera à Henry ? Combien de temps avant que les gens ne commencent à s'interroger sur sa légitimité ?

— Il faudrait être stupide pour penser une telle chose, rétorqua-t-elle en le considérant avec stupeur. Sebastian, cet enfant vous ressemble.

— Vraiment ? Et ses yeux ? Et ses cheveux ?

Il laissa retomber son bras et se rapprocha de la jeune femme, inhalant avec délices le parfum frais qui émanait d'elle.

— Parfois, il me semble évident que c'est mon fils. D'autres fois, je cherche en vain une ressemblance entre nous. Tout ce que je vous demande, c'est de penser à lui. Si Henry est mon fils, laissez-le grandir jusqu'à ce qu'il ne puisse plus y avoir de doute. S'il est le fils de…

Sebastian soupira, et posa la main sur la joue de Leah.

— Il reste mon fils. Ne faites pas cela, Leah. Ne prenez pas ce risque.

Elle ferma les yeux et, l'espace d'un instant, Sebastian crut l'avoir convaincue de renoncer à son projet. Puis elle secoua de nouveau la tête et le regarda, un petit sourire de regret aux lèvres.

— Je suis désolée, murmura-t-elle avant de passer près de lui.

Il voulut la retenir, mais sa manche glissa entre ses doigts.

Leah s'immobilisa sur le seuil du salon et jeta un coup d'œil par-dessus son épaule. Sebastian était derrière elle. Il écarquilla les yeux en découvrant le décolleté en V au dos de sa robe.

La jeune femme se glissa sur le côté de la salle et alla attendre, à côté de lord Elliot et de M. Meyer, que la valse commence.

Au bout d'un moment, elle se rendit compte qu'ils avaient cessé de parler. Et que lord Elliot la fixait, les sourcils froncés. Leah lui sourit, et fit une révérence.

Les secondes s'égrenèrent. Les uns après les autres, les invités se tournèrent vers elle. Finalement, les couples au milieu de la salle cessèrent de danser, puis les musiciens cessèrent à leur tour de jouer.

La main gantée de Sebastian se posa au creux de ses reins.

— Vous vouliez danser, n'est-ce pas ? murmura-t-il.

Il lui offrit son bras et la considéra avec un sourire crispé. Leah leva fièrement le menton.

— Oui, monsieur, j'aimerais beaucoup danser. Une valse, s'il vous plaît ! lança-t-elle aux musiciens.

Ils prirent position au milieu de la pièce. Leah posa la main sur l'épaule de son cavalier, qui la prit par la taille. Elle entendit les murmures enfler autour d'eux, puis les premières mesures résonnèrent et ils se mirent à valser.

Leah avait dansé quelquefois avec Sebastian au cours de sa première saison. Elle ne se rappelait pas exactement où, ni à quelle occasion, mais elle savait qu'ils avaient dansé ensemble. Alors pourquoi cette danse lui semblait-elle si incroyablement intime, comme si chacun de leurs mouvements était une invitation au flirt ?

— Quand cette valse sera terminée, je vous suggère de trouver une excuse. Dites que vous avez fait cela pour Ian... Ils ne vous croiront probablement pas, mais c'est mieux que de garder le silence.

Ses doigts se resserrèrent sur les siens, et il regarda un point au-dessus de sa tête, les lèvres pincées.

— Fallait-il vraiment que vous portiez cette robe ?

— Elle vous plaît ?

— Si elle me plaît ? Non. En revanche, j'ai très envie de vous l'enlever. Pour de multiples raisons, Leah, précisa-t-il en la transperçant de son regard vert.

— Madame George, corrigea-t-elle d'une voix douce.

Ils continuèrent de virevolter sur la piste sous le regard des invités qui avaient tous renoncé à les rejoindre. Leah en déduisit que sa tentative de briser les règles avait été un succès. Mais au lieu d'éprouver de l'embarras, comme par le passé, elle leva les yeux et sourit à Sebastian.

— Merci de danser avec moi, dit-elle.

— C'est parfaitement égoïste de ma part, je vous assure. Si je ne l'avais pas fait, les conséquences risquaient d'être encore plus catastrophiques. À vrai dire, j'espère qu'en dansant avec vous, nous leur ferons croire que tout ceci était prévu. Expliquez-leur, quand vous vous excuserez...

— Je ne m'excuserai pas, Sebastian. Monsieur, se reprit-elle.

— Vous avez déjà créé un scandale, chuchota-t-il, mais vous pouvez encore en atténuer les retombées.

— J'ai fait ce que je souhaitais faire. Je ne m'excuserai pas.

Il s'écarta brusquement.

— Avez-vous pensé à Henry ?

— Henry est votre fils, c'est évident. Tout ira bien pour lui.

Leah s'efforça de croire à ce qu'elle disait, et d'espérer que Sebastian comprendrait et lui pardonnerait un jour.

— Très bien, dit-il avec raideur. Sachez donc que dès que cette valse sera terminée, je serai le premier à vous battre froid. Je ne vous saluerai plus, ni ne vous défendrai si l'on me pose des questions sur votre comportement. À l'avenir, sachez que s'il vous arrivait quelque chose et que vous me demandiez mon aide, quelle que soit votre situation, je vous renverrais sans même vous écouter.

La main sur la taille de Leah exerça une légère pression pour la faire tourner.

— Vous m'avez compris ?

Elle éprouva un instant de faiblesse, et fut sur le point de céder. Puis elle se ressaisit et répondit :

— Je vous ai parfaitement compris, monsieur.

— Bien.

Elle croisa le regard de Sebastian, et bien que pas un mot ne fût prononcé, une foule d'émotions passa entre eux. Il y avait de la colère dans ses yeux. Mais aussi du désir, de la résignation et des regrets.

Chacun avait fait un choix. La mort de Ian et d'Angela les avait rapprochés, mais ses actes les ramenaient à une relation plus formelle. À un éloignement hostile, en réalité. Finalement, ils étaient bel et bien ennemis.

La dernière note résonna. Dans le silence qui suivit, Sebastian s'immobilisa, et lâcha sa cavalière. Puis, sans la saluer ni lui adresser le moindre geste de courtoisie, il pivota sur ses talons et se dirigea vers la porte.

« Respire, s'ordonna Leah. Respire. »

Elle n'allait pas se trouver mal. Ni avoir la nausée. Sebastian venait de lui faire un affront devant tous ses invités, et quand bien même ces derniers semblaient horrifiés et incrédules, Leah garda la tête haute.

Plaquant un sourire sur ses lèvres, elle quitta la piste de danse et les musiciens entamèrent un nouveau morceau. Toutefois, personne ne fit mine d'aller danser. Les invités s'écartaient sur son passage telle la mer Rouge devant Moïse. Elle en fut à la fois amusée, et mortifiée.

Après tout, elle s'était efforcée de faire plaisir aux autres pendant tant d'années, il était normal qu'être la cible de leurs critiques la mette mal à l'aise, n'est-ce pas ?

Jetant un regard à la ronde, elle repéra Mlle Pettigrew. Elle prit une profonde inspiration et lui adressa un grand sourire. La jeune fille lui sourit en retour et fit un pas vers elle, mais Mme Thompson lui agrippa le bras et lui murmura quelques mots. Alors, baissant les yeux, Mlle Pettigrew tourna le dos à Leah, et se mit à bavarder avec Mlle Sanders.

Pendant la demi-heure qui suivit, les invités lancèrent des coups d'œil à Leah, mais personne ne se risqua à l'approcher. Les commentaires, d'abord discrets, se firent bientôt à voix haute.

— Je la soupçonnais de ne pas avoir autant de chagrin qu'elle voulait le faire croire...

— Peu importe qu'elle ait de la peine ou non, elle pourrait au moins avoir la décence de...

Comme la piste demeurait déserte, les musiciens finirent par cesser de jouer. Le premier violon accrocha le regard de Leah, l'air interrogateur. Elle lui fit un signe, et la musique reprit. Après tout, ils avaient été payés pour la soirée, et la musique noierait en partie les propos acerbes de ses invités.

Lady Elliot finit par la rejoindre.

— Madame George, vous m'aviez promis de me prévenir avant de provoquer un scandale, déclara-t-elle en arquant un sourcil.

— Pardonnez-moi, madame, je voulais vous faire une surprise, répondit Leah avec un sourire sincère.

— Eh bien, c'est réussi, ma chère. Mais comme vous le savez, je n'ai pas l'intention d'être discrète au sujet de cet événement.

— Je m'en doutais.

Lady Elliot hocha la tête.

— Heureusement pour vous, murmura-t-elle.

Puis elle enchaîna à haute voix :

— Je crains que nous ne puissions rester ici plus longtemps. Lord Elliot et moi-même quitterons cette maison dès demain matin.

Adressant un dernier regard à Leah, elle pivota sur ses talons, prit le bras de son mari, et tous deux firent une sortie remarquée, accompagnés par la musique.

Lady Elliot fut la seule à daigner dire au revoir à leur hôtesse. Au cours des minutes qui suivirent, les autres invités s'éclipsèrent les uns après les autres.

Avec un soupir, Leah alla s'asseoir dans l'un des canapés qui avaient été poussés contre le mur. Le quartet continua de jouer, les voix s'éloignèrent, et les voitures se mirent en branle peu après.

Elle aurait dû deviner que cela se terminerait ainsi. Après tout, si elle avait été invitée et que l'hôtesse s'était comportée comme elle, elle aussi se serait sentie obligée de partir. Mais peut-être que, flairant le scandale qui s'annonçait, elle aurait commencé par ne pas répondre à l'invitation.

Toutefois, quand bien même elle savait qu'elle avait déçu Sebastian et allait être mise au ban de la bonne société, elle n'éprouvait aucun remords. Elle avait fait ce que bon lui semblait, brisé sciemment les règles, et ce soir au moins, elle savourerait sa liberté.

Plusieurs fois, Sebastian fut sur le point de demander à son cocher de rebrousser chemin. Il s'imaginait entrant dans le salon, agrippant Leah par les épaules et la sommant de se ressaisir.

Avant de l'embrasser.

Plusieurs fois, il leva la main pour frapper au plafond de la voiture, et y renonça.

Leah et lui étaient dans une impasse. Elle avait pris sa décision, il devait désormais faire ce qui était en son pouvoir pour protéger Henry.

Enfouissant la tête entre ses mains, il revit Leah lorsqu'elle était entrée dans le salon, la tête haute, aussi majestueuse que la reine Victoria elle-même.

L'espace d'un instant, dans le couloir, il avait été absurdement heureux qu'elle ne porte pas sa sempiternelle robe de deuil. À ce moment précis, elle lui avait paru si libre. Il ne s'était pas senti coupable de la désirer si peu de temps après la mort d'Angela. Et même si un avenir ensemble était incertain, il lui avait semblé possible.

Il frappa le plafond du poing avant d'avoir eu le temps de se raviser. La voiture ralentit, puis s'arrêta.

Son cœur s'emballa à la pensée qu'il allait la retrouver. Le cocher descendit de son siège et frappa à la portière. Son visage rond apparut dans l'entrebâillement.

— Vous avez appelé, monsieur le comte ?

Sebastian inspira, et songea à Leah.

Il expira, et songea à Henry.

— Je me suis trompé.

Il regarda par la fenêtre. La campagne disparaîtrait bientôt pour laisser place à la ville, le rapprochant de son fils et l'éloignant de Leah.

— En route, ordonna-t-il.

Quatre jours s'étaient écoulés depuis la fin désastreuse de la partie de campagne. Tous les invités étaient partis dans la nuit, ou au petit matin. Quand Leah s'était réveillée, la maison était plongée dans un silence uniquement troublé par les allées et venues des domestiques. L'atmosphère était redevenue telle qu'au lendemain de la mort de Ian.

Leah était dans la roseraie quand elle entendit une voiture remonter l'allée. Elle n'eut aucun mal à deviner l'identité de ses visiteurs. Parmi tous ceux que son comportement avait dû choquer, le vicomte et la vicomtesse Rennell étaient les seuls qu'elle regrettait d'avoir déçus.

Empoignant ses jupes, elle quitta le jardin, traversa la serre et pénétra dans le hall. Elle tapota ses cheveux en passant devant un miroir. Pas de bonnet, pas de voile. Elle avait même cessé de s'habiller en noir. S'ils n'avaient pas encore eu vent des rumeurs, son apparence leur dirait mieux que des mots ce qu'ils avaient besoin de savoir.

Herrod apparut en haut de l'escalier alors qu'elle s'apprêtait à monter.

— Madame, lord Rennell...

— Dans le salon ?

— Oui, madame. Le vicomte a demandé du thé.

— Bien sûr. Faites également monter des tartelettes aux cerises, le vicomte en est très friand.

Herrod s'inclina, puis s'éclipsa. Leah gravit les marches et marqua une pause devant la porte du salon, les mains tremblantes. Elle inspira, carra les épaules, et entra.

— Lord Rennell. Lady...

Elle se figea. Lady Rennell n'était pas là. Le vicomte se leva et la salua.

— Bonjour, Leah. Asseyez-vous, je vous en prie.

Trente secondes. Il ne lui avait pas fallu davantage pour rappeler à Leah qu'il était le maître de Linley Park. Qu'elle dépendait entièrement de lui pour son logement et sa subsistance.

Elle prit place dans un fauteuil.

Ils demeurèrent silencieux tandis qu'une servante entrait avec un plateau qu'elle déposa entre eux. Dès qu'elle fut sortie, Leah s'empara de la théière pour faire le service.

— Du lait et du sucre, comme d'habitude, monsieur ?

— Oui, merci. Je vois que vous avez fait monter des tartelettes aux cerises, commenta-t-il, le sourire aux lèvres, avant d'en prendre une.

Leah lui tendit sa tasse, fière de l'assurance de ses gestes. Toutefois, quand elle souleva sa propre tasse, elle manqua de renverser le liquide brûlant sur ses genoux.

— Je suis venu vous demander de quitter Linley Park sous quinze jours, déclara lord Rennell sans détour. Je vous donnerai une bourse…

— Merci, monsieur.

— … mais, ensuite, vous ne serez plus la bienvenue chez nous, et nous cesserons de subvenir à vos besoins.

Leah hocha la tête.

— Je comprends.

Dans le silence qui suivit, on n'entendit plus que Leah boire son thé à petites gorgées, et lord Rennell déguster sa tartelette.

Il reposa sa tasse sur le plateau et dit doucement :

— Leah, croyez-vous que nous ne savions pas ?

— Pour la … Vous avez bien reçu ma lettre, n'est-ce pas ?

— Il ne s'agit pas de la partie de campagne, mais de Ian. C'était notre fils. Et vous étiez devenue notre fille.

— Monsieur… je suis désolée.

— Ne vous excusez pas, répondit-il avec une moue qui lui rappela Ian. Nous savons tous deux que vos excuses ne seraient pas sincères. Je pense que vous méritez d'être heureuse, à présent. Dieu sait que lady Rennell et moi-même avons souffert de vous voir subir l'infidélité de Ian.

— Depuis quand saviez-vous ? souffla-t-elle en serrant sa tasse à la briser.

Sa seule consolation avait été de se dire que personne n'était au courant de son humiliation. Elle était forte et sûre d'elle, à présent, mais le vicomte et la vicomtesse l'avaient vue dans ses pires moments, alors qu'elle était faible et dépouillée de sa fierté.

— Quelque chose avait changé en vous. Vous aviez cessé de regarder Ian comme s'il était un roi, vous étiez plus réservée, même envers nous. Nous aurions aimé que vous continuiez d'être notre fille, avoua-t-il après une pause. Nous éprouvons de l'affection pour vous, et nous aurions fait n'importe quoi pour vous. Mais à présent…

Elle acquiesça d'un signe de tête.

— Nous ne pouvons ignorer les rumeurs. Nous aurions l'air de deux idiots. Et je pense que vous étiez consciente des conséquences de vos actes.

— Je l'étais, en effet. Mais je regrette d'avoir attiré la honte sur lady Rennell et vous.

Le vicomte balaya ces excuses d'un geste désinvolte.

— Ce qui est fait est fait

Il se leva, et Leah l'imita. Il lui sourit, lui prit la main. C'était l'un des gestes les plus réconfortants qu'on ait jamais eus envers elle, et elle envia une fois de plus Ian d'avoir eu les parents dont elle avait toujours rêvé.

— Tous nos vœux vous accompagnent, Leah. Vous avez quinze jours. Pas plus, précisa-t-il en lui relâchant la main. Je veillerai à ce que la somme dont je vous ai parlé soit remise rapidement à Herrod. Bonne journée, madame George, dit-il en s'inclinant.

— Bonne journée, monsieur. Et merci, ajouta-t-elle juste avant qu'il sorte du salon.

— Fais attention, dit Sebastian.

En équilibre instable sur le banc, Henry n'écouta pas la mise en garde de son père et se pencha pour frapper sur les touches du pianoforte.

— Joue, joue, joue ! s'écria-t-il en riant aux éclats.

Sebastian tendit les mains, prêt à le rattraper. L'enfant pivota vers lui en agitant les bras, et son pied glissa. Le cœur battant, Sebastian se jeta en avant. Mais Henry recouvra l'équilibre et se retourna vers le clavier comme si de rien n'était.

— Assieds-toi, ordonna Sebastian.

L'enfant ne répondit pas. Son père l'assit d'autorité et prit place à côté de lui. Henry sourit en montrant le piano.

— Jouez, papa !

Sebastian posa le doigt sur une touche, puis fit glisser sa main le long du clavier, dans un sens puis dans l'autre, de plus en plus vite.

— Hourra ! cria Henry en applaudissant.

— Hourra ! répéta Sebastian, un peu moins fort que son fils.

À son grand regret, il ne pouvait faire davantage. Il n'avait jamais pris de leçons de musique. Il était sûr, en revanche, que Leah jouait très bien du piano. Et sans doute, de plusieurs autres instruments. Elle était douée, intelligente, c'était une jeune femme accomplie et il lui semblait naturel qu'elle excelle dans tout ce qu'elle entreprenait.

Une semaine s'était écoulée, et bien que toute la bonne société, semblait-il, ait déserté Londres, Sebastian était resté en ville avec Henry.

Pourquoi ?

C'était une question qu'il se posait au moins dix fois par jour.

Parce qu'il pensait – espérait – que Leah reviendrait à Londres après la conclusion désastreuse de sa partie de campagne. Parce que même si de nouvelles rumeurs naissaient chaque jour, et qu'il savait que tôt ou tard il serait question de Ian et d'Angela, il ne pouvait s'empêcher de penser à Leah.

Il n'avait aucune raison de croire qu'elle lui rendrait visite – après tout, il lui avait recommandé de ne pas le faire –, pourtant il restait à Londres, inspectait son courrier dès que le majordome le lui apportait, et s'approchait du hall chaque fois qu'on sonnait à la porte.

Henry descendit du siège, et Sebastian le regarda s'approcher d'une plante, tirer sur les feuilles, puis enfoncer le doigt dans la terre.

— Non ! gronda Sebastian comme il portait le doigt à la bouche.

Henry lui lança un regard malicieux. Cela lui rappela Leah. Bon sang, songea-t-il en se passant la main dans les cheveux, tout lui rappelait Leah. Il la cherchait partout, la voyait partout, et rêvait d'elle la nuit.

Henry se désintéressa de la plante et entreprit d'escalader le canapé. Sebastian dut bientôt aller à sa rescousse.

L'heure était venue de partir pour la campagne, décida-t-il. Son fils avait besoin de jouer en plein air, de courir dans les champs, de se rouler dans l'herbe. Il ne pouvait rien pour Leah. Et de toute évidence elle ne voulait pas de lui puisqu'elle ne lui avait pas donné signe de vie.

Il était temps qu'il la voie telle qu'elle se voyait elle-même : comme une veuve qui n'avait besoin de personne.

Il souleva Henry au moment où celui-ci basculait par-dessus le dossier du canapé, et le tint fermement dans ses bras tandis qu'il gigotait en criant.

— Viens, dit-il en se dirigeant vers la porte. Nous partons pour le Hampshire.

14

Quand je suis dans tes bras, le monde disparaît. La nuit s'efface, le soleil n'ose plus se montrer. Je n'existe que pendant les courts moments que je passe avec toi.

Leah se leva à l'entrée de sa mère.

— À en croire ton message, tu devais arriver plus tôt ce matin, fit remarquer cette dernière.

— Le train a eu du retard.

— Je vois.

Dans l'expression d'Adelaide se mêlaient le triomphe et la désapprobation. Dieu qu'elle était heureuse que sa fille rebelle soit contrainte de revenir sous son aile ! La réputation de Leah était ruinée, mais sa mère ne voyait que sa satisfaction personnelle.

— J'ai fait monter tes affaires dans ta chambre de jeune fille. Tout est resté comme avant ton mariage, crut-elle bon de préciser. Je pense toutefois que nous allons devoir parler de ce que ton père et moi attendons de toi maintenant que tu es de retour à la maison. Après que tu as mis en péril le nom des Hartwell.

Leah garda le silence. Il n'y avait rien à dire. Elle avait voulu prendre le contrôle de sa vie, mais n'avait réussi qu'à perdre son indépendance une fois de plus. Elle s'était de nouveau vêtue de noir et avait remis son voile. Elle aurait aimé que la somme allouée par lord Rennell soit un peu plus généreuse. Elle aurait alors pu se rendre quelque part où sa réputation ne l'aurait pas précédée. En Irlande, en Europe, ou même en Amérique. Vu son éducation, elle aurait pu trouver un poste de gouvernante ou de dame de compagnie.

Sa mère s'assit en face d'elle et l'étudia en plissant les lèvres. L'examen était pénible, mais Leah le subit sans broncher et sans baisser les yeux. Elle n'avait peut-être nulle part où aller, mais elle avait confiance en elle. Elle ne se laisserait plus intimider par l'expression glaciale d'Adelaide.

— Tu as encore perdu du poids, observa cette dernière.

Il était difficile de dire si l'échec de sa fille la contrariait ou lui faisait plaisir.

Les doigts de Leah se crispèrent sur ses genoux. Elle s'attendait à cette remarque, n'ayant pas pris de petit déjeuner durant la partie de campagne, mais elle aurait été en peine d'expliquer son manque d'appétit. Penser à Sebastian était douloureux, et elle ne pourrait jamais en parler à sa mère. Ses paroles, le temps qu'ils avaient passé ensemble, tout cela resterait un secret auquel elle penserait dans la solitude de sa chambre.

— Je mangerai davantage au dîner, répondit-elle, espérant passer rapidement à un autre sujet.

— J'ai déjà décidé ce qu'il fallait faire pour mettre un terme aux rumeurs et te protéger du scandale que tu as toi-même créé.

Avec un peu de chance, sa mère envisageait de l'envoyer au couvent, songea Leah. Cette perspective était plus attrayante que de devoir vivre sous le toit de ses parents.

— Tu continueras de porter tes vêtements de deuil, naturellement, mais je pense que tu devrais avoir plus de robes en bombasin. Tu as de la chance que ce soit l'automne, et que nous ne soyons plus à Londres, sinon, je t'interdirais de sortir. Cependant, tu seras accompagnée d'une domestique chaque fois que tu iras te promener, à pied ou à cheval. Et je compte sur toi pour que tu te conduises comme une dame dans ces occasions.

— Vous pensez que le scandale s'éteindra simplement parce que je redeviendrai une veuve conventionnelle ? Et que si nous ignorons les rumeurs, ma réputation sera sauvée ?

— Bien sûr que non, rétorqua Adelaide, avec un petit soupir de mépris. Je te dis cela pour que tu n'imagines pas que tu as la possibilité de faire différemment. Non, ma chère, la seule chose qui pourra sauver l'honneur de notre famille, c'est que tu te remaries une fois ta période de deuil terminée.

Cette fois, Leah fut incapable de feindre l'indifférence. Elle sentit son estomac se nouer.

— La saison étant terminée, nous n'aurons pas beaucoup de choix, enchaîna sa mère. Mais ne t'inquiète pas, j'ai déjà sélectionné deux candidats potentiels. Par chance ils ne vivent pas loin d'ici, ce qui facilitera les choses. Les fiançailles se feront discrètement, les bans seront publiés dès que les circonstances le permettront, et quand tu seras remariée, tu n'habiteras pas très loin de nous.

— Mère, je... je ne peux pas me remarier.

Adelaide la considéra d'un air perplexe, le front barré d'une ride.

— Tu ne peux pas te remarier ? répéta-t-elle.

— Plus tard, peut-être, dans quelques années. Quand je… quand j'aurai… bredouilla Leah avant de s'interrompre.

Elle ne pouvait envisager de partager le lit d'un homme. Si vite après la mort de Ian, et après avoir regagné son indépendance.

— Je ne me remarierai pas. Du moins, pas tout de suite, ajouta-t-elle en voyant le regard réprobateur de sa mère.

— Hmm. Ma chérie, je crains que tu n'aies pas le choix. Je serais très heureuse de te garder chez nous aussi longtemps que tu le souhaites. Mais j'ai peur qu'après ta petite partie de campagne cela ne soit devenu impossible. Il faut absolument arranger la situation. Comme tu le disais, ignorer les rumeurs ne servirait à rien, et la seule chose susceptible de les faire taire, c'est un remariage. Quand les colporteurs de ragots verront que tu as été prise en main par un autre homme, ils trouveront d'autres sujets de bavardages.

Leah déglutit. Le sang lui rugissait aux oreilles, assourdissant.

— Si je comprends bien, je ne serai pas autorisée à vivre sous votre toit si je refuse d'épouser l'un des hommes que vous aurez choisis pour moi ?

Adelaide cilla et inclina la tête de côté.

— Je suis désolée, Leah, mais il n'y a pas d'autre possibilité. Si tu refuses, le scandale nous touchera aussi, ton père et moi. Bien sûr, nous n'y accorderions pas trop d'importance, mais il faut penser à Béatrice. Tu ne ruinerais pas ses chances de faire un merveilleux mariage, comme toi avec Ian, n'est-ce pas ?

— Béatrice, répéta Leah, hagarde.

— Ta sœur.

Sa mère eut un petit sourire qui ne dissimulait pas la satisfaction qu'elle éprouvait à l'idée d'avoir pris Leah à son propre piège. Une fois de plus, elle allait pouvoir diriger la vie de sa fille.

Leah inspira à fond.

— Puis-je savoir qui sont les deux hommes que vous avez déjà sélectionnés comme époux potentiels ? Comment savez-vous qu'ils accepteront de me courtiser ? Ne seront-ils pas rebutés par ce que j'ai fait ?

— Pas du tout. Ton père a jugé opportun de t'accorder une nouvelle dot. Elle sera moins importante que lors de ton mariage avec Ian, bien entendu, mais demeure tout à fait convenable.

Leah sentit un rire nerveux monter dans sa gorge. Elle avait l'impression que si elle lui donnait libre cours, elle se briserait en mille morceaux.

— Ce n'est pas vraiment une dot, n'est-ce pas ? dit-elle. Vous entendez payer quelqu'un pour qu'il m'épouse.

Sa mère arqua un sourcil.

— Ta réputation est ruinée, Leah. Nous te procurons simplement les moyens nécessaires pour qu'un gentleman puisse te courtiser.

— Puis-je savoir qui sont les gentlemen en question ?

— Bien sûr. Tu les connais bien tous les deux. Il y a M. Grimmons…

— M. Grimmons ? Le pasteur ?

Sa mère haussa les épaules.

— Les hommes d'Église ont aussi besoin d'argent, ma chère. Je crois que sa sœur et son beau-frère l'ont aidé pendant un certain temps, mais c'est terminé.

— Mais ma réputation…

— Il s'en moque. Je lui ai assuré que tu avais compris ton erreur, et que tu te repentais. Il pense que tu as été égarée par le chagrin. Quel meilleur moyen de montrer à tous que tu es toujours une femme convenable que d'épouser un pasteur ?

— Et l'autre ?

— M. Hapersby.

Leah écarquilla les yeux.

— Mère.

— Non, non, c'est aussi un excellent parti. J'ai peut-être exagéré en disant que c'était un gentleman, mais la boucherie est un métier honorable. Et tu ne pourras passer pour une jeune femme frivole quand tu aideras ton époux à découper la viande et à la vendre.

Leah continua de fixer sa mère en silence.

— Je dois reconnaître que j'ai essayé de convaincre lord Sommers que tu ferais une bonne épouse, mais il voulait être sûr que tu pourrais lui donner un enfant avant de s'engager. Et comme tu n'en as pas eu avec Ian…

— Je comprends.

Grâce au ciel. Pour la première fois, Leah remercia Dieu de ne pas lui avoir envoyé d'enfant. Lord Sommers avait au moins quatre-vingts ans, un gros nez, des yeux globuleux, et un cou qui pendait sur la poitrine.

— Alors ? Tu admets qu'il faut que tu épouses l'un de ces hommes ? Te conduiras-tu convenablement quand ils viendront te rendre visite ?

Peut-être était-ce le ton guilleret d'Adelaide, ou le fait qu'elle avait trop souvent été le témoin de ses petites manigances, mais une peur sourde s'empara de Leah. Elle n'était pas sûre d'être capable de faire ce qu'exigeait sa mère.

— Et… quand viendront-ils, mère ?

Adelaide sourit.

— M. Grimmons est attendu ce soir, pour le dîner.

Sebastian était assis sur la couverture. Il poussa un bloc jaune devant le château. Naturellement, Henry ne savait pas que c'était un château. Pour lui, ce n'était qu'un tas de cubes de bois à empiler, qu'il ferait tomber quand la pile serait si haute qu'il ne pourrait résister à l'envie de la voir dégringoler.

Sebastian tendit la main vers un cube bleu et le posa au sommet du château en échangeant avec son fils un regard complice. Henry fit un pas en avant. Le bout de son pied se prit dans la couverture et il vacilla en battant des bras. La structure de bois s'écroula. Sebastian leva les bras vers le ciel, et l'enfant l'imita en criant :

— Encore, papa, encore !

Cela faisait plus de quinze jours qu'ils étaient dans le Hampshire. L'air de la campagne faisait du bien à Henry. Chaque jour, après son entrevue matinale avec le régisseur, Sebastian allait le chercher à la nursery et ils partaient explorer le manoir ou ses environs.

Ils jouaient à cache-cache au rez-de-chaussée, se poursuivaient en riant. Puis ils partaient se promener dans les champs. Sebastian apprenait à son fils le nom des fleurs et des insectes qu'ils rencontraient en chemin. Il l'autorisait même à monter sur le poney qu'il lui avait offert pour son deuxième anniversaire. À cinq ans, Henry serait sûrement prêt pour le saut d'obstacles !

Cependant, Sebastian avait beau faire son possible pour le distraire, le soir, quand ils se disaient bonne nuit, l'enfant nouait toujours ses petits bras autour de son cou et lui murmurait à l'oreille :

— Quand maman revient ?

Sebastian rangea les cubes par couleurs, et ils commencèrent à reconstruire le château. Cette fois, il allait essayer d'empiler dix rangées de cubes. Plus elle était haute, plus Henry criait de joie.

— Rajoute le rouge, lui conseilla-t-il.

Henry lui prit le cube des mains et reporta son attention sur le château en ruine. Après avoir posé le cube rouge, il tendit sa petite main.

— Un bleu, papa.

Sebastian essaya de lui en donner un jaune, mais Henry secoua la tête.

— Non, bleu.

Sebastian lui offrit un cube vert.

— C'est celui-ci ?

— Non, répondit son fils.

Il tenta un orange, et Henry le regarda, dérouté, avant de sourire.

— Non, papa. Cube bleu.

Il voulut s'en emparer lui-même, mais Sebastian le souleva et l'allongea sur la couverture. Après quoi, il lui proposa un cube vert.

— Voilà du bleu.

— Non, c'est vert ! protesta l'enfant en riant.

Sebastian continua de taquiner son fils, puis se mit à le chatouiller, lui arrachant des éclats de rire, lorsque soudain, des bottes noires apparurent à la périphérie de son champ de vision.

— Qui a le toupet de vous contredire, monsieur ? N'ayez crainte, vicomte Maddows, je vous protégerai !

— Oncle Jamie ! cria Henry, aux anges.

Son oncle le souleva dans ses bras et le fit virevolter. Sebastian se mit debout et entreprit de rassembler les cubes du bout du pied. James reposa Henry sur le sol, et ce dernier courut s'accrocher à la jambe de son père.

— Quelle bonne surprise ! s'exclama Sebastian.

Le sourire de James s'effaça.

— J'apporte des nouvelles.

Ce soir-là, après le dîner, une fois que Sebastian eut souhaité une bonne nuit à son fils, les deux hommes s'installèrent dans le bureau. James se versa un verre de cognac, mais Sebastian s'en abstint. L'odeur de l'alcool aussi lui rappelait Leah.

— Des rumeurs circulent.

Sebastian haussa les épaules.

— Il y en a toujours.

— Au sujet de la veuve de Ian. Mme George.

Sebastian s'efforça de cacher sa réaction, mais il ne put s'empêcher de lancer un coup d'œil à son frère.

— Cela ne me surprend pas. Je t'ai raconté ce qui s'était passé dans le Wiltshire. Elle l'a bien cherché.

— Ce qui va peut-être t'intéresser, c'est que tu es aussi touché par ces rumeurs, mon cher frère.

— Continue.

— Apparemment, plusieurs de ses invités sont persuadés que Mme George et toi… comment dire ?

— Bon sang, George, cesse de tergiverser. Que disent-ils ?

— À en croire la rumeur, vous seriez… intimes. Sinon amants, du moins très proches.

James baissa les yeux et fit tourner son cognac dans son verre.

— Mais je suppose que les commérages ne tarderont pas à vous prêter une liaison amoureuse.

Sebastian serra les mâchoires. Il était inutile de faire remarquer qu'il avait été le premier à quitter Linley Park, ni qu'il s'y était rendu uniquement pour empêcher un scandale. Les colporteurs de ragots n'en auraient cure. De fait, se défendre ne ferait qu'attiser le feu. Le mieux à faire – pour lui, pour Leah, et pour Henry –, c'était d'ignorer ces commérages.

Il exhala lentement, et se carra dans son fauteuil, les mains crispées sur les accoudoirs en bois ciré.

— Laisse-les parler autant qu'ils veulent. Cela leur passera. Avant la saison de la chasse à courre, probablement, ou même plus tôt. Je n'ai pas l'intention de revoir Mme George, elle porte donc désormais seule la responsabilité de ses actes.

James acquiesça d'un hochement de tête et avala une gorgée de cognac.

— Tu as sans doute raison.

Il marqua une pause, avala une autre gorgée, puis ajouta :

— Mais si tu te trompais ?

Sebastian haussa les épaules, agacé. Cette conversation l'obligeait à penser à Leah, alors qu'il faisait son possible pour se la sortir de l'esprit.

— Il n'y a rien à faire. Laisse-les dire ce qu'ils veulent, je m'en moque.

Un mois s'écoula, et Leah avait chaque jour davantage envie de s'enfuir. Surtout dans des moments comme celui-ci, lorsqu'elle devait passer du temps avec l'un de ses prétendants. M. Grimmons, le pasteur, était le moins assommant des deux. Son apparence et ses manières étaient sévères, mais il ne semblait pas très à l'aise en sa présence, ce qui rendait les choses plus faciles pour Leah. M. Hapersby, quant à lui, passait son temps à la lorgner d'un air concupiscent, si bien qu'elle était tentée de faire son possible pour le rebuter. Mais elle ne pouvait pas agir à sa guise. Les deux hommes faisaient un rapport à Adelaide après chaque rencontre, et Leah connaissait suffisamment sa mère pour savoir que ses menaces n'étaient pas vaines. Si elle ne coopérait pas, elle serait sommée de quitter la maison. Et elle n'avait nulle part où aller.

Tout en marchant dans le jardin au côté de M. Grimmons, Leah cueillit une rose tardive, et fit tourner la tige entre ses doigts. Elle songea à ce soir où elle avait trouvé lord Wriothesly dans le bureau de Ian, lorsqu'il lui avait dit qu'elle sentait la rose.

Réprimant un sourire, elle lança un coup d'œil oblique à M. Grimmons.

— Aimez-vous les roses, monsieur ?

Le jeune pasteur tressaillit, comme arraché à ses rêveries, et cligna des yeux.

— J'aime toutes les créations du Seigneur, madame George. Pas vous ?

— Si, bien sûr. Mais j'ai un penchant particulier pour les roses.

— Ah.

Ils continuèrent de marcher un moment en silence, puis M. Grimmons s'arrêta.

— Attendez-moi ici, s'il vous plaît.

Il s'approcha d'un massif, et cueillit une rose blanche qui commençait à peine à s'ouvrir.

— Pour vous, madame George.

— Merci.

Elle le regarda, mais il s'en tint là. Il ne la complimenta pas, ne compara pas son teint à la rose, ne souligna pas la considération qu'il avait pour elle. Il ne rougit même pas – comme elle s'y attendait – ni ne croisa son regard. Ses yeux brun clair légèrement rapprochés demeurèrent rivés sur un point dans le lointain. Avec un soupir, Leah laissa tomber la rose rouge qu'elle avait cueillie un peu plus tôt.

— Madame George ?

— Oui, monsieur Grimmons ?

— J'aimerais discuter de quelque chose avec vous. Mais je ne veux pas vous attrister, vous avez perdu votre mari il y a si peu de temps...

Elle fut réellement tentée de lui révéler qu'elle n'éprouvait aucun chagrin. Serait-il horrifié ? Non, il prendrait sans doute cela comme un encouragement. Mais si elle faisait semblant de pleurer, essaierait-il de la consoler ? Leah observa son profil sévère, la ligne dure de son menton. Probablement pas.

Elle renifla légèrement, juste pour voir.

Il la considéra avec inquiétude, se rapprocha imperceptiblement.

Oh, ciel ! Elle esquissa un sourire et déclara :

— J'ai l'impression que je vais être malade.

Grimmons se figea, et recula prudemment.

— Nous devrions rentrer. Si vous vous sentez mieux demain, je reviendrai vous voir. J'aimerais... aborder un sujet avec vous.

— Avez-vous l'intention de me demander en mariage ?

Autant en finir. Ainsi, elle ne passerait pas la moitié de la nuit à s'inquiéter de ce qu'il allait dire le lendemain.

M. Grimmons trébucha et la regarda, bouche bée, les joues en feu.

— Je...

— Si telle est votre intention, monsieur, mieux vaut nous éviter à tous deux une plus longue attente.

M. Grimmons étrécit les yeux et la considéra comme une créature qui, si elle n'était pas sortie des enfers, avait dû tomber d'une autre planète.

— À vrai dire, madame George, j'ai compris que votre mère souhaitait que je vous épouse, mais je ne pense pas que vous soyez la femme que Dieu a choisie pour moi.

Leah sentit à son tour ses joues s'empourprer.

— Je voulais vous parler de votre sœur. Mlle Béatrice.

— Oh.

— J'aurais voulu discuter avec vous de mes intentions. J'entends demander sa main. Je suis sûr que vous apporterez honneur et respect à votre prochain époux, mais…

Les mots « honneur et respect » semblèrent avoir du mal à franchir ses lèvres. Leah sourit et se demanda s'il pensait aux rumeurs la concernant.

— Je connais Mlle Béatrice depuis plus longtemps, et j'éprouve de doux sentiments pour elle. Je suis sincèrement désolé de vous décevoir, mais…

— Monsieur Grimmons, je parlerai à Béatrice si vous le souhaitez.

Le pasteur rougit de nouveau, ce qui le fit paraître presque charmant.

— Merci, madame George.

Leah lui offrit la rose blanche qu'il avait cueillie.

— Béatrice préfère les lys, dit-elle.

Comme elle le faisait chaque semaine depuis que sa mère lui avait imposé son ultimatum, Leah parcourut le magazine féminin de Béatrice, cherchant en vain un emploi qui n'exigeait pas des talents qu'elle ne possédait pas, ou une réputation intacte.

On frappa à la porte de sa chambre et avant même qu'elle réponde, sa mère entra. Elle referma doucement le battant derrière elle.

— Qu'as-tu fait ?

Leah tourna vivement la page du journal, et fit mine d'étudier une toilette à la dernière mode.

— Pourriez-vous être plus précise, mère ? Je ne suis pas sûre de...

— M. Grimmons était censé venir te chercher pour une promenade à cheval, mais au lieu d'attendre que tu descendes, il m'a demandé un entretien. Prétends-tu ignorer ce qu'il m'a dit ?

— Il ne veut pas m'épouser.

— En effet, dit sa mère, les yeux étrécis. Il veut épouser Béatrice.

— Malheureusement, quand je lui en ai parlé, Béatrice ne m'a pas paru très enthousiaste.

— Tu en as parlé à Béatrice ?

Leah acquiesça. Adelaide s'approcha d'elle en plissant les lèvres, les narines palpitantes.

— Naturellement, je lui ai répondu que Béatrice était trop jeune pour se marier. Cet idiot s'imaginait que j'allais lui accorder la main de ma fille.

Sa fille préférée, aurait-elle dû ajouter. Bien qu'Adelaide ait exigé un titre pour le premier mariage de Leah, il semblait à présent que n'importe quel homme ferait l'affaire, y compris le boucher du village.

— M. Grimmons n'a pas été content. Quand je lui ai parlé de toi, sais-tu ce qu'il m'a répondu ?

Leah attendit en silence.

— Il te trouve trop directe. Qu'as-tu fait, Leah ?

La jeune femme haussa les épaules.

— Je lui ai simplement demandé s'il voulait m'épouser.

Du coin de l'œil, elle vit sa mère serrer et desserrer la main. Tendue, elle attendit qu'elle lève le bras pour la frapper, mais elle se contenta de reculer d'un pas en souriant.

— Eh bien, puisque tu as perdu toutes tes chances avec le pasteur, il n'y a plus qu'une solution. M. Hapersby avait l'intention de faire sa demande dans la semaine. Je vais lui dire que tu es d'ores et déjà à lui.

Leah se leva et se tint devant sa mère. Elles étaient à peu près de la même taille, mais Leah avait un léger avantage.

— Et si je refuse de l'épouser ?

Adelaide battit des paupières, mais aucune lueur de compassion ou de remords ne s'alluma dans son regard.

— Dans ce cas, tu peux partir, conclut-elle. Veux-tu que j'appelle la femme de chambre pour qu'elle t'aide à préparer tes bagages ?

— Non, répondit Leah.

Elle préférait s'en charger elle-même.

15

Elle sait donner le change. Comme elle avait l'air heureuse, ce soir, à tes côtés ! Et si tu veux savoir, oui, j'étais terriblement jalouse de vous voir ensemble.

Comme chaque dimanche depuis qu'il était dans le Hampshire, Sebastian s'assit au premier rang de l'église pour écouter le sermon du pasteur. Aujourd'hui, il traitait de l'adultère. Il n'avait pas particulièrement envie d'entendre parler de cela, mais ils avaient passé en revue les dix commandements ces dernières semaines.

Emporté par son sujet, le pasteur Peters haussa le ton, jusqu'à atteindre un niveau sonore insupportable. Si Henry avait été là, il se serait bouché les oreilles. Mais après l'avoir emmené à l'église plusieurs fois, Sebastian avait fini par y renoncer. Henry n'avait peur ni du pasteur Peters ni de Dieu, et ignorait toutes les remontrances. Il était donc tranquillement à la maison, sous la garde de sa nurse.

— C'est pourquoi le Seigneur exige que nous soyons fidèles. De même que nous sommes fidèles à notre épouse, nous devons lui être fidèles, à Lui. Ne le fut-il pas Lui-même sur la croix ? Ne fut-il pas…

Sebastian grimaça et rentra la tête dans les épaules. Dieu merci, le sermon était sur le point de s'achever.

Un instant plus tard, il se levait et s'apprêtait à saluer les autres paroissiens. Depuis que la rumeur s'était répandue qu'il avait une liaison avec Leah, il mettait un point d'honneur à être aimable, et à ignorer les regards curieux et les murmures sournois.

— Monsieur Powell. Madame Powell. Quel plaisir de vous voir.

M. Powell le salua également. Sebastian était sur le point d'aller saluer les Byar quand il vit Mme Powell secouer la tête, les larmes aux yeux.

— Madame Powell ?

— Oh, lord Wriothesly, le sujet du sermon a dû tellement vous blesser ! Si nous pouvons faire quoi que ce soit, M. Powell ou moi-même…

Sebastian inclina la tête de côté, stupéfait.

— Je vous demande pardon, je ne suis pas sûr de…

Mme Powell lança un coup d'œil furtif à son mari, qui hocha la tête. Elle s'approcha alors, se hissa sur la pointe des pieds et chuchota, assez fort pour être entendue des autres paroissiens :

— Nous avons appris la nouvelle, pour lady Wriothesly et M. George. Le fait qu'ils aient été… ensemble.

Sebastian se raidit.

— Tout le monde sait que ma femme et mon ami sont morts ensemble dans un accident. Ce n'est pas nouveau. C'est ce que vous vouliez dire, n'est-ce pas ?

Mme Powell écarquilla les yeux.

— Martha, grommela M. Powell, conscient de la mise en garde contenue dans les paroles de Sebastian.

— Mais... je me rends compte que ça ne pouvait pas être vrai, monsieur. Les rumeurs se répandent si vite, c'est une honte. M. Peters ne parlait-il pas des ragots et de leurs conséquences désastreuses il y a peu ? Mais mieux vaut que vous soyez au courant, monsieur le comte, ajouta-t-elle avec un sourire tremblotant. Vous serez préparé si quelqu'un d'autre y fait allusion devant vous.

— Merci, madame Powell. J'ai beaucoup de chance que vous m'ayez prévenu.

Cette dernière parut sur le point d'ajouter quelque chose, mais son mari lui prit fermement le bras et l'entraîna à sa suite en lançant :

— Bonne journée, lord Wriothesly.

— À vous aussi.

Bon sang. Comment diable cette rumeur avait-elle surgi ? Pourquoi n'en avait-il pas eu vent plus tôt ? Il comprenait mieux, à présent, pourquoi le pasteur avait gardé les yeux fixés sur lui durant tout le sermon.

— Lord Wriothesly, comment va le petit Henry ? demanda Mme Harrell en traînant derrière elle ses deux petites filles aux cheveux filasse.

— Très bien, je vous remercie.

Sebastian regarda les fillettes dont il avait oublié les prénoms. Il ne parvenait pas à rassembler ses idées. Il était obsédé par la menace qui pèserait sur Henry si les rumeurs au sujet d'Angela et de Ian continuaient de se répandre. Grâce au ciel, Henry était resté à la maison. Sinon les paroissiens n'auraient pas manqué de se poser des questions en voyant sa tête blonde.

Mme Harrell dit quelque chose que Sebastian n'entendit pas.

— Je vous demande pardon, madame Harrell, mais je dois partir. Henry n'était pas bien ce matin, et je lui ai promis de rentrer tout de suite après le service.

Mme Harrell sourit poliment, mais il était clair que les propos confus de Sebastian la plongeaient dans la plus profonde perplexité.

— Transmettez-lui nos vœux. Nous prierons pour lui.

— Merci. Oui, bien sûr, je le ferai.

Nom de nom. Sebastian se fraya un chemin entre les groupes, répondant aux saluts par un signe de tête ou un sourire. Comment savoir où les commérages allaient s'arrêter ? James l'aurait prévenu s'il avait entendu quelque chose à Londres. Sebastian franchit les portes de l'église et découvrit la file de gens qui attendaient de saluer le pasteur. Jurant dans sa barbe, il s'écarta et passa à côté d'eux.

— Lord Wriothesly ! appela le pasteur.

Il s'immobilisa et se retourna, mâchoires serrées.

— Pardonnez-moi, mais je dois rentrer à la maison. Henry est malade.

Il jeta un coup d'œil au ciel – qui était d'un gris ordinaire –, s'attendant que Dieu le foudroie pour le punir d'avoir menti à un ecclésiastique. Peut-être même enverrait-il deux fois la foudre sur lui puisqu'il avait aussi menti à Mme Harrell dans l'église. Il se déplaça un peu à gauche, s'offrant à la colère de Dieu. Ce serait peut-être une aide précieuse que ce dernier le foudroie ici même, sur le parvis de l'église, devant des dizaines de témoins. Cela détournerait sûrement l'attention de Ian et d'Angela.

Le pasteur Peters se rembrunit.

— Je comprends, dit-il.

Mais il n'y avait pas que de l'inquiétude dans son regard. Sebastian y décela aussi de la pitié. Lui aussi croyait les rumeurs au sujet de Ian et d'Angela.

Sebastian hocha la tête et s'enfuit en réprimant un juron. Il n'y avait qu'une seule responsable de ce gâchis.

Leah George.

Sebastian contempla l'esquisse qu'il avait tracée dans les jardins de Linley Park. Il avait peint le décor à présent, mais il fallait encore compléter le visage. Au cours des deux derniers mois, il avait dessiné l'arc des sourcils, le menton ferme, le nez droit. Les yeux et les lèvres demeuraient toutefois encore invisibles. Il était incapable de les reproduire.

Il ne s'autorisait à penser à elle que lorsqu'il travaillait à son portrait. Tard le soir, une fois que Henry était au lit et que tous les domestiques étaient allés se coucher. C'étaient les seuls moments où il laissait ses doutes remonter à la surface, ses souvenirs d'Angela s'effacer tandis qu'il s'imaginait parlant avec Leah, lui souriant… l'embrassant.

Il ignorait comment la rumeur s'était répandue, mais il savait que Leah y était pour quelque chose. Personne d'autre ne savait qu'il n'avait jamais demandé à Ian d'accompagner Angela dans le Hampshire. James ne connaissait la vérité que parce qu'il lui en avait parlé lui-même.

Alors qu'il avait été sûr que les rumeurs sur Leah et lui s'éteindraient d'elles-mêmes – ce qui s'était effectivement produit –, il ignorait quand les commérages sur Ian et Angela cesseraient et quels dégâts ils laisseraient dans leur sillage.

Il pouvait certes ignorer les rumeurs. Il pouvait aussi nier que Ian et Angela avaient eu une aventure. Mais dans un cas comme dans l'autre, cela ne suffirait pas à mettre un terme aux ragots. Avec chaque jour qui passait, il courait le risque de voir des questions surgir sur l'ascendance de Henry.

Il y avait une troisième possibilité, mais avant même qu'elle se forme dans son esprit, il se demanda si elle était bel et bien fiable, ou si elle n'était pas qu'un prétexte.

Mais non… Pourquoi irait-il la chercher, alors qu'il avait fait tellement d'efforts pour l'oublier ? Alors qu'elle lui avait déclaré sans détour que ses attentions n'étaient pas les bienvenues ? Alors qu'il souffrait encore de la trahison d'Angela ?

Cependant, des trois idées qui lui étaient venues à l'esprit, c'était cette dernière qui le séduisait le plus. Sebastian se renfonça dans son fauteuil et examina le portrait. Il se remémora aussitôt les yeux bruns de Leah George et sa bouche sensuelle.

Il irait la voir dès le lendemain, décida-t-il.

Leah sourit à la jeune couturière qui lui avait vendu le coupon d'organdi. Elle ne connaissait même pas son nom et elle le regrettait. Il valait mieux appeler les gens par leur nom quand on cherchait un emploi.

— Bonjour, la salua-t-elle avec entrain.

La vendeuse pensait sûrement qu'elle était venue acheter une nouvelle robe, car elle portait une toilette d'après-midi en popeline verte qui n'avait rien d'une tenue de travail.

Peut-être aurait-elle dû passer par l'entrée de service.

— Je ne sais pas si vous vous souvenez de moi, reprit-elle, la gorge nouée par l'anxiété.

— Mais si, madame George. Nous n'oublions jamais nos clientes, répondit la couturière avec un sourire poli. En quoi puis-je vous aider ?

— En fait, je suis venue demander du travail.

Le sourire de la jeune femme resta figé sur ses lèvres, mais elle fronça les sourcils.

— Je vous demande pardon…

— Je couds très bien. En fait, la reine elle-même a admiré certains de mes ouvrages de broderie.

— Vous cherchez un emploi, madame George ?

Leah soupira et sourit de nouveau d'un air engageant.

— Oui. J'aimerais travailler comme couturière dans votre petite boutique.

La vendeuse pinça les lèvres et son regard perdit de sa gentillesse. Oh non ! Elle n'aurait pas dû dire « votre petite boutique ». Cela devait lui paraître condescendant.

— J'ai toujours admiré votre travail, et je pense qu'avec une brève formation je pourrais apprendre à faire de belles robes.

La couturière la considéra avec stupéfaction.

— Ou d'autres choses, naturellement. Des chemises, des capes… c'est moins difficile, n'est-ce pas ?

— Vous voulez devenir couturière ?

— Oui.

Leah examina la boutique, les piles de catalogues, les rouleaux de tissus entassés. Maintenant qu'elle l'observait d'un autre œil, il était évident que la boutique pourrait être mieux organisée. Et sans doute aussi l'atelier, supposait-elle.

— Je pourrais aussi faire du nettoyage, suggéra-t-elle. Exécuter des travaux plus modestes en attendant de devenir une bonne ouvrière.

La jeune assistante croisa les bras.

— Je suis désolée, madame George, mais nous n'avons pas besoin d'une nouvelle couturière.

— Je pourrais peut-être en parler à votre patronne ?

— Elle est occupée avec une cliente.

— Ah, je vois !

— Au revoir, madame George.

Esquissant à grand-peine un sourire, Leah regagna la porte.

— Merci, mademoiselle… Excusez-moi, comment vous appelez-vous ?

— Elaine, madame.

Leah hocha la tête.

— Merci, Elaine. Bonne journée.

L'odeur de crottin lui coupa le souffle quand elle ouvrit la porte. Curieusement, elle n'était pas aussi sensible aux odeurs de la capitale autrefois, lorsqu'elle avait de l'argent et que son avenir était assuré. À présent, elle croisait des mendiants tous les trois pas, qui ne se distinguaient que par leurs handicaps physiques.

Les bruits étaient également plus forts. Le claquement des fouets, les cris des vendeurs de rue. Alors qu'elle s'éloignait de la boutique, un ivrogne se planta devant elle, ses petits yeux chafouins rivés sur son corsage. Il empestait l'alcool et l'urine. Il ne prononça pas un mot, et finit par traverser la rue sans regarder. Une voiture manqua de le renverser. Leah tressaillit et tendit les bras comme pour le retenir.

Comment avait-elle pu être aussi aveugle autrefois ? Rien n'avait changé, sinon sa situation personnelle. Elle portait toujours les vêtements d'une dame de qualité, s'exprimait et agissait avec dignité. Rien en elle n'était différent…

Sauf qu'elle n'avait plus personne pour s'occuper d'elle, personne pour assurer sa sécurité. Le monde de richesse et de privilèges qui avait été le sien avait disparu, et elle était désormais logée à la même enseigne que les moins fortunés.

Leah baissa les yeux pour empoigner sa jupe avant de gagner la boutique de modiste où elle achetait autrefois ses chapeaux. À peine eut-elle fait trois pas qu'elle heurta une femme qui, comparée aux personnes autour d'elle, sentait aussi bon qu'un bouquet de muguet.

— Madame George !

— Mademoiselle Pettigrew ! s'écria-t-elle. Comment allez-vous ?

— Très bien, je vous remercie.

La jeune fille lui prit le bras, et elles s'écartèrent pour laisser passer un homme d'affaires.

— Merveilleusement bien, en fait. Mme Thompson a donné sa démission il y a deux jours.

— Oh, vraiment ? s'exclama Leah, soudain pleine d'espoir.

— Oui. Père a eu une discussion avec elle à notre retour de Linley Park. Quand il a entendu parler de…

— De moi ? suggéra Leah d'un ton sec.

— Oui, de vous. Il a dit qu'il ne comprenait pas qu'une dame ait pu conseiller à sa protégée d'assister à une partie de campagne organisée par une veuve encore en grand deuil. Ils se sont querellés. Père a proféré des menaces. Je crois que Mme Thompson voulait rester. Mon Dieu, je priais chaque soir pour qu'elle s'en aille !

Leah sourit, et Mlle Pettigrew continua de jacasser. La jolie jeune fille timide qu'elle avait trouvée si peu sûre d'elle dans le Wiltshire était devenue une adorable bavarde.

— Père m'a accusée d'avoir renversé du thé exprès sur la robe de Mme Thompson. Mais je ne l'ai pas brûlée ! Je ne serais pas allée aussi loin.

— Mademoiselle Pettigrew, j'ai toujours soupçonné une certaine espièglerie chez vous !

— Oui, peut-être, admit la jeune fille. Quoi qu'il en soit, père m'a obligée à revenir à Londres. Je suis tellement heureuse, madame George. J'ai déjà vu Will deux fois, la semaine dernière.

— Will ?

— L'employé de banque. Vous vous souvenez ?

Ah oui ! L'objet de son affection.

— Votre père vous cherche une autre dame de compagnie, je suppose, risqua Leah.

— Oui, mais il ne l'a pas encore trouvée.

Mlle Pettigrew prit le bras de Leah, et l'entraîna à sa suite.

— Il a rendez-vous avec des candidates aujourd'hui et demain, mais j'espère qu'aucune ne lui plaira. Je préfère rester à Londres, où j'ai une chance de voir Will, plutôt que de retourner à la campagne faire le tour des demeures de nos voisins.

— Je sais que votre père a été fâché, après cette partie de campagne…

— Oh que oui ! Il était furieux. Il dit que jamais un aristocrate n'accepterait de m'épouser si j'étais mêlée à ce genre de scandale.

— Mais ce n'était qu'une simple robe, protesta Leah, qui n'était pas dupe.

Elle savait qu'à travers cette robe, elle avait purement et simplement contesté les règles imposées par la bonne société.

— C'était une robe scandaleuse. Mais très belle, ajouta vivement Mlle Pettigrew.

— Merci.

Leah marqua une pause, avant de demander :

— J'imagine qu'il ne voudra jamais de moi comme dame de compagnie ?

— Oh, madame George, ce serait merveilleux !

Mlle Pettigrew relâcha le bras de Leah.

— Je crains, hélas, que vous ne trouviez pas grâce à ses yeux. En fait, si vous le rencontrez, il se lancera sûrement dans un de ses interminables sermons.

— Je vois.

— En revanche, je connais quelqu'un qui pourrait être intéressé.

Leah sentit l'espoir renaître.

— Vraiment ?

— Oui. Elle est veuve, comme vous. Mme Campbell. Je la connais depuis que je suis toute petite, c'est une amie de ma mère. Son mari possédait des filatures à Birmingham.

— Et vous pensez qu'elle aurait besoin d'une dame de compagnie ?

— Oh, pas pour lui servir de chaperon, bien entendu ! Juste pour ne pas se sentir trop seule.

— Cela vous ennuierait de me la présenter ?

— Pas du tout, madame George.

Le majordome des Hartwell escorta Sebastian jusque dans le salon à l'étage. Les langues allant bon train, Sebastian avait appris que le vicomte de Rennell avait demandé à Leah de quitter Linley Park, si bien qu'elle n'avait eu d'autre choix que de retourner vivre chez ses parents.

— Le comte de Wriothesly, annonça le majordome.

La mère et la sœur de Leah se levèrent pour saluer Sebastian d'une révérence.

— Madame Hartwell. Mademoiselle Béatrice.

— Quel plaisir de vous voir, lord Wriothesly, dit Mme Hartwell avec un sourire faux.

— Je suis tout aussi heureux de vous revoir, répondit Sebastian, avant de s'asseoir comme elle l'y invitait.

Il n'avait jamais beaucoup fréquenté les Hartwell, bien qu'ils fassent partie des mêmes cercles. Si Ian n'avait pas épousé Leah, ils seraient restés de simples relations.

Une domestique entra avec un plateau, et il attendit patiemment que Mme Hartwell serve le thé.

— Je ne pense pas avoir eu l'occasion de vous présenter nos condoléances pour la perte de votre épouse, monsieur, fit-elle.

— Merci, répondit-il en inclinant la tête.

Mme Hartwell désigna la sœur de Leah, assise près d'elle, sur le canapé.

— Cette saison était la première de ma petite Béatrice, et elle a déjà eu deux demandes en mariage ?

— Je l'ignorais.

Il commença à pianoter nerveusement sur sa cuisse, s'obligea à arrêter.

— Comme vous le savez, reprit-il, j'étais invité à la partie de campagne de Linley Park.

Mme Hartwell afficha une expression pincée.

— Je vous demande pardon pour le comportement de ma fille aînée, monsieur. Le chagrin semble l'avoir transformée.

— Mme George nous rejoindra-t-elle, s'enquit-il. J'aimerais m'assurer qu'elle va bien. Ian était mon meilleur ami, je pense donc qu'il est de mon devoir de…

La tasse de Mme Hartwell tinta contre la soucoupe de porcelaine.

— Ma fille n'habite plus ici, monsieur, coupa-t-elle.

Sebastian se figea, interdit, puis :

— Pourriez-vous me communiquer son adresse ?

Mme Hartwell pencha la tête et ajouta deux cuillères de sucre dans son thé.

— Je crains que ce ne soit impossible.

Sebastian se rembrunit.

— Je vous en prie, madame Hartwell. Elle... elle a quelque chose qui m'appartient, ajouta-t-il, songeant aux lettres.

— Ne me dites pas que Leah vous a dérobé un objet ! s'exclama Mme Hartwell en relevant vivement la tête.

— Non, pas du tout. Elle a quelque chose qui appartenait à Ian et qu'elle avait proposé de me donner. À l'époque j'ai refusé, mais j'ai changé d'avis. En outre, j'aimerais m'assurer qu'elle va bien.

Mme Hartwell porta sa tasse à ses lèvres et but une gorgée de thé, les paupières baissées.

— Ce n'est pas que je ne veuille pas répondre, monsieur le comte. C'est juste que j'ignore où se trouve ma fille.

— Vraiment ?

— Vous êtes bien placé pour savoir combien son comportement est étrange depuis quelque temps. Elle n'a pas cru bon de me dire où elle allait quand elle a quitté la maison.

Sebastian étrécit les yeux. Quelque chose dans le ton de Mme Hartwell laissait à penser qu'elle avait une responsabilité dans la disparition de sa fille.

— Je vois, dit-il.

Il posa sa tasse et se leva.

— Je vous prie de m'excuser, mais je dois m'en aller.

Mme Hartwell et Béatrice se levèrent également.

— Oh, mais je pensais vous inviter à dîner ! protesta la mère de Leah. Béatrice jouerait du piano.

— Merci, mais je ne peux pas rester.

Après un bref signe de tête, il tourna les talons et sortit. Il se dirigeait vers la porte d'entrée quand il entendit un bruit de pas précipités derrière lui.

— Lord Wriothesly !

La sœur de Leah dévala l'escalier et s'arrêta à trois pas de lui, les joues en feu.

— Leah est à Londres, chuchota-t-elle en jetant un coup d'œil par-dessus son épaule. Elle s'est enfuie car mère voulait qu'elle épouse le boucher du village.

— À Londres ? Chez qui est-elle allée ? Une amie ? Des cousins ? Où est-elle ?

— Elle travaille, avoua Béatrice.

Bien sûr. Elle ne pouvait compter sur aucun soutien du côté de sa famille, et elle n'avait pas de fortune personnelle. Elle était devenue une paria.

— Elle est la dame de compagnie de Mme Campbell, ajouta sa sœur. Elle promène Minnie, son chien, un épagneul qui…

— Comment le savez-vous ? Elle correspond avec vous ?

Tout en parlant, Sebastian prit le chapeau et le manteau que lui tendait le valet de pied, à l'entrée.

— Oui. Mère est au courant, mais elle ne veut pas admettre que sa fille est obligée de travailler. Parfois, j'ai l'impression qu'elle préférerait qu'elle soit morte. Non, ce n'est pas ce que je voulais dire, mais…

— Elle m'a donc menti.

Mlle Béatrice hocha la tête, puis s'empourpra.

— Je suis sûre que mère ne vous aurait jamais menti volontairement, monsieur…

— Mme Campbell, avez-vous dit ?

— Oui, confirma Béatrice, après une brève hésitation.

— Merci, mademoiselle Béatrice. Je vous souhaite une bonne journée.

Leah était ravie quand arrivait son jour de congé. Pourtant, elle ne disposait pas de son dimanche entier. Il fallait d'abord qu'elle se rende à l'église avec Mme Campbell, puis qu'elle emmène Minnie faire sa promenade du matin. Ensuite il y avait la promenade du soir, avant le coucher du soleil.

Au début, elle avait trouvé étrange de sortir sans être accompagnée d'un valet ou d'une femme de chambre. Mais très vite, les promenades avec Minnie étaient devenues les meilleurs moments de la journée. Ceux au cours desquels elle retrouvait son indépendance. Mais à présent, elle avait promené le chien, l'office était terminé, et elle avait consulté Mme Campbell pour savoir si celle-ci n'avait besoin de rien.

Tout en fredonnant, Leah troqua la robe noire qu'elle portait à l'église pour une autre qui convenait mieux à la promenade. Elle aurait adoré aller se promener à cheval dans le parc. Les feuilles mortes jonchaient le sol, la brise était fraîche, mais le soleil réchauffait cette journée d'automne. Si elle s'entendait très bien avec Mme Campbell, il y avait cependant une différence entre une amie et une dame de compagnie. Il se passerait du temps avant qu'elle se risque à lui demander d'emprunter l'un de ses chevaux.

Leah avait l'intention de faire un peu de shopping, ce qui ne lui était pas arrivé depuis des siècles, lui semblait-il. Elle venait de percevoir ses gages et il lui tardait de se joindre à la foule qui se rendait dans les magasins le dimanche après-midi.

— Leah ? Tu es prête ?

Christine, la femme de chambre de Mme Campbell, frappa à la porte et entra. La plupart des domestiques étaient obligées de partager des chambres exiguës, mais Leah, Christine et Mme Beesley avaient chacune leur chambre, même si celle-ci n'était pas très grande.

Leah enfonça une épingle dans son chapeau, et rabattit la voilette devant son visage.

— J'ai envie d'acheter quelque chose de frivole, aujourd'hui, annonça-t-elle.

Christine, qui venait d'une famille de la classe moyenne du Yorkshire, la considéra d'un air incrédule.

— Quelque chose de frivole ?

— Et qui ne soit pas noir.

— Dans ce cas, il vaut mieux que ce soient des dessous sinon, Mme Campbell aura une crise de nerfs.

— Oui, je sais.

Après que Mlle Pettigrew les avait présentées, Mme Campbell avait été très claire. Elle avait eu vent des rumeurs concernant le comportement de Leah, et elle s'attendait que celle-ci respecte strictement l'étiquette. Bien qu'elle fût issue des classes inférieures, Mme Campbell imitait les dames de l'aristocratie. Elle gardait ses distances avec Leah et n'engageait jamais la conversation, sauf pour parler de Minnie. Elles n'évoquaient jamais leur vie d'avant, leurs époux défunts, ni le fait qu'elles étaient toutes deux veuves. Sans la présence de Christine, Leah se serait sentie encore plus seule que du vivant de Ian.

— Peut-être un nouveau mouchoir, dit-elle.

Elle n'avait pas les moyens d'acheter une chemise.

Refermant la porte de sa chambre, elle suivit Christine dans l'escalier de service. Elle n'utilisait la porte d'entrée que lorsqu'elle accompagnait Mme Campbell.

— Je pense acheter l'écharpe aujourd'hui, annonça Christine en traversant la cuisine.

— La bleue ornée de dentelle que tu m'as montrée la dernière fois ?

Christine hocha la tête tout en lui tenant la porte de derrière ouverte. Elles contournèrent la maison pour gagner l'allée de devant. Leah jeta un regard en coin à sa compagne.

— Il y a aussi le chapeau. Je suis sûre qu'il plairait à Robert, si tu le portais pour aller te promener avec lui.

Christine rougit en entendant le nom du premier valet de pied.

— C'est seulement un ami. Je te l'ai déjà dit.

— C'est pour cela que tu rougis ?

Christine haussa les épaules.

— Je rougis parce que tu me taquines.

Une voiture s'arrêta derrière elles, et Leah jeta un coup d'œil par-dessus son épaule.

— C'est encore Overton ? hasarda-t-elle, comme elle ne parvenait pas à distinguer les armoiries sur la portière.

— Non, répondit Christine. Mme Campbell a rompu avec lui. C'est sans doute Trahern.

— Trahern ? Je croyais qu'elle le méprisait ?

— Peut-être, mais il n'est pas déplaisant à regarder. Et ils n'ont pas besoin de parler quand ils sont au lit.

— Christine Farrell ! Que les apparences sont trompeuses ! Vous avez l'air si innocent…

— Leah ? Madame George ? appela une voix masculine.

Une voix qui était devenue aussi familière que celle de Ian. Une voix qu'elle avait cru ne plus jamais entendre. Leah s'immobilisa, les yeux rivés droit devant elle.

Christine ne fut pas aussi discrète. Elle regarda de nouveau derrière elle.

— Leah, chuchota-t-elle, c'est l'homme qui est dans la voiture. Ce n'est pas Trahern.

— Oui, je sais, murmura Leah sans oser se retourner. C'est lord Wriothesly.

— Tu le connais ?

— C'était… un ami de mon mari.

— Oh ! Il vient par ici.

Leah avala sa salive en entendant Sebastian approcher d'un pas assuré. Que diable faisait-il là ? Il avait dit qu'il ne voulait plus jamais avoir affaire à elle.

— Bonjour, dit-il.

Christine pivota sur elle-même et fit une profonde révérence.

— Monsieur.

— Bonjour, madame George. C'est bien vous, n'est-ce pas ?

Leah se tourna lentement vers lui, la tête haute, et ne prit pas la peine de le saluer.

— Que voulez-vous ?

Christine étouffa une petite exclamation de stupeur.

Leah ne savait pas ce qu'elle attendait de Sebastian en se montant aussi abrupte ; le mettre en colère ou le pousser à se montrer arrogant, tout plutôt qu'il prenne conscience de sa vulnérabilité, du plaisir qu'elle avait éprouvé en entendant sa voix, en le voyant.

Dieu qu'elle avait envie de se noyer dans son regard, de se blottir contre lui. Il était séduisant – terriblement –, plus grand que dans son souvenir et très élégant. La coupe impeccable de son pantalon et de sa veste grise, son gilet de soie bleue, tout dans sa tenue soulignait leur différence de statut. Il était toujours un lord, un comte, alors qu'elle n'était plus une lady.

Elle détourna les yeux. Jamais il ne le soupçonnerait, mais elle avait été jusqu'à traverser le parc avec Minnie pour aller voir sa maison londonienne. Elle était restée devant, à la contempler, sachant qu'il n'y était pas et le regrettant.

— Madame George.

Elle ne put s'empêcher de le regarder. Elle aurait voulu qu'il la traite avec froideur, lui donnant ainsi une raison supplémentaire de le chasser de sa mémoire. Mais cet homme était contrariant. Au lieu de se rembrunir, il sourit.

— J'aimerais vous parler. En privé, précisa-t-il en adressant un signe de tête courtois à Christine.

Leah croisa les bras.

— Très bien, mais faites vite. Nous nous apprêtions à aller faire les magasins.

Il inclina la tête, et ses lèvres s'incurvèrent de nouveau.

— Comme vous voudrez.

S'avançant vers elle, il s'empara de sa main.

— Madame George, voudriez-vous me faire l'honneur de devenir ma femme ?

16

Retrouve-moi jeudi après-midi à 14 heures.

Leah libéra brusquement sa main.

— Christine, voudrais-tu…

— Bien sûr. Je te verrai avant le dîner.

La jeune femme de chambre tourna les talons et s'éloigna. À pas lents, nota Leah. Dans l'espoir sans doute d'entendre des bribes de conversation.

Leah scruta Sebastian, essayant de deviner ses pensées. Son regard vert croisa le sien, imperturbable. Il lui avait demandé sa main, et ce n'était pas une plaisanterie.

— Je ne comprends pas. Vous voulez m'épouser ?

— Si nous faisions une promenade dans le parc ? suggéra-t-il.

Étourdie, déconcertée, elle acquiesça. Ils gagnèrent le parc et s'engagèrent dans une allée.

— Je ne veux pas me marier avec vous, murmura-t-elle, le cœur battant.

— Je n'en suis pas surpris, avoua-t-il d'un ton étonnamment guilleret, comme si sa réponse ne le dissuadait en rien. Toutefois, il s'est produit un événement qui m'oblige à faire ma demande.

Elle lui coula un regard en coin. Il marchait d'un pas détendu, mais ses mâchoires serrées laissaient entrevoir sa nervosité.

— Savez-vous que depuis la partie de campagne, le bruit court que nous avons une liaison ? enchaîna-t-il.

Leah songea au baiser qu'ils avaient échangé dans le jardin et ses joues se colorèrent.

— Oui, admit-elle en baissant les yeux.

— Êtes-vous consciente que des bruits ont refait surface récemment au sujet de Ian et d'Angela ?

Leah trébucha, et Sebastian la retint par le bras.

— Non, je l'ignorais…

— Je vous avais pourtant prévenue, n'est-ce pas ? dit-il doucement en la lâchant à regret.

— Il est possible que ces rumeurs n'aient rien à voir avec ce que j'ai fait.

— En effet, c'est possible. Mais peu vraisemblable.

— Je vous en prie, monsieur, je ne suis pas d'humeur à essuyer vos réprimandes. Dites-moi pourquoi vous souhaitez m'épouser, ainsi, je pourrai refuser et nous repartirons chacun de notre côté.

— Je pense que le meilleur moyen de faire taire les commérages sur Ian et Angela serait de diriger l'attention sur nous. De laisser croire que nous sommes amants, et de confirmer les soupçons en nous mariant. Si tout se passe selon mes espérances, les amateurs de potins finiront par se désintéresser de nous.

— Si les ragots ont déjà commencé, pourquoi ne pas les laisser s'essouffler d'eux-mêmes ? rétorqua-t-elle. Êtes-vous trop fier pour supporter qu'on vous considère comme un mari trompé ? Essayez-vous de protéger Angela ? Êtes-vous toujours amoureux d'elle ?

— Vous avez oublié la raison principale, rétorqua-t-il d'un air sombre.

— Qui est ?

— Henry.

— Bien sûr, souffla Leah. Mais croyez-moi, Sebastian. Henry vous ressemble. Je ne peux imaginer un instant qu'il ne soit pas votre fils.

— Je veux à tout prix le protéger.

— Même s'il vous faut m'épouser pour ce faire ?

Leah suivit du regard une feuille morte qui tombait en virevoltant.

— Je suis désolée, mais ce mariage ne me semble pas nécessaire, reprit-elle. Henry est un petit garçon merveilleux, mais…

— Il a aussi… besoin d'une mère.

Sans le savoir, il venait de toucher une corde sensible dans le cœur de Leah.

— Il y a une autre possibilité, répliqua-t-elle. Trouvez quelqu'un d'autre à épouser. Cela mettra fin aux rumeurs sur une hypothétique liaison entre nous, entre Ian et Angela, et donnera une mère à votre fils. Il n'est pas nécessaire de m'impliquer dans votre plan.

— Votre sœur m'a appris que vous travailliez pour Mme Campbell comme dame de compagnie.

— Ah… Je me demandais comment vous m'aviez retrouvée.

Un vendeur des rues passa à côté d'eux en poussant sa carriole.

— Vous aimez promener son chien ?

— Oui. Minnie est d'une compagnie très agréable.

Il aurait fallu qu'il soit idiot pour ne pas comprendre que sa compagnie à lui l'était beaucoup moins.

— À Linley Park, vous m'avez parlé de liberté et d'indépendance. Je doute que vous en ayez beaucoup ici, où vous devez obéir aux caprices d'une maîtresse qui est, soit dit en passant, d'un rang inférieur au vôtre.

— Si vous essayez de me convaincre que je bénéficierai de davantage d'indépendance en étant mariée, monsieur, vous perdez votre temps. Je connais le poids des chaînes du mariage.

— Je vous autoriserais à…

— Précisément. Vous m'*autoriseriez*. Ce qui implique que vous seriez mon maître et que je dépendrais de votre bon vouloir.

Sebastian pinça les lèvres.

— Dans ce cas, je présenterai les choses autrement. Si vous m'épousiez, votre seule obligation serait de veiller sur Henry comme une mère. En dehors de cela, vous seriez totalement libre. Vous pourriez monter à cheval, pratiquer le tir à l'arc, faire du bateau, vous promener dans le jardin à minuit. Tout ce qui vous plairait.

— Et si je désirais ne jamais vous voir ? hasarda-t-elle, curieuse de savoir jusqu'où il était prêt à aller.

— Il se peut que nous sortions quelquefois ensemble avec Henry. Mais autrement, rien ne vous obligera à supporter ma compagnie. Ni moi la vôtre, ajouta-t-il avec un petit sourire narquois.

Leah ne put s'empêcher de lui rendre son sourire.

Sebastian se détourna brusquement.

— Et parce que je veux que les choses soient claires, enchaîna-t-il, cela s'applique aussi aux relations susceptibles d'avoir lieu dans une chambre à coucher.

— Vous voulez dire que vous n'exigerez pas de consommer le mariage ?

— Non.

— Vous ne souhaitez pas vous engager dans une relation matrimoniale ?

— Non.

— Notre union n'aurait de mariage que le nom ? Même si nous devions vivre ensemble pendant trente ans, vous n'essayerez jamais de coucher avec moi ?

Elle crut l'entendre toussoter, mais il articula une fois de plus :

— Non.

— Vous prendriez donc une maîtresse.

Il posa sur elle un regard perçant. Ses traits étaient tendus.

— Je vous resterai fidèle.

Leah laissa échapper un rire sans joie.

— Allons, monsieur. Vous êtes en train de me dire que vous resteriez célibataire toute votre vie si j'acceptais de devenir votre femme ?

Le regard vert de Sebastian s'assombrit.

— Je serai célibataire aussi longtemps que vous le voudrez. Jusqu'à ce que vous m'acceptiez dans votre lit.

Leah sentit sa gorge se serrer. Elle s'efforça de rire, mais ne put émettre qu'un son rauque.

— Vous êtes très sûr de vous, monsieur. Et si je n'éprouve jamais de désir pour vous ? Si je rencontre un autre homme que j'ai envie de mettre dans mon lit ?

— Nous avons tous deux souffert d'avoir des conjoints adultères. Je reconnais que ce mariage n'est pas dicté par l'amour. Mais si vous ne pouvez me promettre d'être fidèle, il est inutile de poursuivre cette discussion.

— Je ne veux pas vous épouser, répéta-t-elle dans un souffle, comme si elle n'en était plus aussi certaine.

Sebastian s'arrêta au milieu de l'allée. Ils étaient seuls, et les bruits de la ville semblaient très lointains. Leah éprouva brusquement le besoin de s'écarter de lui pour échapper à cette trop grande intimité.

— Laissez-moi vous expliquer pourquoi je veux me marier avec vous, Leah.

Pas madame George, mais Leah. Elle n'aurait pas dû l'être, mais elle ne pouvait s'empêcher d'être heureuse de l'entendre de nouveau prononcer son prénom.

— Je sais pourquoi. Pour éviter le scandale.

— En effet.

— Pour donner une mère à Henry.

— En effet. Et comme vous le disiez, je pourrais demander cela à n'importe quelle femme. Mais c'est vous que je veux épouser, Leah George, et personne d'autre. Je me suis habitué à votre sourire, figurez-vous. Vos fantaisies m'amusent, et j'aime aussi vous voir profiter de votre liberté. Vous connaissez déjà Henry, et je pense que vous vous entendrez bien avec lui. Et…

Leah attendit, mais comme il gardait le silence, elle insista :

— Et ?

— Quand je suis avec vous, je parviens à oublier ce qui s'est passé. Je ne vois même plus le visage d'Angela. Tout ce que je vois, c'est vous. Je crois que c'est pour cela que j'ai besoin de vous.

— Vous voudriez que je vous aide à oublier votre femme ?

Il secoua la tête en marmonnant un juron. Puis il s'approcha d'elle et prit sa joue en coupe.

— Vous ne vous rappelez donc pas ce que je vous ai dit ? Tant pis. Je vais vous le redire. Je vous désire.

Sa main glissa sur sa joue, se promena sur son visage, et elle ferma les paupières. Il lui prit le menton, s'immobilisa. Elle rouvrit les yeux.

— Je vous désire, répéta-t-il en laissant retomber son bras, mais je tiendrai parole. Je ne vous obligerai pas à subir ma présence, sauf quand nous serons avec Henry. Et je ne viendrai pas vous rejoindre dans votre lit, sauf si vous m'y autorisez. Je vous laisserai votre liberté. Aidez-moi à protéger Henry, soyez une mère pour lui. Si vous dites oui, vous ne serez plus jamais seule.

Leah ne s'était pas rendu compte qu'elle retenait son souffle. Elle soupira, et croisa les bras en feignant d'observer un écureuil qui courait de branche en branche.

— Je réfléchirai, dit-elle finalement, tout en sachant qu'elle aurait dû refuser sur-le-champ.

— Merci. Quand pourrai-je revenir vous voir ?

Il faisait preuve d'une exquise politesse, lui demandant ses préférences plutôt que de lui imposer les siennes. Mais elle regrettait qu'il lui ait posé la question. Elle ne voulait pas lui donner de réponse définitive. Si elle ne disait rien, peut-être renoncerait-il à revenir.

— Dimanche prochain, s'entendit-elle murmurer. À la même heure. Je vous donnerai ma réponse.

Il acquiesça d'un hochement de tête et lui offrit le bras. Ils rebroussèrent chemin sans mot dire.

Les jours suivants, Leah s'en voulut d'avoir imposé à Sebastian un délai d'une semaine. C'était trop long. Elle avait beau savoir que sa réponse serait négative, elle ne pouvait s'empêcher de réfléchir à tout ce qu'il avait dit.

Elle se moquait d'étouffer le scandale qui menaçait Ian et Angela. En revanche, si ce mariage devait protéger Henry, cela valait sans doute la peine d'essayer. La pensée de devenir la mère du fils de Sebastian la transportait. L'enfant serait au centre de toutes ses attentions, elle pourrait l'aimer de tout son cœur. Mais elle se demandait si cela suffirait à assouvir son désir de maternité, et si elle cesserait de vouloir un enfant bien à elle.

En dépit des affirmations rassurantes de Sebastian, elle ignorait de quel degré de liberté elle disposerait si elle l'épousait. Certes, elle ne comptait pas rester toute sa vie la dame de compagnie de Mme Campbell, mais au moins elle ne vivait plus chez ses parents ni n'était plus condamnée à être malheureuse simplement parce qu'elle avait commis l'erreur de se marier. Oui, mais si elle était libre, comme le promettait Sebastian, elle ne serait pas si malheureuse que cela, n'est-ce pas ? Il la désirait, mais ne viendrait dans son lit que si elle l'y invitait. Or si elle voulait un enfant à elle, elle n'aurait d'autre choix que de l'admettre dans sa chambre. Elle risquait alors de se retrouver dans la même situation qu'avec Ian.

Le samedi soir, une fois que Mme Campbell et Minnie se furent retirées pour la nuit, Leah s'assit sur son lit. Sa semaine de réflexion s'achevait, mais les doutes subsistaient toujours.

— Je dirai non, déclara-t-elle à haute voix.

Elle imagina sa rencontre avec Sebastian, le lendemain. Elle le regarderait droit dans les yeux, ignorerait stoïquement l'élan qui la poussait vers lui, et refuserait son offre.

— Non, répéta-t-elle.

Sa voix lui parut trop faible. Elle se leva et se mit à arpenter sa chambre.

En l'épousant, Sebastian lui offrait un enfant à aimer. Ce serait peut-être son unique chance d'être mère.

Mais il était allé jusqu'à dire qu'il voulait l'épouser parce qu'il la désirait. Il ne voulait pas seulement sa compagnie, il voulait aussi partager son lit.

Leah pivota sur elle-même et croisa les bras avec un petit reniflement incrédule. Après avoir eu Angela, Sebastian la désirerait, elle ?

Combien de fois, alors qu'il la courtisait, Ian lui avait-il fait croire la même chose ? Combien de fois lui avait-il fait battre le cœur ? Et elle l'avait cru. Mon Dieu, quelle idiote !

Sebastian prétendait qu'elle l'aidait à oublier Angela. C'était peut-être un mensonge pour parvenir à ses fins.

Sebastian et Ian. Tous deux l'avaient voulue pour des raisons égoïstes. Ian avait certes trahi Sebastian, mais ils avaient aussi été des amis proches. Ne se ressemblaient-ils pas ? Ils avaient dit l'un et l'autre…

Leah s'immobilisa. Ian avait tout fait pour qu'elle tombe amoureuse de lui. Il l'avait couverte de cadeaux, de fleurs, de poèmes. Il lui avait écrit des lettres d'amour. Il lui avait dit qu'il l'aimait.

Sebastian s'était contenté d'énumérer les raisons logiques qu'elle avait de l'épouser. Il ne lui avait pas apporté de présent, ne lui avait pas fait la cour. Il n'avait même pas eu l'air heureux lorsqu'il lui avait avoué son désir. De fait il avait paru plutôt abattu.

Il n'avait pas menti, se rendit-elle compte. Car, plus important que tout, Sebastian ne lui avait jamais dit qu'il l'aimait.

Sebastian arriva devant la maison de Mme Campbell une demi-heure plus tôt que prévu. En réalité il était en avance d'une heure, mais il avait demandé au cocher de faire plusieurs fois le tour du parc en attendant.

Il était nerveux. Il ne se souvenait pas de l'avoir été à ce point avec Angela. Celle-ci savait mettre un homme à son aise. Elle avait une façon de vous parler et de vous regarder, qui vous faisait croire que vous étiez le seul qui comptait.

Avec Leah... Il avait essayé au moins six cravates ce matin, sans réussir à en nouer une convenablement. Comme il avait congédié son valet quand il s'était marié, il avait finalement dû appeler son majordome à la rescousse.

Non pas que cela ait une quelconque importance, songea Sebastian en tirant sur le nœud de sa cravate qui le serrait à l'étouffer. Il ne savait pas pourquoi il était revenu. Tout dans l'attitude de Leah la semaine dernière, dans les mots qu'elle avait prononcés et ceux qu'elle avait tus, le poussait à croire qu'elle allait refuser sa proposition. Il n'était là que parce qu'elle le lui avait demandé. Elle aurait pu dire non tout de suite, mais elle ne l'avait pas fait. Il pensait donc avoir encore une chance. Et maintenant qu'il lui avait répété qu'il la désirait, il ne pouvait retourner dans le Hampshire sans avoir obtenu une réponse.

Non, ce n'était vrai. En réalité, il avait envie de la revoir. Une dernière fois.

Il tira le rideau et regarda par la fenêtre.

Elle apparut soudain à l'angle de la maison et emprunta l'allée réservée aux domestiques. Mais avec son port altier, personne n'aurait pu la prendre pour une servante.

Sebastian donna un petit coup au plafond. Un valet ouvrit promptement la portière, et il descendit. La journée était nuageuse, aussi ne put-il voir si elle souriait sous sa voilette.

— Aimeriez-vous faire une promenade en voiture ? proposa-t-il, courtois.

Elle frissonna sous sa cape, et il résista à la tentation d'insister en lui faisant remarquer qu'il faisait froid.

— Volontiers, merci, répondit-elle.

Il l'aida à monter dans la voiture, puis s'installa à son tour, regrettant de lui avoir pris la main. Il sentait la chaleur de ses doigts s'attarder sur sa paume.

— J'ai décidé d'accepter votre proposition, annonça-t-elle avant même que l'attelage se soit ébranlé.

Sebastian serra les poings.

— Vous en êtes sûre ?

— Préféreriez-vous que je refuse ? répliqua-t-elle avec un rire sans joie.

— Non.

— En fait, j'ai pensé à une raison que vous avez oublié de mentionner la semaine dernière. Et je me suis rendu compte que je serais bête de refuser.

Sebastian ne put s'empêcher de se pencher vers elle. Dans l'habitacle, à l'abri des odeurs qui envahissaient les rues de Londres, il sentait enfin de nouveau son parfum. Comme il lui avait manqué !

— Quelle est cette raison ?

Elle repoussa sa voilette en arrière, révélant un sourire malicieux.

— Plus de vêtements de deuil. Fini le crêpe noir, le bombasin, les bonnets et les voiles !

Il lui rendit son sourire. Il aurait aimé lui dire qu'il brûlait de la revoir sans la robe au décolleté dans le dos qu'elle portait au bal de la partie de campagne. Mais il craignait qu'elle ne voie là un ordre ou interprète ce souhait comme une menace pour son indépendance. Or il ne voulait prendre aucun risque.

— Aimeriez-vous aller tout de suite chez la couturière ? s'enquit-il.

La bouche de Leah s'arrondit de surprise, mais elle secoua la tête.

— Non, mais je vous remercie.

— Préférez-vous que je me procure une dispense de bans pour nous marier au plus vite, ou que je procède normalement ?

— Vous semblez prendre ma réponse plutôt bien, plaisanta-t-elle.

— Je suis pressé de rejoindre Henry.

— Il n'assistera pas à la cérémonie ?

— Si vous êtes d'accord, je préférerais qu'il reste à la campagne. Je vous le présenterai de nouveau une fois que nous serons mariés. Je ne pense pas qu'il comprenne ce qui se passe, mais je ne voudrais pas que ces événements perturbent ses habitudes plus qu'il n'est nécessaire.

Leah l'observa, la tête inclinée de côté, le front soucieux.

— Oui ? fit Sebastian en s'obligeant à desserrer les doigts.

— Vous semblez très préoccupé. Je vous ai déjà vu avec votre fils, bien sûr, mais je ne me rendais pas compte que son bien-être vous tenait autant à cœur.

— Il est tout ce que j'ai.

Leah ne répondit pas, mais un petit sourire apparut au coin de ses lèvres.

— Une dispense de bans, dans ce cas, dit-elle. Ainsi, nous pourrons regagner le Hampshire au plus vite. Cependant, il faudra que je prévienne Mme Campbell afin qu'elle ait le temps de me trouver une remplaçante.

— Elle aura tout le temps nécessaire. Bien que j'aie moi-même une préférence pour la dispense de bans, je pense qu'il ne faut pas alimenter les rumeurs en nous mariant trop vite. L'annonce de nos fiançailles et la publication des bans provoqueront déjà bien des remous. Et n'oubliez pas les invitations.

— Quelles invitations ?

— À la famille et aux amis.

— Cela fait partie de votre stratégie pour détourner les rumeurs, j'imagine.

— Si vous le souhaitez, nous pourrions aussi inviter ceux qui sont à l'origine des commérages. M. et Mme Meyer, Mme Thompson, Mlle Pettigrew, M. Dunlop et lord Cooper-Giles. Lord Elliot, et…

— Lady Elliot. Oui, invitons-les. Je suis sûre que la principale responsable est lady Elliot. Mais c'est ma mère qui doit recevoir la première invitation. Nous devrions peut-être inviter toute la haute société, vous ne pensez pas ? Ainsi, tout Londres ne parlera que de nous.

— Je devrais sans doute m'étonner que vous ayez accepté ma proposition, remarqua Sebastian, soupçonneux. Le fait que vous ayez cédé si facilement m'inquiète un peu.

— C'est très simple, monsieur. M'aimez-vous ?

Sebastian se figea. Qu'attendait-elle de lui ? S'il répondait honnêtement, retournerait-elle chez Mme Campbell ?

Ils se dévisagèrent longuement. Il opta pour un mensonge.

— Non, souffla-t-il avec raideur.

— Voilà pourquoi j'ai décidé d'accepter, avoua Leah, visiblement soulagée. Car je ne vous aime pas non plus.

17

Je sais, mon chéri. Moi-même, je n'arrive pas à le croire.

Bientôt !

Le jour de la cérémonie, tandis que Leah se tenait devant Sebastian, elle eut du mal à ne pas penser à son premier mariage. Celui-ci avait eu lieu un peu plus de deux ans auparavant, à St Michael. Elle avait promis à son époux amour et obéissance, jusqu'à ce que la mort les sépare.

Sebastian lui tenait les mains, mais son regard était rivé sur le prêtre, et son expression solennelle. Pensait-il à son mariage avec Angela ? Leah avait cru que Ian et elle vieilliraient ensemble, qu'ils auraient des enfants et des petits-enfants. Et pourtant, moins de trois ans plus tard, elle épousait le meilleur ami de son mari défunt. Un homme qu'elle connaissait à peine plus qu'elle n'avait connu Ian à l'époque.

Il portait une veste et un pantalon gris anthracite, un gilet noir rebrodé de fils d'argent, une cravate noire. Ses cheveux étaient coiffés en arrière, mettant en valeur son regard intense.

Il n'était pas aussi beau que Ian, ni aussi charmant, mais, pour quelque raison inexplicable, elle se sentait en sécurité avec lui. Le fait qu'il n'ait pas essayé de lui faire croire qu'il l'aimait la rassurait. Peut-être le regretterait-elle plus tard, mais elle était heureuse à l'idée que l'homme auquel elle allait être unie méritait sa confiance.

Lorsque vint le moment de prononcer le serment de mariage, Sebastian soutint son regard, le visage indéchiffrable. Elle fut incapable de se détourner. Le moment lui parut irréel. Puis ce fut son tour à elle.

— Je te prends, Sebastian Edward Thomas Madinger, pour légitime époux.

Elle chuchota les deux derniers mots. Sebastian lui serra les mains et elle baissa les yeux. Elle n'avait encore jamais remarqué combien ses mains étaient larges. Elles recouvraient complètement les siennes.

Leah inspira à fond et continua de répéter les paroles dictées par le prêtre. Puis ils échangèrent les alliances, et le pasteur les déclara mari et femme. Sebastian se pencha, et Leah se raidit. Bien qu'ils aient décidé qu'il fallait convaincre l'assistance qu'ils étaient passionnément amoureux, et que Leah s'y préparât depuis un mois, elle ne se sentait pas prête.

Elle ferma les yeux, attendant que sa bouche se pose sur la sienne. Ses lèvres étaient fermes et chaudes. Cela ne dura qu'une seconde, puis il se tourna vers les invités en glissant la main de son épouse au creux de son bras.

— Merci, souffla-t-elle, mais elle n'aurait su dire s'il l'avait entendue.

Ils redescendirent l'allée centrale de l'église, puis montèrent dans la voiture qui devait les emmener chez lui où un repas les attendait. Jamais l'habitacle n'avait paru aussi exigu à Leah.

L'attelage se mit en route. Sebastian observa Leah avec l'impression curieuse d'être un voyeur. L'idée qu'elle était à présent sa femme lui semblait irréelle.

Elle était incroyablement belle dans sa robe gris perle. Il regrettait pourtant qu'elle n'ait pas choisi une autre couleur. Du bleu, peut-être. Quelque chose de gai, qui aurait marqué une rupture avec sa vie auprès de Ian.

La coupe de la robe mettait en valeur sa silhouette mince et gracieuse. Il rêvait de poser les mains sur sa taille souple pour vérifier qu'il pouvait l'entourer de ses doigts. Le corsage ne laissait entrevoir qu'un peu de peau, tel un mystère qui attendait d'être découvert. Le gris nacré s'accordait finalement très bien à son teint clair, accentuant sa beauté éthérée.

Il s'attendait qu'elle l'ignore durant tout le trajet, mais elle se tourna vers lui et déclara de but en blanc :

— Vous ne m'avez pas embrassée.

— Bien sûr que si, protesta-t-il en haussant les sourcils.

Ses joues se colorèrent, mais elle soutint son regard.

— Ce n'était pas ce que nous avions prévu. Je m'attendais à… plus.

L'espace d'un instant, Sebastian s'imagina capturant sa bouche comme il rêvait de le faire depuis qu'elle avait accepté sa demande en mariage. Spontanément, ses yeux se posèrent sur ses lèvres, et son cœur se mit à battre à grands coups.

— Est-ce une invitation, lady Wriothesly ?

Le moment aurait pu être magique, si d'entendre prononcer ce titre à voix haute ne les avait tous deux déconcertés. *Lady Wriothesly.* Ce nom n'était plus celui d'Angela, mais de Leah.

— Je ne vous ai pas embrassée comme nous l'avions prévu, car vous paraissiez sur le point de vous évanouir, expliqua-t-il.

— Ce ne serait pas arrivé, assura-t-elle.

— Vous étiez très pâle, et vos mains tremblaient dans les miennes.

Leah leva le menton d'un air de défi.

— Et vous, vous n'étiez pas du tout nerveux ?

— Non.

Il avait simplement eu très peur qu'elle ne tourne les talons et ne s'enfuie. Mais il la tenait fermement par les mains.

— Je me rends compte que je n'ai pas songé à tous vos défauts quand j'ai accepté de vous épouser, remarqua-t-elle en faisant la moue.

— Ah, mais il est trop tard, lady Wriothesly !

Elle le fixa un moment sans mot dire, puis baissa les yeux sur ses mains jointes sur ses genoux.

— Que ferez-vous si les rumeurs au sujet de Ian et d'Angela ne cessent pas ? demanda-t-elle.

— Elles cesseront. J'ai du mal à croire que les colporteurs de ragots puissent continuer dans ce sens alors que nous leur avons prouvé qu'ils ne s'étaient pas trompés à notre sujet.

— Mais s'ils continuent tout de même ?

— Je ne sais pas. Nous les ignorerons, je suppose. Après tout, il n'y a aucune preuve qu'ils avaient une liaison.

— En dehors des lettres.

Sebastian secoua la tête.

— Celles d'Angela sont en votre possession. Et bien que j'aie fouillé sa chambre, je n'ai rien trouvé venant de Ian.

Leah garda le silence un moment.

— Partirons-nous dans le Hampshire après le déjeuner, ou préférez-vous passer la nuit ici et partir demain matin ?

Elle posait tant de questions ! Et, Dieu lui vienne en aide, il ne savait jamais quelle était la bonne réponse.

— Avez-vous une préférence ?

— Non. Mais si nous demeurons cette nuit à Londres, j'aimerais ne pas occuper sa chambre.

Il avait passé ces dernières semaines à se préparer à ce mariage. Pour ce faire, il avait dû se résigner à entrer dans la chambre d'Angela afin de chercher d'éventuelles lettres de Ian et de trier les affaires que Henry serait peut-être heureux d'avoir plus tard. Il avait ordonné à la femme de chambre d'empaqueter le reste, et de donner les vêtements. La chambre avait été repeinte, il avait acheté de nouveaux meubles, et fait aérer la pièce jusqu'à ce que le parfum de lavande et de vanille se soit complètement évaporé.

— Ne vous inquiétez pas. J'ai fait préparer pour vous une autre chambre, qui était autrefois destinée aux invités.

— Merci. J'apprécie cette attention.

— Vous voyez, fit-il remarquer en souriant. J'ai certaines qualités pour compenser mes défauts.

— Cela reste encore à vérifier, répliqua-t-elle, amusée.

La voiture s'arrêta peu après devant la maison.

Tous les gens qui avaient fait courir le bruit qu'ils avaient une liaison étaient à présent réunis pour célébrer leur mariage. Bien entendu, Sebastian était conscient que les cancans allaient encore bon train. Les invités leur lançaient des regards en coin, visiblement satisfaits de constater qu'ils ne s'étaient pas trompés sur leur compte. Mais il n'y avait là rien d'étonnant.

Il demeura le plus possible aux côtés de Leah. Sans jamais la toucher, il se pencha pour lui susurrer des mots à l'oreille. Certaines remarques la firent rougir, et elle lui lança des regards réprobateurs. Mais ses yeux brillaient, et elle riait pour dissimuler son embarras, ce qui n'était pas pour déplaire à Sebastian. Lorsque sa mère et sa sœur s'approchèrent pour la féliciter, elle rougit de plus belle.

À la fin du déjeuner, Sebastian eut la certitude que la plupart des invités, sinon tous, croyaient les jeunes mariés follement amoureux.

Lord et lady Elliot furent les derniers à prendre congé. Lady Elliot arborait un sourire entendu.

— Lord Wriothesly. Lady Wriothesly.

— Nous sommes tellement heureux que vous soyez venus, répondit chaleureusement Leah.

— Je n'aurais manqué cela pour rien au monde, assura lady Elliot. Même si la saison de la chasse au renard est sur le point de commencer.

Elle s'approcha de Leah et ajouta à mi-voix, ce qui n'empêcha pas Sebastian d'entendre chaque mot qu'elle prononça :

— Vous vous rappelez, pendant la partie de campagne, lorsque je vous ai demandé si vous imaginiez lord Wriothesly à la place de la cible ?

Leah hocha la tête. Sebastian arqua les sourcils.

— Je vois que j'avais vu juste. Il n'y a pas tant de différence que cela entre la passion et la colère. N'est-ce pas, mon cher ? ajouta-t-elle à l'adresse de son mari.

Ce dernier tressaillit, arraché à ses pensées.

— Non, ma chère, confirma-t-il. La passion et la colère sont de bonnes choses.

Lady Elliot soupira, l'air exaspéré, puis sourit affectueusement à son époux.

— Allons-y, décréta-t-elle. Laissons les jeunes mariés en tête à tête.

Quand ils furent sortis, Sebastian demanda à Leah :

— J'étais une cible ?

— À l'époque, c'est tout ce que je pensais pouvoir faire de vous, répondit-elle en haussant les épaules.

— Hmm. Je ne devrais peut-être pas vous laisser passer trop de temps avec Henry quand nous serons dans le Hampshire.

Leah esquissa un sourire espiègle, avant de pivoter sur ses talons.

— Où allez-vous ?

— À l'étage. Je pense que je vais passer le reste de la journée à lire.

— La bibliothèque est au rez-de-chaussée.

— J'ai apporté mes livres.

Sebastian la regarda traverser le hall et gravir l'escalier. Visiblement, elle comptait affirmer son indépendance dès le début. Il aurait préféré qu'elle reste bavarder avec lui.

Leah essaya de lire. Mais chaque fois qu'elle commençait une phrase, le souvenir de Sebastian lui chuchotant des propos inappropriés à l'oreille lui revenait à l'esprit et elle ne parvenait pas à se concentrer sur sa lecture. Elle entendait sa voix comme s'il s'était trouvé à côté d'elle.

Elle décida de dormir, persuadée que si elle sombrait dans le sommeil, elle lui échapperait enfin. Mais à peine fut-elle allongée, qu'elle songea aux descriptions coquines dont il l'avait abreuvée, lui expliquant comment il l'allongerait dans le lit, la déshabillerait, la regarderait onduler sous lui.

Elle savait pourtant que tout cela n'était qu'une comédie au bénéfice de leurs invités.

Deux minutes à peine s'écoulèrent avant qu'elle se relève, le souffle court et le cœur battant, pour aller à la fenêtre. Elle pressa la paume, puis le front et la joue contre la vitre froide.

Qui était l'homme qu'elle venait d'épouser ? Elle l'avait pris pour un gentleman, un aristocrate, mais il se révélait un autre homme, moins raffiné, qui insistait pour invoquer des passions qu'elle préférait étouffer. Oui, elle était attirée par lui, et il lui avait dit sans ambages qu'il la désirait. Mais penser qu'il avait un tel pouvoir sur elle, qu'il pouvait éveiller son désir en quelques mots…

Leah s'assit dans le canapé devant l'âtre et reprit son livre. Elle commença à lire à haute voix, s'obligeant ainsi à se concentrer.

Ce soir, c'était leur nuit de noces.

Ils savaient tous deux que leur union ne serait pas consommée. Mais elle ne pouvait s'empêcher d'imaginer Sebastian allongé dans son lit, au bout du couloir. Pensait-il à elle ? Songeait-il à toutes ces paroles osées qu'il lui avait soufflées à l'oreille ?

Il la désirait.

Tous les mots d'amour que Ian lui avait murmurés n'avaient jamais été aussi puissants que la déclaration de Sebastian.

Leah tourna la page d'une main tremblante. Une chose était certaine : elle ne devait pas lui laisser deviner à quel point ses paroles la troublaient. S'il continuait de lui parler ainsi, elle n'était pas sûre de pouvoir rester de marbre.

Sebastian se résigna à dîner seul ce soir-là. Il n'avait pas vu Leah de l'après-midi et elle ne le rejoignit pas au salon avant que le repas soit servi.

Il s'assit à table seul, comme chaque soir depuis la mort d'Angela. Un valet posa une assiette de potage devant lui. Sebastian commença à manger sans chercher à identifier le contenu de son assiette. C'était chaud et délicieux. C'était tout ce qui comptait.

Soudain, la porte s'ouvrit et Leah entra.

— Pardonnez-moi mon retard, s'excusa-t-elle, souriant au majordome qui lui tirait une chaise.

Sebastian fut sidéré. Elle ne portait plus de noir, ni même de gris pâle. Elle avait revêtu une robe bleu nuit. Elle était enfin libérée de Ian. Elle était à lui.

— Vous êtes pardonnée. Est-ce l'une de vos nouvelles robes ?

— Oui.

Elle s'en tint là, et se mit à manger. Sebastian ne pouvait s'empêcher de lui jeter des regards furtifs.

— Elle vous plaît ? s'enquit-elle au bout de quelques minutes. J'avoue que c'est étrange de ne plus porter ces sinistres habits de deuil. Je me sens presque coupable. J'aurais peut-être dû attendre encore un peu. J'aurais probablement fini par m'habituer à l'état de veuvage.

— Cette robe est très belle.

Il regretta de ne pouvoir en dire davantage. Leur situation était bizarre depuis qu'elle avait changé et qu'ils n'étaient plus seulement le meilleur ami de Ian et l'épouse de Ian.

— Dites-moi, madame, que souhaite faire de son temps une jeune mariée indépendante ? Avez-vous déjà des projets pour occuper vos journées dans le Hampshire ?

— Je ne sais pas, avoua-t-elle dans un sourire. Je crois que c'est cela la liberté : ne pas savoir ce que réserve l'avenir, tout en ayant conscience qu'il existe une infinité de possibilités.

— Que voulez-vous dire ?

— Quand je vivais chez mes parents, notre mère planifiait nos journées à la minute près. Le rituel était immuable. S'habiller. Prendre le petit-déjeuner. Étudier – seul le sujet des leçons variait d'un jour à l'autre. Ensuite, déjeuner. Jouer du piano. Chanter. Danser. Tricoter. Puis venaient les visites de l'après-midi…

— Cela a dû changer après votre mariage, je suppose.

— Les activités ont changé, en effet. Mais l'habitude d'organiser ma journée dans le détail était tellement ancrée en moi que j'ai trouvé plus facile de continuer sur ce modèle. Quand j'ai découvert ce qui se passait avec Angela, j'ai même prévu chaque soir…

Elle s'interrompit brusquement et fixa son assiette.

Les doigts de Sebastian se crispèrent sur sa cuillère. Elle ne pouvait faire allusion qu'à une seule chose.

— Vous n'êtes pas obligée de m'en parler. Mais quand vous le voudrez, je serai prêt à vous entendre.

Elle hocha la tête, lui lança un bref coup d'œil, et continua de manger.

— Quant à la routine, reprit Sebastian, la seule personne à avoir un emploi du temps bien réglé est Henry. Encore cela ne concerne-t-il que les matinées et les soirées. En général, nous passons l'après-midi ensemble.

— Et que faites-vous ?

Elle semblait distraite, et ne posait visiblement la question que par politesse.

— Nous jouons avec des cubes, répondit-il. Nous allons faire des promenades et des pique-niques. Il monte sur son poney…

— Il a déjà un poney ?

— Oui, juste pour s'habituer à monter dessus.

— Est-ce qu'il parle ?

Sebastian fronça les sourcils. La dernière fois que Leah avait vu Henry, c'était avant l'accident. À l'époque, il ne connaissait que quelques mots et ne les prononçait pas très bien.

— Il dit des phrases simples. Mais il sait parfaitement se faire comprendre.

— Vous le gâtez, devina-t-elle, et son ton était plein d'indulgence.

— Peut-être.

Sebastian reposa sa cuillère, et un valet vint aussitôt retirer son assiette.

— J'ai du mal à être sévère avec lui, à présent, reconnut-il.

Il se rendit compte qu'elle l'observait et s'obligea à demeurer imperturbable. Que voyait-elle ? Un homme fort, ou bien trop sentimental ? Elle acheva sa soupe.

— Je crois que nous nous entendrons tous très bien, déclara-t-elle. Du moins, tant que vous supporterez les aventures d'Henry et les miennes.

— Les aventures ?

— Oh oui ! J'en ai déjà prévu quelques-unes.

Elle se pencha en avant, et le regard de Sebastian fut attiré par ses seins. Il détourna promptement les yeux, se racla la gorge et fit signe au majordome d'apporter le plat suivant.

— Je n'ai pas eu de frères, continua Leah, j'aurai donc sans doute besoin de votre aide pour certaines choses. J'ai toujours eu envie d'apprendre à grimper aux arbres.

— C'est trop dangereux.

Elle se rembrunit.

— Je croyais que nous étions d'accord pour que je fasse ce que je voulais ?

Leur première soirée ensemble, et déjà, ils se querellaient.

— Pour commencer, Henry est mon fils. Et s'il est trop petit pour faire du poney, il l'est aussi pour grimper aux arbres.

— Bien dit. Mais si moi, je veux grimper aux arbres ?

Le sujet de cette conversation aurait été comique si Sebastian n'avait été persuadé qu'elle voulait juste affirmer sa volonté. Cependant, s'il avait bien l'intention de ne pas se montrer autoritaire, il n'imaginait pas ne pas empêcher sa femme de se mettre en danger.

— Supposez que vos jupes s'entortillent, ou s'accrochent à une branche, et…

— J'ai dit que j'aurais besoin de votre aide. La première chose que vous aurez à faire sera de me procurer un pantalon.

Sebastian pianota sur la table.

— Si je vous trouve un pantalon, serez-vous d'accord pour que je vous accompagne ? Dans toutes les entreprises dangereuses qui vous viendront à l'esprit ?

— Mais alors, vous serez obligé se supporter ma compagnie, monsieur.

— Je la supporte déjà, n'est-ce pas ?

Elle s'esclaffa, et Sebastian se demanda si elle ne venait pas de lui faire passer un test. Plus il croyait la comprendre, plus il se rendait compte qu'elle était plus mystérieuse qu'il ne le pensait.

Il mourait d'envie de l'interroger sur ces soirées avec Ian auxquelles elle avait fait allusion, de connaître tous ces secrets qu'elle s'efforçait de lui cacher. Mais il se contenta de sourire, et chercha un sujet de conversation sans danger. C'est alors qu'il prit conscience qu'en dehors de Henry, de Ian et d'Angela, ils n'avaient pas grand-chose en commun. Cette épouse qu'il désirait, qu'il éprouvait le besoin de protéger, n'était encore qu'une étrangère pour lui.

Leah s'agita sur sa chaise tout en chipotant dans son assiette.

— Pourquoi me regardez-vous ainsi ? demanda-t-elle.

Sebastian esquissa un sourire qui ne parvint pas à atténuer l'intensité de son regard. Il la contemplait comme si elle avait été une énigme qu'il cherchait à résoudre. Elle aurait pu lui dire qu'il n'y avait pas de mystère, qu'elle était quelqu'un de simple, d'ordinaire. Tout ce qu'elle voulait, c'était avoir le droit de poursuivre ses propres désirs. Et ceux-ci n'avaient rien d'extraordinaire.

— Je me demandais de quoi vous auriez l'air en pantalon, répondit-il.

— Je ressemblerais sans doute à un garçon.

— Ça m'étonnerait, répliqua-t-il en baissant brièvement les yeux sur son corsage.

Leah sentit ses joues se colorer. Elle prit son verre et avala une gorgée de vin. Peut-être avait-elle eu tort de descendre, finalement. Mais passer la soirée dans sa chambre comme si elle voulait l'ignorer lui avait paru malvenu.

À vrai dire, elle avait très envie de mieux connaître son nouveau mari. Pour commencer, sa relation avec Henry l'intriguait. Il passait beaucoup de temps avec lui alors que la plupart des pères l'auraient laissé à la nursery toute la journée. Mais elle était aussi intéressée par d'autres aspects, plus masculins, de sa personne. La largeur de ses épaules, de son torse…

Elle avala une autre gorgée de vin, bien décidée à garder les yeux fixés sur son assiette jusqu'à la fin du repas. Un silence pesant tomba entre eux. Une fois qu'elle avait parlé de Henry, elle ne savait plus quoi dire. Apparemment lui non plus. Elle sentait toutefois son regard qui ne la quittait pas.

Elle n'avait jamais eu cette impression avec Ian. Celui-ci était très bavard. Il faisait des remarques sur le temps, les derniers potins, ses propres petites manies – tout ce qui était susceptible de mettre l'autre à l'aise. Il posait des questions, récoltait des informations que son interlocuteur n'aurait sans doute jamais révélées à qui que ce soit d'autre. Il avait une façon de vous faire croire que vous étiez la seule personne au monde, que vous soyez entouré d'une centaine d'invités, ou simplement assisté par un valet.

Au début, Leah avait apprécié ce don pour la conversation, elle qui préférait écouter et observer plutôt que participer. Et quand Ian s'intéressait à elle, elle avait l'impression d'être la plus belle femme du monde. Au bout d'un certain temps, cependant, elle avait déchanté. Les manières charmantes de Ian n'étaient qu'un moyen pour lui de se faire aimer.

Ce n'était pas du tout le cas avec Sebastian. Le silence qui semblait devoir se prolonger ne semblait pas le gêner.

Leah croisa son regard, et se demanda presque s'il n'utilisait pas ce silence à son avantage, comme Ian utilisait les mots. Bien qu'il demeurât muet, le message qu'elle lisait dans ses yeux était limpide : il la désirait. Elle décida qu'il valait mieux être claire et ne pas le laisser espérer qu'un jour elle céderait et l'inviterait dans son lit.

— Serait-il possible de faire sortir les domestiques un instant ? s'enquit-elle.

Sebastian n'eut qu'un geste à faire et ils se retrouvèrent seuls.

— Je souhaite vous demander quelque chose, monsieur.

— Sebastian, corrigea-t-il.

— Sebastian, répéta-t-elle, pour le plaisir de prononcer son nom. Je souhaite vous présenter une requête.

— Je vous écoute, dit-il, l'air amusé.

— Nous avons convenu que cette union resterait un mariage blanc, mais je souhaiterais aussi que vous vous absteniez de me regarder et de me parler comme vous l'avez fait aujourd'hui. C'est…

« Désarmant, songea-t-elle. Terrifiant. »

— Offensant, lâcha-t-elle.

Le visage de Sebastian se ferma.

— Je vous demande pardon si je vous ai offensée, madame.

Leah ouvrit la bouche pour parler, puis se ravisa.

— Non, je vous en prie, fit-il. Qu'étiez-vous sur le point de dire ?

— Si je vous appelle Sebastian, ne devriez-vous point m'appeler Leah ?

— Je n'en suis pas certain. Nous sommes mariés, mais vous voulez que nous demeurions des étrangers. Ne devrions-nous donc pas nous adresser l'un à l'autre comme des étrangers ?

— Tout ce que je demande…

Sebastian posa les mains sur la table et se leva.

— Je sais ce que vous demandez, et je respecterai votre volonté. Vous avez accepté ce mariage. Nous remplirons chacun notre part du contrat. Toutefois, je vous demande pardon d'avance, madame. Je m'efforcerai de contrôler mes regards et mes paroles, mais je ne suis pas certain de pouvoir contrôler mes pensées. Seriez-vous offensée si j'avouais que je rêve de vous dévêtir, de vous renverser sur cette table et d'embrasser votre corps ?

Leah se leva à son tour, le visage en feu.

— Vous vous moquez de moi ?

— Non, je me moque de moi-même, admit-il avec un sourire de dérision. J'aimais ma femme plus que je n'avais jamais aimé quiconque. Elle m'a trahi. Elle est morte. Je devrais laisser libre cours à ma fureur, maudire son nom, me vautrer dans le chagrin. Au lieu de cela, je ne cesse de penser à vous. Vous hantez mes nuits, vous avez effacé son visage de ma mémoire. J'aurais dû vous mépriser pour votre comportement, et pourtant je vous ai épousée.

Il marqua une pause et parut se ressaisir. Se redressant de toute sa hauteur, il la fixa, les paupières mi-closes, le regard dépourvu d'émotion.

— Je vous ai épousée, répéta-t-il d'un ton morne.

Puis, inclinant légèrement la tête, il pivota sur ses talons et la planta là.

18

Je ne peux m'empêcher de penser que l'Amérique est trop loin. Certes il lui sera plus difficile de nous retrouver si nous allons là-bas, mais mon cœur saigne à la pensée de mettre un océan entre Henry et moi.

Ils arrivèrent dans le Hampshire tard le lendemain après-midi, fatigués, poussiéreux, les vêtements froissés. Toutefois, en redécouvrant le domaine qu'elle n'avait visité qu'une seule fois auparavant, Leah fut émerveillée.

La demeure n'était pas beaucoup plus grande que celle de Linley Park, mais le parc était d'une beauté à couper le souffle. À la droite de l'allée principale, on apercevait un labyrinthe dont les haies verdoyantes alternaient avec des buissons en fleurs. Sur la gauche, une immense prairie. Et partout, des arbres majestueux se dressant vers le ciel.

C'était fort différent de regarder le domaine en étant non plus une invitée mais l'épouse de Sebastian, et en se disant qu'elle était chez elle.

— Venez, dit celui-ci de ce ton bref et poli dont il avait fait usage durant tout le voyage.

Depuis la veille, il ne lui avait parlé que lorsque c'était nécessaire. Il l'escorta dans le grand hall où tous les domestiques s'étaient alignés pour les accueillir. Sebastian les lui présenta un par un en précisant leur nom et leur fonction. Leah hocha la tête en murmurant quelques mots qu'elle oublia aussitôt.

Puis il ordonna aux valets de monter ses bagages dans la chambre d'amis de l'aile sud.

— Je suppose que vous ne voulez pas non plus prendre la chambre d'Angela ici ?

— En effet, répondit-elle en détournant les yeux. Merci.

Il avait tenu parole. Rien dans son comportement ou dans ses propos ne laissait croire qu'il la désirait, – ou l'avait désirée un jour. Il s'adressait à elle avec une courtoisie distante, un peu comme si elle était une parente proche de la reine, et qu'il n'était qu'un courtisan de rang inférieur.

— Puis-je voir Henry maintenant ? s'enquit-elle.

— Comme vous voudrez.

Il s'engagea dans l'escalier, et elle lui emboîta le pas. La nursery se trouvait au troisième étage. Sebastian la fit entrer dans une chambre aussi vaste que la chambre d'amis qu'elle avait occupée dans sa résidence londonienne. Les murs étaient peints en jaune vif, et des montagnes de jouets s'entassaient des deux côtés de la pièce, dans laquelle il y avait aussi le lit du petit garçon, une table et des chaises à sa taille, et un cheval à bascule.

Assis sur le tapis, Henry jouait avec un train en bois.

Leah eut du mal à détacher les yeux de l'enfant tandis que Sebastian la présentait à Mme Fowler, la nurse.

— Il sait jouer seul, observa-t-elle.

Il avait ramené les jambes sous lui et guidait le train sur les rails d'une main sûre tout en imitant le sifflement de la locomotive. Son expression déterminée fit sourire Leah. À l'exception de ses cheveux blonds et de son teint clair, il était quasiment la reproduction en miniature de son père.

Il était si absorbé par son jeu qu'il n'avait même pas eu un regard pour les nouveaux arrivants.

— Henry, appela Sebastian.

L'enfant leva les yeux et un sourire ravi illumina ses traits. Se relevant maladroitement, il se précipita vers son père, qui le souleva de terre, le fit tournoyer un instant, puis le reposa sur le sol et s'accroupit devant lui.

— Tu te souviens comment on salue une dame ? Je t'ai appris.

Henry hocha la tête en lançant un regard de côté à Leah.

— Tu te rappelles Mme George ?

Henry hocha de nouveau la tête, mais après une hésitation, cette fois.

— Alors dis-lui bonjour, et fais ton plus joli salut.

— Comment allez-vous ? dit l'enfant d'une petite voix incertaine avant de s'incliner brièvement.

Puis il se retourna vers son père et se cacha presque derrière son épaule. Le cœur de Leah fit un bond dans sa poitrine.

— C'était parfait, déclara-t-elle avec un sourire. Merci.

Sebastian passa la main dans les cheveux soyeux de son fils.

— Aimerais-tu que Mme George reste avec nous ? Elle jouera avec toi et te chantera des chansons. On m'a dit aussi qu'elle aimait beaucoup les grenouilles, ajouta-t-il après avoir adressé un clin d'œil à Leah.

Celle-ci haussa les sourcils. Elle aimait les grenouilles et les crapauds de loin, lorsqu'ils restaient dans leur étang. Mais Henry la fixa en écarquillant les yeux, l'air impressionné, et elle décida qu'elle devait être capable d'aimer un peu plus les grenouilles s'il le fallait.

L'enfant regarda son père et hocha la tête.

— Parfait. Je reviendrai te voir quand tu auras dîné. Va jouer, à présent.

Henry noua les bras autour du cou de son père, puis retourna à ses trains. Leah l'observa encore un instant, puis sourit à Mme Fowler et sortit avec Sebastian.

— J'espère que vous ne m'en voulez pas de ne pas lui avoir dit que nous étions mariés, fit-il alors qu'ils redescendaient.

— Non, pas du tout. Il ne faut pas aller trop vite.

Il ne répondit rien. Arrivé sur le palier du premier étage, il s'arrêta et regarda Leah, en évitant toutefois de croiser son regard.

— Si vous voulez bien m'excuser, j'ai des affaires à régler. Vous pouvez explorer la maison si cela vous tente. Le gong annoncera l'heure du dîner.

Leah hésita, puis posa la main sur son bras.

— Sebastian…

Il se tendit à son contact.

— Oui ?

— Je…

Elle ne savait plus ce qu'elle voulait dire. Qu'elle aurait préféré qu'il ne la traite pas comme une invitée ? Qu'ils retrouvent la même familiarité que pendant la partie de campagne ? Qu'elle l'admirait et voulait…

Elle secoua la tête et retira sa main.

— Peu importe, murmura-t-elle.

Sebastian pinça les lèvres et tourna les talons.

— Votre chambre est la quatrième sur la gauche, lança-t-il par-dessus son épaule.

Agrippant la rampe, Leah le suivit du regard jusqu'à ce qu'il disparaisse. Alors qu'elle se retourna pour gagner sa chambre, elle se rappela ce qu'elle avait voulu lui dire.

Elle aurait aimé qu'il reste avec elle.

Durant les jours qui suivirent, Leah ne vit pas souvent Sebastian. À chaque repas, elle descendait dans la salle à manger avec l'espoir de l'y retrouver, mais le majordome l'informait invariablement que le comte avait du travail et prenait son repas dans son bureau.

Sebastian ne l'invita pas non plus à passer du temps avec Henry et lui. Deux fois, elle s'aventura dans la nursery l'après-midi, mais ce fut pour apprendre par Mme Fowler que l'enfant était sorti avec son père.

Visiblement, son nouvel époux entendait lui donner plus d'indépendance et de liberté qu'elle ne pouvait en souhaiter.

Cela dit, Leah trouva de quoi s'occuper. Bien que le temps se soit considérablement rafraîchi, elle faisait de longues promenades dans la forêt.

Elle emprunta une jument nommée Bluebonnet, et alla galoper dans le domaine, où elle découvrit un lac. Ayant appris que Bluebonnet avait été la jument préférée d'Angela, elle choisit une autre monture la fois d'après.

Un jour, comme il pleuvait, elle décida de suivre le conseil de Sebastian et d'explorer la maison, évitant simplement d'entrer dans la chambre du maître et dans celle de sa défunte épouse.

Alors qu'elle se dirigeait vers la salle de musique dans l'intention de jouer un peu de piano, ses pas la portèrent presque malgré elle vers le bureau.

Se doutant qu'elle se ferait rabrouer si elle frappait à la porte, elle ouvrit doucement le battant et entra. Sebastian n'était pas occupé à vérifier les comptes du domaine. Non. Allongé sur le canapé le long du mur, il lisait.

Comme il ne daignait pas lui prêter attention, Leah alla se camper près de lui et croisa les bras.

— Bonjour, cher mari.

Il leva enfin les yeux, ferma son livre visiblement à contrecœur, et se redressa. Leah s'assit près de lui.

— Vous m'aviez dit que je ne serais plus seule.

Sans un mot, il se leva et alla se réfugier derrière son bureau. Leah le suivit. Elle refusait de se laisser traiter comme une lépreuse !

— Dois-je comprendre que vous avez décidé de ne pas me parler tant que je ne vous aurai pas invité dans mon lit ? s'enquit-elle en s'immobilisant près de son fauteuil.

Il soupira, posa les mains à plat sur sa table de travail.

— Non, répondit-il en s'efforçant de lui sourire – une tentative piteuse. Je suis désolé si mon comportement vous a conduite à croire une chose pareille. Je pensais juste qu'il valait mieux, pour vous comme pour moi, que je garde mes distances.

— Vous regrettez de m'avoir épousée.

C'était plus ou moins ce qu'il lui avait fait comprendre le soir de leur mariage.

— Vous voulez que je sois franc ?

Leah fut tentée de secouer négativement la tête. Elle acquiesça pourtant.

— Oui, je regrette.

Soupirant de nouveau, il fourragea dans ses cheveux.

— Il me semblait que c'était la solution idéale. Que cela mettrait un terme aux ragots sur Ian et Angela. Qu'Henry aurait enfin une maman et cesserait de réclamer Angela. Et que je trouverais un moyen pour que vous cessiez de repousser mes avances.

Leah déglutit.

Sebastian enfouit le visage entre ses mains, puis se frotta les paupières comme s'il manquait de sommeil. Quand il releva la tête, elle vit que c'était probablement le cas, car ses yeux étaient soulignés de cernes sombres.

— Je crois toujours que les rumeurs vont s'éteindre. Et Henry a toujours besoin d'une mère. Mais, comme vous l'avez fait remarquer, j'aurais dû choisir quelqu'un d'autre. J'ai essayé, mais quand je vous regarde, je ne peux pas ne pas vous désirer. Si je ne vous ai pas demandé de passer du temps avec Henry et moi, c'est parce que je sais que je voudrai davantage, et que je ne pourrai pas vous le cacher.

Il se renversa dans son fauteuil, s'empara de sa main et lui caressa la paume du pouce. Leah prit une courte inspiration, s'efforçant de réprimer son trouble.

Les paupières mi-closes, il contempla leurs doigts entrelacés.

— Vous voyez ? Cela ne fait pas cinq minutes que nous sommes ensemble et déjà j'ai envie de vous toucher. Ce n'est pas votre main que je devrais tenir dans la mienne, mais celle d'Angela.

Leah voulut se libérer, mais il l'en empêcha.

— Parfois, je me demande si je ne suis pas attiré par vous pour la seule raison que nous partageons ce secret. Si Angela m'avait trahi avec un autre homme, me serais-je laissé séduire par cette veuve inconnue ? Peut-être pas. Il y a chez vous un je-ne-sais-quoi auquel je ne résiste pas. Vous êtes totalement différente d'elle, et c'est peut-être pour cela que je réagis ainsi, en vérité…

Il leva vers Leah un visage las.

— … je ne vous attendais pas.

Il lui lâcha la main et elle s'écarta, le cœur battant.

— Mais il n'est pas trop tard, poursuivit-il. J'y ai pensé il y a deux jours, et… comme le mariage n'a pas été consommé, je pourrais demander une annulation.

— C'est ce que vous voulez ?

Il la regarda comme s'il souhaitait qu'elle s'en aille, mais avait aussi besoin qu'elle reste. Comme si elle était à la fois son salut et sa damnation.

— Non, répondit-il. Mais je ne peux non plus m'empêcher de vous désirer, et vous m'avez dit clairement que…

Leah se pencha vers lui, et, sans réfléchir davantage, elle l'embrassa.

Sebastian ne bougea pas quand les lèvres de Leah touchèrent les siennes. Il avait l'impression de vivre un rêve. Jamais il n'aurait imaginé que ce serait elle qui viendrait à lui, le toucherait, l'embrasserait.

Pourtant elle était là, pressant ses lèvres sur les siennes, encadrant son visage à deux mains, l'enveloppant de sa chaleur et de son parfum.

Il entrouvrit la bouche, juste pour voir sa réaction. Lorsqu'elle lui mordilla la lèvre, il ne put réprimer un grognement sourd. Lui agrippant la taille, il l'attira à lui.

Aussitôt, elle s'écarta, haletante. Ses joues étaient empourprées, son regard brumeux, comme si elle avait trop bu. Vacillant, elle posa les mains sur le bureau, derrière elle, pour recouvrer son équilibre.

Ils se dévisagèrent. Le cœur de Sebastian battait follement. Il aurait voulu la prendre sur ses genoux et la dévorer de baisers. Jamais il n'avait à ce point désiré une femme. Pas même Angela.

— Je suis désolée, murmura-t-elle d'une voix hachée. Je ne peux vous accorder qu'un baiser.

— Pourquoi ? Et pourquoi m'embrasser dans ce cas ?

L'air agité, elle passa la main sur son cou, ses joues, ses cheveux.

— Parce que je… j'en avais envie.

— J'apprécie votre geste, mais ce n'est pas possible. Je ne peux pas me contrôler si vous venez soudain vers moi et exprimez votre propre désir. Je ne suis pas un saint.

— Alors, passez au moins du temps avec moi, murmura-t-elle en se tordant les mains. Avec Henry, s'il le faut.

— Si je passe du temps avec vous, que Henry soit là ou non, je ne pourrai dissimuler le désir que j'éprouve pour vous.

— Eh bien, ne le dissimulez pas, dit-elle en le regardant dans les yeux.

Sebastian retint son souffle. Il sentit ses reins s'embraser et faillit la prendre dans ses bras, lui dire que ce n'était pas simplement le désir qui le poussait vers elle, qu'il y avait plus que cela. Mais il se contenta d'articuler d'une voix rauque :

— Leah.

Elle recula vivement, comme si elle percevait le danger de rester trop près.

— Si nous passons plus de temps ensemble, peut-être qu'un jour je serai prête à…

— Nous avons passé un accord. Si vous ne voulez pas venir dans mon lit, je tiendrai ma promesse. Mais quoi que vous décidiez, je continuerai d'avoir envie de vous faire l'amour.

Leah entrouvrit les lèvres.

— Je n'aurais pas dû parler ainsi ? demanda-t-il doucement.

— Vous êtes libre de parler comme bon vous semble.

Sebastian se leva et retourna s'asseoir sur le canapé.

— Venez ici, dit-il. Je vous assure que je ne vous toucherai pas, ajouta-t-il comme elle ne bougeait pas.

Elle accepta, et le rejoignit d'un pas hésitant.

— Asseyez-vous.

À sa grande surprise, elle obéit sans mot dire. Merveille des merveilles, son épouse si indépendante l'autorisait à lui donner un ordre.

— Quoi que je dise, promettez-moi de ne pas détourner les yeux, ni les fermer.

Elle avala sa salive, puis leva le menton, et chuchota :

— Je vous le promets.

— Imaginez que c'est la fin de l'été. Nous ne sommes pas à Linley Park, mais ici. Dehors. Il est tard, nous ne disposons que de la lune et des étoiles pour nous éclairer. La lampe est éteinte. Je vous ai emmenée dans le parc sous prétexte d'observer le ciel dans le télescope. Je veux vous montrer une constellation qui n'est visible qu'à ce moment précis. Il y a une couverture sur le sol, et deux coupes de champagne. Comme lors de la partie de campagne. Mais nous sommes seuls. Vous vous rappelez ?

— Oui.

— Vous portez la robe noire que vous aviez revêtue le dernier soir, cette parodie de robe de deuil.

Dans les rayons de lune, votre dos pâle scintille comme une perle. Vous avez aussi des gants noirs, et votre voile de deuil bien que nous soyons seuls tous les deux.

Sebastian baissa les yeux sur les mains de Leah, croisées sur ses genoux.

— Je vous prends la main et vous guide jusqu'à la couverture, où je vous fais asseoir. J'enlève mes gants, puis commence à retirer les vôtres. Votre peau est chaude, l'intérieur de votre poignet doux comme de la soie. Je sens votre pouls palpiter contre mon pouce.

Le regard de Leah vacilla, alla se poser quelque part derrière son épaule.

— Ne détournez pas les yeux.

Elle tressaillit et le regarda de nouveau. Sebastian fut presque tenté d'arrêter. Mais il ne pouvait pas.

Une petite voix cria à Leah de se lever et de s'enfuir. Son corps entier se tendit, prêt à obéir. Les battements sourds de son cœur semblaient lui répéter : « Va ! Va ! Va ! »

Mais elle resta. Non parce qu'elle le lui avait promis, mais parce qu'elle voulait savoir ce qui allait se passer ensuite.

— Après vous avoir enlevé vos gants, je vous fais allonger sur la couverture. Je remonte vos jupes jusqu'à mi-cuisse. Vous ne portez rien d'autre que votre robe. Pas de corset, pas de jupon, pas de chemise. Pas de bas. Je contemple vos jambes, j'ai envie de remonter la robe plus haut, mais je résiste. À la place, je vous ôte vos chaussures. Je fais glisser mes mains sur vos pieds, vos talons, vos mollets. Puis je me penche sur vous et vous écarte les cuisses.

Sebastian se tut et la regarda. Leah dut lutter pour ne pas se couvrir le visage des mains. Elle soutint son regard et vit la flamme du désir briller dans ses prunelles. Elle prit conscience de plusieurs autres choses, aussi. Ses cuisses étaient serrées l'une contre l'autre, comme pour résister aux mains imaginaires qui voulaient les écarter. Dans le silence, elle entendit sa respiration saccadée, comme si elle ne parvenait pas à absorber suffisamment d'air.

Le regard de Sebastian s'assombrit.

— Ai-je réussi à vous exciter, Leah ?

Un rayon de soleil pénétra entre les rideaux, et tomba entre eux. Elle secoua la tête.

— Ah. Dans ce cas, je vais essayer de faire mieux. Vos jambes sont écartées, et je m'insinue entre elles. J'embrasse l'intérieur de vos cuisses, j'en mordille la chair tendre, puis je remonte plus haut. Je m'arrête, car votre robe cache encore votre…

Leah laissa fuser une petite exclamation et porta la main à sa gorge.

— Je me suis souvent demandé comment vous étiez, *là*. Vos cheveux sont châtains. Est-ce que votre toison est plus claire ? Plus sombre ? Noire ?

Sa voix était fascinante, aussi enivrante qu'une drogue. Ses mots glissaient sur elle, sur ses membres qui s'alourdissaient de désir. Ils s'insinuaient dans ses veines, dans ses nerfs. Ses seins se tendirent comme s'il les avait taquinés de ses lèvres.

— Leah ? dit-il, l'arrachant à sa transe. Voulez-vous me le dire ?

Ses joues s'embrasèrent comme si elle avait la fièvre.

— Non, parvint-elle à murmurer.

Les lèvres de Sebastian s'incurvèrent sur un sourire sensuel.

— Très bien. J'imaginerai donc qu'elle est de la même couleur que vos cheveux. D'ambre sombre.

Il se tut, en attente, mais elle ne nia ni ne confirma. Une flèche brûlante glissa entre ses cuisses.

Sebastian continua de la torturer.

— Vous êtes toute douce, j'en suis sûr, et j'ai envie d'aller. Je sens la moiteur de votre chair intime. Je vous caresse du pouce pour vous amener à la jouissance, tout en explorant les replis secrets de votre corps, je vous fais l'amour jusqu'à ce que vous me suppliiez d'arrêter.

— Est-ce que… est-ce que ceci se passe aussi dans le parc ?

— Oh non ! J'imagine que je vous fais tout cela maintenant, ici.

Leah bondit sur ses pieds et courut à la porte. Sebastian se leva également.

— Nous pouvons retourner dans le parc si vous préférez, dit-il d'un ton enjôleur. Il faut encore que je vous déshabille. Vous n'avez pas envie de savoir ce qui se passe ensuite ?

Leah s'adossa à la porte et agrippa la poignée. Sebastian s'avança vers elle. Elle aurait dû fuir, mais elle demeura clouée sur place.

Il lui prit la main.

— Vous aviez dit que vous ne me toucheriez pas, souffla-t-elle.

— Je vais vous laisser partir.

Il la poussa doucement sur le côté. Comme promis, il lui lâcha la main et se tint devant elle. C'est à peine si son pantalon effleurait sa jupe. Il plaqua les mains sur le mur, de part et d'autre de ses épaules, et se pencha pour lui murmurer à l'oreille :

— Vous voyez, je ne vous touche pas.

19

Je ne pleurerai plus, je te le promets. Ne t'inquiète pas pour moi. Je veux tout cela. Tu es ce que je veux le plus au monde.

Leah ferma les yeux, aussi troublée que s'il l'avait effectivement touchée. Elle avait trouvé ses paroles dangereuses, mais la chaleur de son corps et le parfum qui émanait de lui l'étaient plus encore.

Une sensation qu'elle aurait préféré ignorer lui noua le ventre. Ce n'était pas du désir physique, mais quelque chose d'entièrement différent, une émotion que seul Sebastian était capable de faire naître. Elle croyait en avoir fait l'expérience avec Ian, mais elle se rendait compte à présent que ce qu'elle avait connu avant n'était qu'un lointain aperçu de la passion.

— Leah.

Elle inspira son souffle au moment où il prononça son nom, et une onde de chaleur se répandit en elle.

Sans ouvrir les yeux, elle se haussa sur la pointe des pieds. Ses lèvres se posèrent sur son cou, juste au-dessus de sa cravate. Elle le sentit se raidir.

Elle garda les yeux fermés. Si elle ne les ouvrait pas, peut-être n'aurait-elle pas à admettre ce qu'elle était en train de faire… Sa bouche effleura la joue de Sebastian, passa furtivement sur ses lèvres.

Il soupira, ses mains quittèrent le mur, ses bras l'entourèrent, il l'écrasa contre lui et elle se sentit emportée par une force qui la dépassait.

Oui, c'était cela qu'elle voulait. Entrouvrir les lèvres, lui offrir la chaleur de sa bouche. Sans peur ni faiblesse. Le désir qu'il éprouvait pour elle la laissait tremblante, étourdie. Avec un gémissement, elle lui agrippa les épaules. Mais avant qu'elle ait pu nouer les mains sur sa nuque, il se dégagea et recula, l'air égaré, éperdu.

— Est-ce que vous me désirez, Leah ?

Frissonnante, elle se frotta les bras.

— Je… commença-t-elle.

Elle le désirait. Cela ne faisait pas l'ombre d'un doute. Elle voulait qu'il continue de lui parler de cette voix qui la désarmait et la charmait, lui donnait l'impression d'être une déesse, une sirène et lui faisait perdre le contrôle de lui-même. Elle voulait le voir rire, partager ses sourires, le regarder dans les yeux et savoir qu'il était sincère.

Elle voulait Sebastian. Mais voulait-elle faire l'amour avec lui ? Pouvait-elle tout lui offrir ?

— Je suis désolée… murmura-t-elle en secouant la tête.

Il fit un autre pas en arrière, le visage fermé, puis pivota et s'approcha de la fenêtre.

— Alors, partez, dit-il en la regardant par-dessus son épaule. Partez tout de suite, avant que je ne commette de nouveau l'erreur de tester mes propres forces.

— Sebastian…

— Partez, Leah.

Elle vacilla, incapable d'esquisser un mouvement. Il détourna le visage et l'ignora. Alors, elle fit ce qu'il lui demandait. Elle s'enfuit.

À partir de ce jour, Sebastian décida de considérer Leah comme n'importe quel autre membre de la maisonnée. Elle serait son épouse, mais à la manière qu'elle avait choisie : une femme qui porterait son nom mais ne partagerait pas son lit. Une mère pour Henry, libre d'aller et venir à sa guise dans le domaine.

Quand ils se retrouvaient par hasard en tête à tête, Sebastian trouvait toujours une raison d'appeler un domestique, ou sortait sous un prétexte quelconque. Il passait des heures dans ses livres de comptes, mais pensait à Leah. Ou bien il lisait, ou écoutait James lorsqu'il était en visite, tout en pensant à Leah.

S'il n'avait éprouvé que du désir pour elle, il lui aurait été plus facile de se débarrasser de cette obsession. Mais il n'y avait pas que la courbe gracieuse de ses hanches et la ligne sensuelle de ses lèvres qui le faisaient rêver. Il y avait aussi la lueur qui brillait dans ses yeux quand elle parlait politique avec James et lui pendant le dîner, l'intelligence de ses raisonnements, la façon qu'elle avait de faire rebondir la discussion.

Angela aussi était une femme intelligente et généreuse. Mais s'il la comparait à Leah, il s'apercevait qu'elle lui avait toujours laissé le dernier mot. Sa souplesse était une tactique visant à l'apaiser, son rire était destiné à lui plaire.

Comme Angela, Leah semblait faire un effort pour se contenir, pour être telle que les autres le désiraient. Mais alors qu'Angela avait toujours parfaitement maintenu en place un masque d'indifférence et de soumission, celui de Leah ne cessait de glisser, laissant entrevoir sa véritable personnalité. Ses sourires aimables devenaient de plus en plus souvent narquois, sa démarche se faisait plus ferme, plus énergique.

Un jour, alors qu'elle avait emmené Henry dans le parc recouvert de givre pour cueillir les dernières fleurs de la saison, il les surprit en train de danser dans le pré. Elle le tenait contre sa poitrine, un bras passé autour de sa taille, son autre main serrant celle du petit garçon qui tenait une fleur. Alors qu'il approchait, Sebastian l'entendit fredonner une valse tout en virevoltant sur une piste de danse imaginaire.

— C'est quelle fleur ? demanda Henry.

— Je crois que c'est un chrysanthème, mais je n'en suis pas sûre. Il faudrait poser la question au jardinier.

Sur ce, elle le fit tournoyer plusieurs fois, et Henry éclata de rire. Leah s'esclaffa à son tour, et Sebastian éprouva une profonde émotion. Si jusqu'ici il n'avait pas été certain de l'aimer, il ne pouvait désormais plus nier les sentiments qu'elle lui inspirait.

Il s'arrêta à quelques pas et se cacha derrière le tronc d'un grand chêne. Leah cessa de tourner sur elle-même, et se balança un moment d'un pied sur l'autre avec l'enfant.

— Je dois avouer que vous êtes un excellent danseur, monsieur Henry.

Celui-ci sourit et pointa son petit doigt vers le sol.

— Fleur.

— Oui, cueillons d'autres fleurs.

Leah le posa sur le sol, s'empara de la fleur qu'il lui tendait, tandis qu'il se penchait pour en cueillir d'autres. Elle s'agenouilla près de lui, lui ébouriffa les cheveux. Tout en examinant les hautes herbes, ils échangèrent quelques mots que Sebastian ne put saisir.

Sortant de sa cachette, il s'avança vers eux, les mains nouées dans le dos.

— Puis-je me joindre à vous ? demanda-t-il, les yeux délibérément rivés sur Henry.

— Papa ! Regardez, l'araignée ! s'exclama son fils en indiquant le sol.

— Ah, une araignée ! Je croyais que vous cherchiez des fleurs.

Sebastian lança un coup d'œil à Leah et esquissa un sourire en s'efforçant de ne pas remarquer que son visage s'était éclairé à sa vue – comme celui de Henry.

— Apparemment les araignées sont plus intéressantes que les fleurs, monsieur. Huit pattes ? Quel petit garçon ne serait pas fasciné ?

— En effet.

Leah se força à sourire. Sebastian n'était ni grossier ni hostile. Il était seulement… distant. Comme ils avaient tendance à le faire ces derniers temps lorsqu'ils étaient ensemble, ils reportèrent leur attention sur Henry.

Ce dernier essayait de faire grimper l'araignée sur un brin d'herbe. Finalement, il arracha une autre tige, et s'en servit pour la pousser dans la direction qu'il souhaitait. C'était ingénieux, mais il n'était pas le fils de Sebastian pour rien.

— Regardez, papa !

Sebastian se baissa pour observer l'araignée, le menton dans la main.

— Regarde ses yeux !

— Elle en a plein ! s'exclama l'enfant.

— Hmm. Et tu as vu cette marque noire sur son dos ?

Henry hocha la tête. Leah sourit, attendrie. Sebastian adorait son fils, et ce dernier le lui rendait bien.

Sebastian l'avait fait entrer dans sa famille, lui avait donné la vie qu'elle rêvait d'avoir, songea-t-elle. Elle était mère à présent, et un jour peut-être, elle serait réellement l'épouse de Sebastian.

Celui-ci continua d'observer l'araignée avec Henry. Puis ils se redressèrent, et Henry jeta les brins d'herbe sur le sol et tendit les bras à son père. Ce dernier le souleva et l'assit sur ses épaules.

— Que diriez-vous de rentrer à la maison, madame ?

Leah cueillit une fleur, puis s'approcha de Sebastian et la lui glissa à la boutonnière.

Elle recula d'un pas pour admirer l'effet, et répondit avec un sourire timide :

— Oui, rentrons à la maison.

20

Après avoir dansé avec toi ce soir, pour la première fois j'ai eu le sentiment que nous avions un espoir de vivre notre amour.

— Celui-là ?

— Oui, répondit Sebastian.

Il s'arrêta à côté de Leah et observa le chêne, à la lisière de la forêt. Les branches basses n'étaient qu'à quelques pieds du sol.

— Vous avez choisi le plus facile. Je suis sûre que même Henry pourrait grimper plusieurs fois de suite jusqu'en haut sans la moindre difficulté.

— Sottises ! Henry n'a grimpé qu'une seule fois jusqu'au sommet.

Elle lui décocha un regard noir, et il sourit comme elle s'approchait du tronc. Il avait emprunté pour elle un pantalon et une chemise à l'un des valets. Ils étaient à sa taille, mais il était troublé de la voir porter des vêtements d'homme. Quand elle marchait, le pantalon se plaquait sur ses fesses, éveillant chez Sebastian un désir intense.

— Je peux y aller ? lança-t-elle par-dessus son épaule.

— Quand vous voulez.

S'appuyant de la main sur le tronc, elle posa un pied sur la branche la plus basse et se hissa vers le haut. Mais son autre pied glissa et elle retomba en arrière, dans les bras de Sebastian.

— Vous ne vous êtes pas fait mal ? demanda-t-il, les lèvres contre ses cheveux.

— Pas du tout, vous pouvez me lâcher.

— Je n'en suis pas si sûr.

Il laissa ses mains glisser le long des hanches de la jeune femme. Elle se dégagea et fit volte-face pour le foudroyer du regard.

— Vous êtes si petite et si fragile, la taquina-t-il. Je devrais peut-être commencer par vous apprendre à grimper dans mon lit. C'est un peu moins haut.

Elle étrécit les yeux, puis lui tourna le dos, mais il eut le temps de la voir rougir. Elle cala de nouveau le pied gauche sur la branche, et Sebastian posa la main au creux de ses reins pour la soutenir.

— Vous m'aidez beaucoup, dit-elle sans le regarder.

— Faites passer votre jambe par-dessus la branche, lui suggéra-t-il. Une fois à califourchon, vous pourrez utiliser le tronc pour vous redresser.

Leah fit la moue, mais suivit son conseil. Lorsqu'elle posa les mains sur le tronc et se mit debout, la chemise se plaqua sur son corps, révélant ses seins. La main de Sebastian hésita, puis retomba.

En équilibre sur la branche, elle lui jeta un coup d'œil.

— Vous venez ou pas ?

Cela faisait longtemps qu'il ne grimpait plus aux arbres, mais il n'avait pas oublié et se hissa à son niveau en quelques mouvements souples.

— Impressionnée ? s'enquit-il.

— Énormément. D'autant que vous avez précisé que même un enfant était capable de grimper à cet arbre.

— Peut-être, mais pas aussi rapidement que moi. Ne nous arrêtons pas en si bon chemin, ajouta-t-il.

Leah continua de grimper, et Sebastian de l'aider comme il le pouvait. Elle ne glissa qu'une seule fois, car l'écart entre deux branches était trop important. Après quoi, Sebastian la précéda afin de la hisser vers lui quand c'était nécessaire.

Enfin, ils purent s'asseoir sur une branche assez solide pour supporter leur poids. Il faisait froid, mais l'exercice les avait réchauffés et leur souffle haletant formait une brume blanche.

— Félicitations, lady Wriothesly. Désormais, vous pouvez dire que vous savez grimper aux arbres.

— Merci, monsieur.

Elle appuya son épaule contre la sienne. Pendant quelques secondes, Sebastian retint son souffle, conscient de la portée de ce geste. Elle l'avait touché volontairement. Ce n'était pas un baiser, bien sûr. Mais c'était un acte de confiance.

— Que s'est-il passé avec Ian ? A-t-il fait quelque chose pour que vous m'évitiez parfois, ou bien est-ce juste moi ?

La sentant se raidir, il se maudit d'avoir parlé. Il crut qu'elle allait s'écarter, mais elle n'en fit rien. Elle demeura immobile. Comme elle gardait le silence, il finit par marmonner :

— Je suis désolé. Je n'aurais pas dû vous poser cette question.

— Vous rappelez-vous la fois où vous m'avez comparée à Angela, à Linley Park ?

— Leah…

— Vous pensiez que Ian ne supportait plus de venir dans mon lit, que c'était la raison pour laquelle nous n'avions pas eu d'enfant. Et qu'il s'était intéressé à Angela.

Sebastian garda le silence.

— La vérité, monsieur...

— Sebastian.

Il devait au moins lui rappeler qu'il était son mari à présent, et non plus l'ami trahi qui cherchait à se venger.

— La vérité, Sebastian, c'est qu'il venait me retrouver chaque soir dans ma chambre.

Sebastian avait cru autrefois que rien ne pourrait le faire autant souffrir que la pensée d'avoir été trahi par Ian et par Angela. Il se trompait. Ce que Leah venait de lui révéler était pire encore.

— Peu de temps après que j'ai découvert leur liaison, Ian est venu me parler. Je n'en avais pas envie. Je me disais que si je faisais comme si de rien n'était, il finirait par me revenir. Par m'aimer de nouveau. Mais il m'obligea à discuter de sa relation avec Angela. Et il me demanda pardon. À plusieurs reprises. Je pleurai beaucoup, mais cela ne changea rien. Il ne m'aimait plus.

Sa voix était morne. Aussi sèche que les feuilles mortes dispersées par le vent.

— J'ignore pourquoi il faisait cela. Je le laissais faire, parce que... je croyais que s'il continuait d'accomplir son devoir conjugal, cela signifiait qu'il éprouvait encore quelque chose pour moi. Je lui avais dit que je me moquais qu'il ait une liaison, mais que je voulais un enfant, que je méritais un enfant à aimer. C'était vrai. Je voulais un bébé. J'en avais envie depuis que j'étais toute petite. Et je m'étais persuadée que s'il venait dans mon lit chaque soir, cela signifiait qu'il me désirait encore un peu, même s'il ne m'aimait plus.

Sebastian regarda la main de Leah, crispée sur sa jambe.

— Il venait chaque soir dans ma chambre. Il sentait le sexe, la vanille et...

— La lavande, dit Sebastian, les dents serrées.

— Le parfum d'Angela. Il m'ôtait ma chemise de nuit, m'embrassait, me caressait... Tandis que les semaines passaient, j'ai fini par comprendre qu'il essayait de se faire pardonner ses péchés. Chaque fois qu'il me faisait l'amour, c'était une façon pour lui de me demander pardon. J'en vins à redouter les nuits. J'aurais pu le chasser de ma chambre, mais je n'en faisais rien, car je voulais un enfant. Un enfant. C'était tout ce qui comptait. Mais je ne suis jamais tombée enceinte. J'avais l'impression de me vendre. Je lui offrais mon corps contre un bébé. Il m'offrait le sien contre mon pardon. Seigneur... sa mort fut un immense soulagement.

Elle tremblait si fort qu'il le ressentait dans son propre corps. Il ne trouva rien à dire. Il souleva le bras comme pour le passer autour de ses épaules, puis le laissa retomber.

— Je suis désolé, Leah.

— C'est terrible, n'est-ce pas ? Je n'ai pas de chagrin. Je n'ai jamais voulu qu'il meure, non plus. Je priais chaque jour pour que Dieu m'envoie un enfant. Et pourtant, maintenant qu'il est parti...

Elle inspira, puis exhala lentement. Il aurait aimé la prendre dans ses bras, mais il redoutait plus que jamais qu'elle ne le repousse. Il ne voulait pas être mis sur le même plan que Ian.

— Ian n'était pas un monstre, poursuivit-elle d'une voix égale. Il ne m'a jamais maltraitée. Il est simplement tombé amoureux d'une autre femme.

Elle garda le silence un moment, puis releva la tête et déclara :

— J'aimerais redescendre.

— Très bien.

Ce fut comme si elle ne lui avait jamais révélé son passé avec Ian. Sebastian passa le premier et ils regagnèrent la terre ferme. Sur le chemin du retour, elle lui parla de Henry. Il lui tardait de jouer dans la neige avec lui. Puis elle lui dit ce qu'elle avait prévu pour le dîner. Elle discuta des oiseaux qui tournoyaient dans le ciel, de la maison qu'elle trouvait chaleureuse, puis elle le défia à la course sur les derniers mètres.

Mais elle ne lui permit pas de jeter un coup d'œil derrière le rempart qu'elle venait de reconstruire autour d'elle. Et quand elle franchit la porte d'entrée en riant et fit mine de la refermer derrière elle, Sebastian eut l'impression qu'elle lui claquait au nez la porte de son cœur.

Dès que Leah se retrouva dans sa chambre, elle s'assit sur son lit et enfouit le visage entre ses mains. Pourquoi ne parvenait-elle pas à vaincre sa peur ? Elle désirait Sebastian et savait que c'était réciproque.

Elle avait le choix. Comme lorsqu'elle avait décidé d'organiser la partie de campagne, de porter la robe d'organdi, ou de quitter la maison de sa mère plutôt que d'épouser le boucher du village. Les répercussions de ces choix-là avaient été incertaines. Celui-ci était tellement plus simple.

Elle pleura encore. Les bras de Sebastian lui manquaient. L'avenir avec lui était clair comme de l'eau de roche : soit elle continuait de s'abandonner à sa peur soit elle le choisissait, lui.

Ce soir-là comme les autres, Leah rejoignit Sebastian dans le salon avant le dîner. Elle avait choisi sa robe avec un soin tout particulier. Rose foncé, elle lui découvrait les épaules et soulignait la taille. Elle était d'une coupe sage, mais la façon dont le tissu souple moulait son corps était plus sensuelle qu'innocente. Leah s'était rarement habillée pour attirer l'attention d'un homme. Mais ce soir, c'était le cas.

Elle sourit et bavarda avec Sebastian tandis qu'il l'escortait jusqu'à la salle à manger, puis s'efforça d'apprécier le dîner. Mais alors qu'elle triturait du bout de sa fourchette le morceau de canard rôti dans son assiette, elle se rendit compte que Sebastian avait cessé de parler. Apparemment, il l'observait depuis un certain temps.

— Quelque chose ne va pas ? demanda-t-il finalement.

Leah reposa sa fourchette et croisa les mains sur ses genoux. Elle glissa un regard au valet tout en se mordillant la lèvre. D'un geste, Sebastian congédia les domestiques.

— Qu'y a-t-il ? insista-t-il.

— Je n'ai pas faim.

— Êtes-vous malade ? questionna-t-il, soudain soucieux.

— Non. J'aimerais remonter dans ma chambre.

Perplexe, Sebastian se leva en même temps qu'elle.

— Leah ?

— Je... j'aimerais que vous m'accompagniez.

Ces mots à peine prononcés, elle eut l'impression que ses forces l'abandonnaient.

Il ne comprit pas. Leah en prit conscience en le voyant se précipiter vers elle comme s'il craignait qu'elle ne s'évanouisse.

— Voulez-vous que j'envoie chercher un médecin ? s'enquit-il en lui prenant le bras.

— Non, souffla-t-elle en redressant les épaules. Je vous invite simplement à venir dans mon lit.

Elle sentit la pression de ses doigts se resserrer sur son bras, et il baissa les yeux.

— Naturellement, il se peut que je vous repousse lorsque nous aurons atteint la porte, ajouta-t-elle en souriant.

— Vous êtes sûre de le vouloir ?

— Oui, murmura-t-elle. Oui.

Il hocha la tête, et l'entraîna dans le hall, puis dans l'escalier. Il ne s'arrêta qu'une fois devant la porte. Elle comprit qu'il lui offrait la possibilité de changer d'avis.

— Ouvrez la porte, dit-elle.

Il obéit, entrelaçant ses doigts aux siens, et ils pénétrèrent dans la pièce. Ils se tinrent face à face au pied du lit, le souffle court.

— Voulez-vous que je vous déshabille ? demanda-t-il.

Elle acquiesça et lui tourna le dos. Avec assurance, il lui déboutonna sa robe, qui glissa bientôt à ses pieds telle une corolle. Il lui prit la main pour l'aider à l'enjamber.

Elle ferma les yeux lorsqu'il entreprit de lui enlever son corset, puis son jupon. Ses souliers, ses bas, son pantalon de batiste. Sa chemise. Chaque vêtement tomba sur le sol à côté d'elle, et elle suivit ses instructions comme elle l'aurait fait avec une femme de chambre.

Puis il ôta une à une les épingles qui retenaient ses cheveux. Les boucles lourdes retombèrent en cascade sur ses épaules, dans son dos, sur ses seins nus. Sebastian lui prit la joue en coupe et leva doucement son visage vers le sien.

— Leah.

Elle ouvrit les yeux, et croisa son regard vert.

— Vous êtes belle.

Elle referma aussitôt les paupières. Ian avait prononcé exactement les mêmes paroles.

— Je ne ferai rien si vous ne me regardez pas, Leah. C'est moi, Sebastian. Je ne suis pas Ian.

— Je sais.

Elle le regarda, persuadée cependant que tout se passerait comme avec Ian.

— Et je vous assure, murmura-t-il, que je vous désire plus qu'il ne vous a jamais désirée. Mille fois plus.

— Je vous crois, mentit-elle.

Il recula et commença à se déshabiller à son tour. Lorsqu'il fut torse nu, il demanda :

— Vous trouvez que je ressemble à Ian ?

Leah prit le temps d'admirer ses épaules et ses bras puissants. Une fine toison brune couvrait son torse, et les muscles de son abdomen étaient bien définis. Il était bâti en force et brun, alors que Ian était mince et blond.

— Non, souffla-t-elle, vous ne lui ressemblez pas.

— Touchez-moi. Posez la main sur ma poitrine.

Elle obéit, plaqua la paume au centre de son torse. La main de Sebastian recouvrit la sienne qu'il poussa doucement vers son cœur.

— Vous sentez comme il bat fort ? Le fait d'être aussi près de vous est presque insoutenable. J'ai du mal à respirer, du mal à vous regarder en sachant que vous ne me désirez pas comme je vous désire.

— Je vous désire, protesta-t-elle.

— Vraiment ?

— Je ne vous aurais pas invité à entrer si ce n'était pas le cas, répliqua-t-elle en rougissant.

— Ce n'est donc pas un test, pour voir jusqu'où vous pouvez aller ?

— Non.

Il lui lâcha la main, et elle la laissa retomber le long de son corps. C'est seulement alors qu'elle prit conscience de sa nudité. Elle aurait volontiers caché ses seins et le triangle sombre au creux de ses cuisses, mais Sebastian la regardait d'un air pénétrant, comme s'il la comprenait mieux qu'elle ne se comprenait elle-même.

— Demandez-moi de vous toucher, murmura-t-il.

— Touchez-moi, ordonna-t-elle en levant le menton d'un air de défi.

La main de Sebastian vint se poser à la base de son cou, puis glissa jusqu'à son sein, en suivit l'aréole du doigt avant de passer à l'autre.

— Je suppose que Ian vous touchait ainsi ? fit-il sans la quitter des yeux.

Leah se rembrunit.

— Oui, mais je ne veux pas…

Elle lâcha un petit cri lorsqu'il saisit la pointe de son sein entre ses doigts pour la taquiner doucement.

— Non, vous ne voulez pas parler de lui. Mais je sais que vous penserez à lui quand je vous toucherai, que vous nous comparerez.

— Je n'en ferai rien. Je vous le promets.

Alors même qu'elle prononçait ces mots, elle revit Ian au-dessus d'elle, et le ciel de lit en arrière-plan.

— Si, vous penserez à lui, insista Sebastian. Mais après cette nuit, je vous promets que vous n'y penserez plus jamais quand je serai avec vous. Il n'y aura que vous et moi.

— Et vous, pensez-vous à Angela en me touchant ?

— Non. Il y a longtemps que vous avez chassé son souvenir, Leah.

Il marqua une pause, comme pour lui laisser le temps d'absorber ses paroles, puis :

— Y a-t-il quelque chose que vous n'ayez pas fait avec Ian ?

Leah rougit de plus belle.

— Je… je ne crois pas.

Le regard de Sebastian s'assombrit. Il la saisit aux hanches, se pencha et donna un coup de langue sur l'extrémité d'un sein, puis sur l'autre.

— Vous embrassait-il ? murmura-t-il.

Il captura la petite pointe dure entre ses lèvres avant de la mordiller. L'une de ses mains prit son sein en coupe et le maintint tandis qu'il continuait de le lécher délicatement.

— Vous embrassait-il les seins, Leah ? En aspirait-il les pointes dans sa bouche ?

— Oui, admit-elle d'une voix rauque.

Il s'accroupit et sa bouche chaude descendit sur son ventre, puis plus bas encore, si lentement que Leah faillit lui crier d'en finir, le supplier de ne pas lui faire l'amour comme Ian.

Ses doigts s'aventurèrent dans la toison bouclée.

— Noire, murmura-t-il en inclinant la tête pour la gratifier d'un sourire en coin. Je m'étais trompé.

Leah ne put retenir un gémissement ; ses jambes s'écartèrent presque malgré elle. Il continua de la caresser, ses doigts glissant sur ses mollets et ses chevilles, puis il se pencha et déposa des baisers légers à l'intérieur de ses cuisses. Un flot de plaisir la submergea et elle dut lui agripper les épaules pour ne pas perdre l'équilibre.

Quand il s'écarta de nouveau, elle manqua de pousser un cri de frustration. Mais déjà ses doigts prenaient le relais de sa bouche.

— Leah. Est-ce que Ian vous touchait là ?

Son pouce effleura la petite crête sensible où naissait le plaisir.

— Oui, marmonna-t-elle, ses mains se crispant sur ses épaules.

Il introduisit un doigt en elle, et elle gémit doucement.

— Posait-il ses lèvres sur vous ? Vous embrassait-il là ?

— Oui ! s'écria-t-elle, les jambes flageolantes. *Oui !*

Il fit coulisser son majeur en elle tandis que la petite perle nichée entre les replis de son sexe roulait sous son pouce.

— Vous faisait-il jouir, Leah ? Regardez-moi, ordonna-t-il comme elle fermait les yeux. Répondez-moi.

— Oui, il me faisait jouir ! Encore et encore…

— Alors jouissez pour moi. Maintenant.

Une caresse habile du pouce, et elle bascula dans le gouffre du plaisir, le corps tendu comme un arc, les hanches ondulant contre la main de Sebastian.

Il l'attira doucement vers lui. Elle noua les bras autour de son cou, enfouit le visage au creux de son épaule. Elle haletait, avait l'impression qu'elle ne pourrait plus jamais contrôler sa respiration.

Sebastian déposa un baiser sur sa joue, puis se redressa en la soulevant dans ses bras.

— Je ne vous aime pas, murmura-t-elle, la tête contre son torse.

Il la déposa sur le lit, et rabattit le drap sur elle.

— Ce n'est pas grave, dit-il. Nous sommes mariés. Tôt ou tard, je vous ferai changer d'avis.

Comme elle roulait sur le flanc, elle l'entendit s'éloigner, perçut un bruissement soyeux lorsqu'il ramassa sa robe sur le sol.

— Vous partez ? s'enquit-elle.

— Non.

Ses bottes tombèrent sur le tapis avec un bruit sourd, et elle devina qu'il enlevait son pantalon. La chambre n'était éclairée que par le feu dans la cheminée. Le souffle de Leah s'accéléra de nouveau lorsqu'elle sentit le matelas s'affaisser sous le poids de Sebastian. Elle attendit qu'il l'attire contre lui, tente de réveiller son désir avant de se presser contre elle pour la pénétrer par-derrière. Quelques minutes s'écoulèrent sans qu'il la touche. Alors, elle bascula sur le dos et tourna la tête vers lui. Ses prunelles vertes luisaient dans la pénombre.

— Sebastian ?

Il lui caressa la joue.

— Après vous avoir fait l'amour, Ian restait-il avec vous, ou retournait-il dans sa chambre ?

— Il me laissait.

— Alors permettez-moi de rester et de dormir près de vous.

— Vous ne voulez... rien d'autre ?

— Non. Ce soir, je veux simplement être avec vous.

Elle ne sut que répondre. Elle s'était préparée à ce qu'il exige davantage et sa réponse la déstabilisa.

Après un instant d'hésitation, elle se tourna de nouveau sur le côté.

— Bonne nuit, chuchota-t-elle.

— Bonne nuit.

Elle regarda le feu s'éteindre peu à peu, jusqu'à ce qu'il ne reste plus dans l'âtre que des braises rougeoyantes. Puis elle ferma les yeux, mais ne parvint pas à trouver le sommeil. Elle était trop consciente de la présence de Sebastian.

Il l'avait obligée à lui révéler ce que faisait Ian. Mais elle ne lui avait pas avoué que jamais elle n'avait répondu à ses caresses comme elle venait de le faire. Celles de Sebastian étaient différentes. Elles faisaient naître en elle des sensations qui allaient bien au-delà du simple plaisir.

Avec lui, tout avait été différent.

21

J'ai dû faire et défaire ma valise au moins cent fois. En vérité, la seule chose que je veux vraiment emporter, c'est le portrait de Henry. En dehors de cela, je n'ai besoin que de toi.

Le lendemain matin, quand Leah se réveilla, Sebastian avait disparu. En proie à une vive déception, elle s'assit au milieu du lit et ramena les genoux contre sa poitrine. Elle s'était réveillée plusieurs fois au milieu de la nuit, et s'était sentie réconfortée par sa présence et la chaleur de ses bras. Bien que certains de ses doutes et de ses craintes demeurent, il lui avait donné la possibilité de croire davantage en elle. Il ne s'était pas servi d'elle, mais lui avait donné du plaisir sans penser à lui. Puis il lui avait offert du réconfort alors même que le désir devait le tenailler.

Leah se laissa retomber contre les oreillers et regarda les rayons du soleil qui filtraient entre les rideaux. Elle sourit.

On frappa à la porte, et elle remonta vivement le drap jusqu'au menton.

— Entrez.

Une femme de chambre pénétra dans la chambre, un plateau calé contre la hanche.

— Bonjour, madame. Monsieur m'a demandé de vous monter votre petit déjeuner, dit-elle en posant le plateau devant Leah. Je dois aussi vous remettre ceci.

Elle lui tendit une lettre. Leah la remercia et attendit qu'elle soit sortie pour la lire.

Je suis allé au village avec Henry. Reposez-vous tant que vous le pouvez, car il est impatient de jouer avec vous. Vous allez nous manquer.

S.

Leah étala la feuille de papier à côté d'elle, et relut plusieurs fois le message tout en déjeunant. Quelle affaire urgente avait bien pu appeler Sebastian au village ? Et pourquoi avait-il emmené Henry ? Elle s'efforça de percevoir un sens caché derrière ses mots. *Vous allez nous manquer.* Était-ce à Henry ou à Sebastian qu'elle allait manquer ? Le *nous* rendait la phrase plus impersonnelle, comme si elle leur manquait de la même façon à tous les deux.

Son mari et son fils.

Son cœur se serra. Elle avait déjà hâte qu'ils rentrent.

Elle essaya de se détendre durant la matinée. En vain, car elle guettait sans cesse le bruit de la voiture annonçant leur retour. Aucun des livres qu'elle choisit dans la bibliothèque ne parvint à retenir son attention, et elle changea deux fois de robe en pensant à Sebastian. Elle ne savait pas trop ce qui allait se passer entre eux à partir de maintenant, ni ce qu'il attendait d'elle.

En ne les voyant pas revenir à l'heure du déjeuner, Leah commença à s'inquiéter. Juste un peu. Après tout, le village n'était qu'à une heure de la maison, et il était tout petit. Qu'est-ce qui pouvait bien les retenir aussi longtemps ?

S'efforçant de garder son calme, même lorsque des nuages gris commencèrent à s'amonceler dans le ciel, elle alla chercher les lettres d'Angela dans son secrétaire. Elle n'en avait pas lu une seule depuis son mariage. En vérité, elle n'avait pas envie de penser à Angela chaque fois qu'elle regardait Sebastian. Mais pour l'heure, c'était la seule chose capable de la distraire, lui semblait-il. Elle s'assit sur la banquette dans le creux de la fenêtre et dénoua le ruban : les lettres s'éparpillèrent sur ses genoux.

Avec un soupir, elle les déplia une à une, cherchant celles qu'elle n'avait pas encore lues. Il n'en restait qu'une, découvrit-elle peu après.

Mon chéri,

J'ai pris les dispositions dont nous avions convenu. Je n'ai pas réussi à dormir. J'avais trop peur de me réveiller et de m'apercevoir que ce n'était qu'un rêve. Deux jours ! Deux jours encore, et nous ne serons plus jamais séparés. Combien de fois ai-je rêvé de me réveiller près de toi ? Bientôt, ce sera la réalité.

Je sais qu'un jour je reverrai Henry, et je t'aime encore plus de comprendre mon angoisse. Comme j'aimerais que cet enfant soit le tien ! Si je t'avais rencontré le premier, il le serait. Mais il est l'héritier des Wriothesly, et je sais que Sebastian sera moins tenté de nous suivre si je lui laisse Henry... mon adorable petit garçon. J'espère que bientôt je pourrai te donner un fils, et que tu connaîtras à ton tour la joie immense d'être père. Je t'enverrai encore une lettre pour te confirmer l'heure du départ, et ensuite nous serons ensemble.

Avec tout mon amour, Angela

Les doigts tremblants, Leah replia la lettre, et enroula le ruban de soie rose autour du paquet.

« Sebastian, rentrez vite », le supplia-t-elle en silence.

Plus jamais son mari n'aurait à se demander si Henry était bien son fils.

Ce soir-là, Sebastian remonta à la nursery avec un petit garçon trempé et fatigué dans les bras. Il le déposa sur les genoux de sa nurse, et se dirigea vers la porte en lançant :

— Nous reviendrons dans un petit moment lui souhaiter bonne nuit.

Sebastian partit à la recherche de son épouse. Il explora les pièces du rez-de-chaussée, puis de l'étage principal, avant de se diriger vers sa chambre, le front barré d'un pli soucieux. Leah ne se couchait jamais d'aussi bonne heure. Elle lui avait pourtant paru aller bien hier soir. Peut-être avait-elle suivi son conseil, et s'était-elle reposée toute la journée ?

Il frappa un coup bref à la porte. Ne recevant pas de réponse, il entra.

Son cœur se gonfla quand il la découvrit endormie sur la banquette de la fenêtre, la joue dans la main. Il s'approcha d'elle, repoussa une mèche de son visage. Elle s'agita.

— Chut, fit-il.

Il se pencha, la souleva dans ses bras et se dirigea vers le lit. À l'instant où il la déposait sur la courtepointe, elle ouvrit les yeux.

— Sebastian ?

Il sourit et lui caressa le visage. Simplement parce qu'il en avait envie.

— Je constate que vous avez suivi mes instructions à la lettre.

Clignant les paupières, elle se hissa sur un coude.

— Où étiez-vous ? Est-ce que tout va bien ? Vous êtes resté absent longtemps.

— Je vous ai manqué ?

— Henry m'a manqué, bien sûr, répliqua-t-elle malicieusement.

Elle s'agenouilla sur le lit et lui donna un baiser. Sebastian aurait volontiers prolongé l'instant, mais elle descendit du lit en lissant ses jupes.

— Vous m'avez manqué aussi, avoua-t-il avant de lui prendre la main pour l'entraîner dans le corridor. Henry ne va pas tarder à dormir. Je lui ai promis que vous iriez lui dire bonsoir.

— Je me suis inquiétée.

Sebastian lui pressa doucement la main.

— Je suis désolé. Nous aurions dû rentrer plus tôt, mais une des roues de la voiture s'est coincée dans une ornière sur le chemin du retour.

— Henry va bien ? demanda-t-elle alors qu'elle le précédait dans l'escalier menant à la nursery.

— Très bien, ne vous en faites pas. Il est fatigué, c'est tout. Je l'ai emmené rendre visite à tous les métayers du domaine, et cela nous a pris plus de temps que prévu, car il a voulu jouer avec tous les enfants que nous rencontrions.

— Rien de plus normal. Il a envie de compagnons de jeu.

Elle monta les dernières marches en silence. Sebastian ne put s'empêcher de se demander si elle souhaitait donner un frère ou une sœur à Henry.

— Leah…

Elle lui lança un coup d'œil par-dessus son épaule.

— J'ai quelque chose à vous dire, annonça-t-elle en souriant.

— Ah bon ?

Elle hocha la tête et l'attendit sur le palier avant de se diriger avec lui vers la nursery.

— Vais-je être obligé de marchander pour vous soutirer votre secret ? hasarda-t-il. Un baiser pour chaque mot, peut-être ?

Son cœur fit un bond quand elle glissa sa main dans la sienne. Avec un sourire mystérieux, elle posa l'index sur sa bouche.

— Vous saurez bientôt, promit-elle avant de franchir le seuil de la nursery.

Assis devant sa petite table, Henry était en train de dîner. Quand il vit Leah, il repoussa sa chaise et courut vers elle. Elle le souleva de terre, l'embrassa, puis lui caressa les cheveux.

— Bonsoir, mon petit chéri. Tu m'as manqué, tu sais.

— Toi aussi ! dit-il en nouant les bras autour de son cou.

Puis apercevant son père derrière elle, il lui tendit les bras. Avec un regard d'excuse à l'adresse de Leah, Sebastian prit l'enfant et le nicha contre sa poitrine.

La jeune femme lui sourit et, à cet instant, Sebastian retomba amoureux d'elle. Combien de fois avait-il renoncé à s'occuper de son fils afin de passer plus de temps avec Angela ? Il n'aurait pas dû avoir à choisir entre son fils et sa femme.

— Henry ? Il est l'heure d'aller dormir, dit-il.

— Je crois qu'il dort déjà, intervint Mme Fowler.

Sebastian alla déposer l'enfant dans son lit. Leah s'approcha, rabattit la couverture, et l'embrassa sur le front. Sebastian lui caressa les cheveux une dernière fois, puis quitta la chambre avec Leah. Une fois la porte refermée, il l'attira à lui et l'embrassa dans le cou.

— Merci.

— Pourquoi me remerciez-vous ? s'étonna-t-elle.

— Parce que vous l'aimez.

Leah s'esclaffa.

— Comment ne pas l'aimer ? Je vous l'ai déjà dit, il vous…

Elle s'interrompit et détourna les yeux.

— Leah ?

— J'avais quelque chose à vous dire, vous vous rappelez ? J'ai lu l'une des lettres d'Angela, aujourd'hui. La dernière.

Sebastian se raidit, et la lâcha.

— Et ?

Leah sourit, lui caressa tendrement la joue du dos de la main.

— C'est bien votre fils, Sebastian. Elle le dit dans sa lettre. Vous avez une preuve, à présent. C'est le vôtre.

Sebastian sentit sa gorge se nouer.

— Vous en êtes sûre ?

— Certaine, acquiesça-t-elle. Venez. Vous lirez vous-même. Je regrette vraiment de ne pas avoir lu cette lettre avant les autres.

Ils gagnèrent la chambre de Leah, et elle alla récupérer le paquet de lettres resté sur la banquette. Elle prit celle qui se trouvait dessus et la tendit à Sebastian.

Il la fixa un instant, puis la déplia, les doigts un peu tremblants. Il la parcourut rapidement, puis son regard s'arrêta sur le nom de Henry.

Un rire prit naissance dans sa poitrine, puis jaillit avec force. Saisissant Leah par la taille, Sebastian la fit tournoyer avec lui, moitié riant, moitié pleurant.

— Merci de ne pas m'avoir écouté, et de ne pas avoir brûlé ces lettres. Merci. Je vous ai…

Il se tut, mais, submergée elle aussi par l'émotion, elle n'avait pas entendu ce qu'il était sur le point de lui avouer.

Il replia la lettre, et la tint dans son poing serré.

— Merci, répéta-t-il avant de se pencher pour cueillir une larme sur la joue de Leah. Bonne nuit.

— Attendez, l'arrêta-t-elle comme il pivotait vers la porte. Est-ce que… vous ne restez pas avec moi ? Nous pourrions dîner ici ce soir, et…

Il secoua la tête.

— Pas ce soir, je suis désolé. Merci, répéta-t-il en montrant la lettre.

Il tourna les talons, sortit, et referma la porte derrière lui. Une fois dans le couloir, il s'adossa au mur. La nuit derrière, il avait cru avoir remporté une victoire quand elle l'avait invité dans son lit. Mais plus tard, alors qu'il la tenait dans ses bras et qu'il était au bord de lui avouer son amour, il s'était rappelé la raison pour laquelle elle avait accepté sa demande en mariage.

Je ne vous aime pas non plus.

Sebastian ferma les yeux. Il avait l'espoir qu'un jour, quand elle en aurait fini avec le fantôme de Ian, elle se tournerait vers lui. Sa confession alors qu'ils étaient perchés dans le chêne avait été une première étape. Le fait qu'elle l'accepte dans sa chambre en était une autre. Mais ce n'était pas encore assez. Il voulait tout : sa confiance, son cœur, sa vulnérabilité.

S'il continuait d'attendre, finirait-elle par l'aimer ? Cela prendrait-il un mois ? Un an ? Il s'imaginait avec elle, partageant son lit et formant une famille heureuse avec Henry – et peut-être un enfant sur le point de naître. Mais les peurs de la jeune femme, ses réticences pouvaient continuer de les séparer.

Non, il ne pouvait pas attendre. Il allait lui dire qu'il l'aimait, même si elle devait avoir peur et se retrancher en elle-même.

Sebastian s'écarta du mur.

Si elle ne s'en remettait pas à lui, il s'en remettrait à elle.

22

J'ai remarqué que tes baisers étaient plus doux ces derniers temps. Est-ce parce que nous savons que bientôt nous disposerons de chaque minute de chaque jour que nous ne ressentons plus le besoin de profiter à tout prix de chaque instant ?

Trois heures plus tard, alors que Leah s'apprêtait à se coucher, on frappa à sa porte. Resserrant les pans de sa robe de chambre, elle alla ouvrir.

Sebastian se tenait devant la porte, vêtu d'une cape noire. Il tendit la main. Au creux de sa paume, il y avait une petite boîte enveloppée de papier brun.

— Un cadeau pour vous. J'ai omis de vous dire qu'en plus de rendre visite aux fermiers du domaine, nous sommes aussi allés vous acheter quelque chose au village.

— Nous ? répéta Leah.

Elle faillit lui demander pourquoi il l'avait quittée si brusquement en début de soirée, mais se ravisa. Tout allait bien entre eux, semblait-il. Sebastian était là et arborait un sourire charmeur qui lui fit battre le cœur.

Il haussa les épaules.

— C'est Henry qui l'a choisi, même s'il a payé avec mon argent. Par conséquent, je pense que oui, nous l'avons acheté ensemble.

Leah s'empara du cadeau en question et ôta le papier. Il dissimulait une petite boîte en argent.

— Que c'est joli ! s'exclama-t-elle en la tournant entre ses doigts pour l'admirer.

— Henry aime les boîtes. Mais il y a quelque chose à l'intérieur de celle-ci, précisa-t-il. Ouvrez-la vite, sinon nous allons être en retard.

— En retard ?

Leah souleva le couvercle et découvrit un ruban de satin bleu bordé de dentelle.

— Henry voulait vous offrir un ruban pour les cheveux, expliqua Sebastian. Il l'a choisi lui-même, ajouta-t-il en déposant un baiser dans le cou de la jeune femme.

— Vous auriez dû le laisser me l'offrir.

— Sans doute. Mais je cherchais un prétexte pour venir vous voir.

Frémissante, Leah referma le petit coffret. Elle tourna la tête et rencontra les lèvres de Sebastian.

— Maintenant, je veux que vous veniez avec moi, décréta-t-il.

— Où allons-nous ?

Elle voulut s'abandonner contre lui, mais il s'écarta et regagna la porte.

— Je vous emmène faire une promenade secrète. Une aventure, en quelque sorte, dit-il en haussant les sourcils.

Leah balaya du regard sa haute silhouette. Elle était prête à le suivre, bien sûr. Aurait-il décidé de l'emmener en France, sur une mer démontée, dans une coquille de noix, qu'elle aurait accepté.

— Un moment, je dois...

— Chut, fit-il. Parlez à voix basse ou nous risquons de nous nous faire pincer.

Incapable de réprimer un sourire, elle recula dans la chambre et referma la porte. Elle enfila à la hâte une robe toute simple, jeta une cape sur ses épaules, et rejoignit Sebastian dans le couloir.

— Me voilà, monsieur.

— Parfait, dit-il avant de l'attraper à bras-le-corps et de la hisser en travers de son épaule.

— Sebastian ! cria-t-elle en se débattant.

Sa capuche retomba devant ses yeux, l'empêchant de voir où il l'emmenait. Elle agrippa sa cape à pleines mains pour ne pas tomber tandis qu'il descendait l'escalier.

— Vous n'êtes pas très discrète, la gronda-t-il.

Du coin de l'œil, elle aperçut deux valets de pied, juste avant que Sebastian franchisse la porte.

— À quoi bon être discrète alors que tous les domestiques voient que vous m'enlevez ?

Sebastian lui tapota le postérieur comme pour la calmer. Puis, tandis qu'ils s'éloignaient de la maison, ses petites tapes se transformèrent en une caresse sensuelle.

— Sebastian ! s'écria-t-elle, partagée entre rire et désir.

— Avant notre mariage, vous m'avez dit que vous vouliez des aventures, dit-il. Vous vous en souvenez ?

— Oui. Je me souviens aussi d'avoir réclamé mon indépendance. Être jetée sur l'épaule d'une brute sans savoir où je vais ne me donne pas l'impression d'être très indépendante.

— Ma pauvre petite femme. Eh bien, on ne peut pas tout avoir dans la vie, pas vrai ?

Elle sentit sa main s'insinuer sous ses jupes.

— Ne faites pas cela, l'avertit-elle.

— Quoi ? dit-il. Cela ?

Ses doigts continuèrent leur progression, remontant le long de sa cuisse.

— Sebastian !

— Nous sommes arrivés, annonça-t-il.

Il la fit glisser le long de sa poitrine pour la déposer sur le sol, puis la tint par les hanches le temps qu'elle recouvre son équilibre.

Alors que l'air frais balayait son visage en feu, Sebastian lui souleva doucement le menton et l'embrassa.

Elle ferma les yeux. Jamais elle n'aurait cru être capable d'apprécier de nouveau un baiser. Mais quand les mains de son mari glissèrent vers ses seins, elle se raidit malgré elle, et se le reprocha aussitôt. Il n'insista pas et, après un dernier baiser, passa derrière elle.

Leah se sentit perdue. Pourquoi était-elle encore aussi méfiante ? Elle n'avait aucune raison de ne pas lui faire confiance. Il lui avait prouvé à de multiples reprises qu'il était différent de Ian.

Elle se tourna vers lui pour s'excuser, mais avant d'avoir pu articuler un mot, elle aperçut la petite embarcation qui dansait sur l'eau. Il l'avait emmenée près du lac qui se trouvait sur le domaine. N'ayant pas emporté de lampe, ils n'étaient éclairés que par la lune et les étoiles, obscurcies de temps à autre par les nuages qui se bousculaient dans le ciel d'automne. Le lac était entouré d'arbres, si bien qu'ils avaient l'impression d'être isolés du reste du monde. Sebastian grimpa dans la barque, puis lui tendit la main.

— C'est parce que je vous ai gâché votre plaisir le jour où vous aviez décidé de nous emmener faire une promenade en bateau.

— Il fait trop froid, vous ne croyez pas ? fit-elle tout en s'avançant vers lui. Et il fait nuit. Nous risquons de chavirer, ou de heurter quelque chose.

— Je ne vous laisserai pas tomber par-dessus bord, la rassura-t-il en l'aidant à prendre pied dans la barque.

Elle jeta un coup d'œil au ciel tout en s'asseyant.

— On dirait qu'il va pleuvoir.

— Leah, reprit-il comme ils s'écartaient de la rive. C'est une aventure. S'il arrive quelque chose de terrible, cela fera partie du jeu.

— Vous pensez que c'est possible ?

Il rit tout en dirigeant le bateau vers le centre du lac.

Leah ne put s'empêcher de sourire. Dans la lumière argentée de la lune, elle contempla les mouvements de son torse et de ses épaules tandis qu'il ramait vigoureusement.

Au bout de quelques minutes, il sortit les rames de l'eau et les cala sur les côtés, laissant la barque dériver.

— Vous vous rappelez la soirée à Linley Park, quand je vous ai embrassée dans le jardin, et que vous vous êtes enfuie ? demanda-t-il.

— Bien sûr.

C'était la première fois qu'il la touchait. À ce souvenir, une onde de chaleur se déploya en elle.

— Je ne crois pas que vous puissiez vous enfuir, à présent, n'est-ce pas ? murmura-t-il.

Leah se raidit.

— Sebastian ?

— J'ai pensé à différentes façons de vous dire cela, reprit-il en se frottant la mâchoire. Et j'y ai songé plusieurs fois. En vérité, j'ai l'impression qu'il n'existe pas de bon moment pour le faire.

— Vous ne voulez plus de moi, souffla-t-elle, car cela lui semblait la conclusion la plus évidente.

Il laissa sa main retomber et la fixa sans ciller.

— Je vous aime, Leah.

Elle eut chaud soudain, puis froid. Et parce que la politesse était profondément ancrée en elle, elle ne trouva qu'une chose à dire :

— Merci.

— Merci ? répéta-t-il avec un rire incrédule. Merci ?

— Je ne sais pas quoi dire.

Elle baissa les yeux, et ils gardèrent le silence un moment. Lorsqu'elle se risqua à le regarder de nouveau, il déclara tristement :

— J'ai fait une erreur, n'est-ce pas ? J'avais raison dès le début : je n'aurais jamais dû vous demander en mariage.

— Je... je suis heureuse de vous avoir épousé, Sebastian. Vraiment. Et j'adore Henry.

— Nous ne parlons pas de Henry, répliqua-t-il avec un geste agacé. Mais de vous et de moi. Et du fait que vous ne me pardonnerez jamais.

— Je n'ai rien à vous pardonner...

— Vous ne pardonnerez jamais à Ian...

— Je lui ai pardonné depuis longtemps !

La barque se balança et de petites vagues vinrent lécher le bord. Frissonnante, Leah resserra les pans de sa cape.

— Il ne s'agit pas seulement de Ian, expliqua-t-elle en soupirant. Il s'agit aussi d'Angela.

Elle vit la surface de l'eau frémir, puis une goutte s'écrasa sur sa joue.

— Angela ? fit-il avec impatience.

— Il pleut. Nous devrions rentrer.

— Non. Ce n'est qu'une petite bruine. Vous ne vous enfuirez pas, cette fois.

Avant même qu'il ait achevé sa phrase, un roulement de tonnerre ébranla le ciel, et la pluie se mit à tomber à verse. Sebastian jeta un regard noir à la jeune femme comme si elle était responsable de ce déluge.

— Très bien. Je vais nous ramener à terre, mais cette conversation n'est pas terminée, la prévint-il.

Leah accueillit ce répit avec soulagement.

— Pourquoi dites-vous qu'il s'agit d'Angela ? enchaîna-t-il en reprenant les rames.

Elle feignit de ne pas avoir entendu.

— Leah ? répéta-t-il un peu plus fort. Que vouliez-vous...

— Rien. J'aurais dû ne rien dire, répliqua-t-elle en haussant la voix pour dominer le bruit de la pluie.

— Vous avez commencé, alors allez jusqu'au bout.

Il jeta un coup d'œil par-dessus son épaule pour diriger la barque.

— Je ne suis pas elle, Sebastian.

Il ouvrait la bouche pour répondre lorsque le bateau heurta la rive et projeta la jeune femme en avant. Sebastian sauta à terre, attacha la barque, puis entra dans l'eau. Leah s'était levée et lui tendait les mains, mais il la prit par la taille, la souleva et la plaqua contre lui.

Dès qu'il fut sorti de l'eau, elle ordonna :

— Posez-moi sur le sol !

Il obtempéra, non sans lui maintenir les poignets pour l'empêcher de s'enfuir.

— Je sais que vous n'êtes pas Angela ! cria-t-il par-dessus le rugissement du vent.

— Vous me comparez à elle depuis le début. Je n'avais pas le même parfum, je ne me comportais pas comme elle.

— Je vous ai demandé pardon.

— C'est vrai. Mais vous l'aimiez. Ian l'aimait. Elle était tout ce que je ne suis pas.

Il voulut l'attirer à lui et l'abriter sous sa cape, mais elle se libéra si brusquement que sa capuche retomba en arrière.

— Je suis désolée, mais je ne suis pas la femme qu'il vous faut.

Sur ce, elle tourna les talons, et s'éloigna en courant, glissant sur le sable mouillé.

— Je suis content que vous ne soyez pas Angela !

— Peu importe ! s'écria-t-elle, le visage trempé de pluie et de larmes mêlées. Elle sera toujours là, entre nous. Comme elle l'était entre Ian et moi. Vous n'en êtes pas conscient pour le moment, mais vous vous en rendrez compte bientôt. Un jour vous vous réveillerez, et elle vous manquera. Vous regretterez qu'elle ne soit pas là, à ma place. Vous…

Une main s'abattit sur son épaule, l'obligeant à faire volte-face. Elle perdit l'équilibre, mais Sebastian la retint.

— Bon sang, écoutez-moi ! gronda-t-il en l'agrippant. Ce sera toujours vous. Vous, Leah ! Vous !

Il encadra son visage de ses mains et l'embrassa. Leah le saisit aux poignets pour résister à l'assaut de sa bouche. Il était sauvage, impitoyable. Disparu, le gentleman qui lui avait donné du plaisir la veille au soir. Disparu, le mari compréhensif qui l'avait tenue toute la nuit dans ses bras. Son baiser était dur, exigeant. De la langue, il franchit le barrage de ses lèvres, et elle l'accueillit avec bonheur, se laissa emporter par la vague puissante de la passion.

La pluie qui s'abattait sur elle l'obligeait à fermer les yeux et à s'abandonner aux sensations : la chaleur des mains de Sebastian, son corps brûlant contre lequel elle voulait se plaquer, sa bouche qui dévorait la sienne.

Elle tira sur sa cape, sa chemise, empoigna à pleines mains le tissu mouillé pour le repousser. Ses doigts se débattirent avec sa ceinture. Finalement elle renonça et pressa la paume contre son érection à travers l'étoffe de son pantalon.

Sans cesser de l'embrasser, Sebastian lui caressa les seins, le ventre, puis lui remonta sa jupe trempée haut sur ses cuisses.

Elle interrompit leur baiser, et s'écria, haletante :

— Sebastian !

Il reprit sa bouche, tout en caressant sa chair intime. Elle vacilla, et tous deux tombèrent à genoux. La pluie ruisselait sur eux, mais ils n'en avaient cure. Leah s'allongea sur le dos en l'attirant sur elle. Elle parvint enfin à lui déboutonner son pantalon, et libéra son sexe – il était dur et chaud dans sa main.

Sebastian s'arracha à sa bouche et la contempla. Elle écarta alors les jambes, cambra les reins, offerte.

— Je vous aime aussi, avoua-t-elle, avant de presser de nouveau ses lèvres sur les siennes.

Il se pétrifia. Elle répéta son aveu à voix basse, tout contre sa bouche, et ce fut comme si une barrière était tombée. Il entra en elle d'un puissant coup de reins, l'écartelant, l'emplissant tout entière.

Ils ondulèrent ensemble, s'aimèrent avec ardeur et frénésie, jusqu'à l'explosion finale qui les emporta tel un raz-de-marée.

La pluie martelait leurs corps unis, leurs cœurs battaient à l'unisson, ils ne faisaient plus qu'un. Sebastian releva alors la tête et lui prit le menton.

Un éclair illumina le ciel, et le monde devint blanc. Puis le tonnerre roula au-dessus d'eux, et Sebastian l'embrassa de nouveau avec fougue.

23

Comme que j'aimerais que cet enfant soit le tien ! Si je t'avais rencontré le premier...

Assise sur le sol, dans la chambre de Sebastian, Leah s'essuyait les cheveux devant le feu. Elle entendit le bruit étouffé des pas de Sebastian sur le tapis. Il s'assit derrière elle, étendit les jambes de chaque côté de son corps, et lui ôta la serviette des mains.

Puis il l'attira contre son torse et l'entoura de ses bras, le menton appuyé sur le sommet de son crâne. Ils contemplèrent les flammes, laissant la douce chaleur les envelopper.

Leah se détendit peu à peu, s'abandonna contre lui. Confiante.

— Je voulais cela depuis si longtemps, lui chuchota-t-il à l'oreille. Te tenir dans mes bras. Et que tu me fasses confiance.

— Mais je ne doutais pas de toi, affirma-t-elle en basculant la tête en arrière pour le regarder. C'est en moi que je n'avais pas confiance.

Une lueur amusée s'alluma dans les beaux yeux verts.

— Tu veux dire que tu ne pouvais pas me résister ? Être irrésistible ferait-il partie de mes nombreux défauts ?

— Oui, sourit-elle.

Elle se tourna entre ses bras, s'agenouilla et l'enlaça.

— Je savais que tu ne me permettrais pas de rester enfermée en moi-même, comme je l'aurais voulu. J'avais peur de te toucher, peur, si je te laissais un tant soit peu le contrôle, de n'avoir plus rien.

— Et maintenant ? demanda-t-il gravement.

Elle lui lissa les cheveux, suivit de l'index la ligne de son nez, puis de sa bouche, et quand il lui mordilla le doigt, une bouffée de désir la traversa.

— Maintenant, je te touche, et je ne me suis jamais sentie aussi puissante. Tu me donnes de la force.

Sebastian s'appuya sur ses mains, et la contempla.

— Dis-moi ce que je dois faire, Leah.

Elle fit glisser son regard sur son torse, s'arrêta sur la peau nue visible entre les pans de sa robe de chambre.

— Laisse-moi te donner du plaisir, répondit-elle en dénouant sa propre robe de chambre. Pour commencer.

Elle posa les mains sur ses chevilles, remonta lentement, s'immobilisa sur ses genoux, puis s'aventura plus haut, à l'intérieur de ses cuisses.

Il tressaillit, et laissa échapper un juron. Le sourire aux lèvres, Leah lui défit sa ceinture et fit glisser son vêtement sur ses épaules. Elle n'aurait su dire ce qu'elle préférait : que Sebastian soit nu devant elle, ou les délicieux baisers qu'il déposait au creux de son épaule. Les deux sans doute.

— Ce n'est pas moi qui te donne du plaisir, fit-elle remarquer.

— Non ? dit-il en se penchant pour promener les lèvres sur son sein. Alors, je crains de devoir te demander pardon, car c'est cela qui me donne du plaisir.

Leah soupira quand il lui empoigna les fesses et gémit lorsqu'il aspira la pointe d'un sein dans sa bouche. Elle se laissa aller contre lui, se pressant contre son érection.

— Tu m'as raconté tes fantasmes, Sebastian…

Elle s'interrompit et poussa un petit cri quand, l'une de ses mains glissant sur ses fesses, un doigt s'aventura dans son intimité.

— Mais… je n'ai pas eu l'occasion… de te révéler les miens, poursuivit-elle, pantelante.

Il souffla doucement sur la pointe humide de son sein, lui arrachant un frisson.

— Tu te souviens de cette promenade en voiture que nous avons faite à Londres, quand tu m'as demandé ma main ?

— Bien sûr.

S'appuyant d'une main à son épaule, Leah enroula les doigts autour de son sexe tendu. Sebastian inspira brièvement et ferma les yeux.

— Je te désirais déjà à ce moment-là, avoua-t-elle. Et j'ai pensé à ceci.

Elle fit aller et venir sa main lentement, fascinée par la passion qui se lisait sur ses traits.

— Je vais te raconter mes fantasmes, chuchota-t-elle.

Sebastian chercha ses lèvres, et elle déposa un rapide baiser sur sa bouche.

— J'avais envie de relever mes jupes, là, dans la voiture, continua-t-elle.

Il se cambra comme elle promenait le pouce sur l'extrémité engorgée de son sexe.

— J'imaginais que tu t'agenouillais devant moi, que je posais les jambes sur tes épaules, et que tu m'embrassais...

Elle s'empourprait à mesure qu'elle déroulait son récit, et c'était la chose la plus excitante qu'il ait jamais vue. Il continua ses caresses intimes, et elle gémit doucement.

— Que se passait-il ensuite ? voulut-il savoir.

Le lâchant, elle appuya sur ses épaules jusqu'à ce qu'il se retrouve allongé sur le tapis. Il serra les dents lorsqu'elle s'assit à califourchon sur lui. Elle s'inclina sur lui, l'embrassa, le taquina de la langue.

— Avant que j'aie eu le temps de jouir, murmura-t-elle, tu te redressais, tu nouais mes jambes autour de ta taille...

Elle le regarda entre ses paupières mi-closes, l'empoigna, puis, d'un mouvement souple, le prit en elle. Elle était si étroite, tellement humide, qu'il dut faire appel à toute sa volonté pour ne pas jouir dans l'instant.

— Et tu me possédais, conclut-elle dans un souffle.

Sebastian souleva les hanches, s'enfonçant plus profondément en elle. Puis il commença à onduler, cherchant un rythme susceptible de plaire à Leah. Il ne lui fallut pas longtemps pour le trouver, et tandis qu'il plongeait en elle, encore et encore, le plaisir monta crescendo. Il lui agrippa la taille juste avant que l'extase la balaye, ses muscles intimes se contractant follement autour de lui.

— Tu aimes quand je te possède, Leah ?

Pantelante, elle le regarda, et ses lèvres s'incurvèrent sur un lent sourire.

— Oh oui ! admit-elle, et, sans le quitter des yeux, elle entreprit de le chevaucher jusqu'à ce que le flot tumultueux de la jouissance l'emporte à son tour, lui coupant le souffle.

Les paupières closes, il retomba lentement sur terre, recommença à respirer normalement. Lorsqu'il rouvrit les yeux, Leah se tenait au-dessus de lui, affichant une expression à la fois tendre et ouvertement suffisante.

— Je t'ai fait perdre le contrôle, observa-t-elle.

— Oui, admit-il avant de l'embrasser.

Puis il la fit basculer près de lui et posa la main sur son ventre.

— Mais tu n'as pas joui avec moi, ajouta-t-il.

Arquant un sourcil, elle lui prit la main, la fit remonter jusqu'à son sein.

— Avez-vous l'intention de remédier à cela, monsieur ?

— Sur-le-champ. Dès que tu m'auras redit que tu m'aimes, précisa-t-il contre sa bouche.

— Je t'aime.

— Je n'ai pas entendu.

— Je t'aime.

— Hmm… toujours rien.

— Est-ce ta façon de me torturer, Sebastian ?

— Peut-être.

— Très bien. Je t'aime. Je t'aime. Je t'aime.

— Encore une fois, je ne m'en lasse pas.

— Je t'ai…

Il donna un coup de langue sur la pointe de son sein et elle frissonna.

— Chut, Leah. Je t'aime aussi.

— Ai-je pensé à ajouter « autoritaire » à la liste de tes défauts ?

Il continua de la caresser.

— Sebastian ?

— Leah… tais-toi.

Elle poussa une petite exclamation de plaisir, et murmura :

— Comme vous voudrez, monsieur.

Épilogue

Je t'enverrai encore une lettre pour te confirmer l'heure du départ, et ensuite nous serons ensemble.

Londres, avril 1850

Leah posa la théière, et tendit sa tasse à lady Elliot.
— Je suis heureuse d'apprendre que lord Elliot va mieux.
— Oh, il va se rétablir ! assura lady Elliot avec un geste désinvolte. Le vicomte a la vigueur d'un homme de vingt ans, si vous voyez ce que je veux dire.
Adelaide fut prise d'une petite quinte de toux, et Béatrice lui tapota le dos tandis qu'elle portait un mouchoir de batiste à ses lèvres. Elle n'avait même pas eu à le sortir de sa poche. Elle le gardait à portée de main, comme si elle s'attendait à une énième remarque osée de la vicomtesse.
Lady Elliot regarda Leah en haussant les sourcils.
— Devrais-je présenter des excuses ?
Mme Meyer poussa un soupir et se cala dans son fauteuil.
— Tous les hommes n'ont pas la constitution de ton mari, Verna. Si tu en parles trop souvent, tu finiras par avoir l'air de te vanter.

Leah ajouta une cuillère de sucre dans son thé.

— Je ne dirais pas que lord Elliot est le seul…

— Leah ! s'exclama sa mère.

— Nous devrions peut-être changer de conversation, car ma sœur est encore jeune fille.

— M. Grimmons est toujours follement amoureux d'elle, déclara Adelaide en repliant son mouchoir.

— Mère, fit Beatrice d'un ton d'avertissement.

— Je voulais juste dire que si tu ne parviens pas à trouver un mari au cours de la saison, en dépit de mes conseils, nous aurons toujours une solution de secours. Je suis sûre que M. Grimmons t'attendra encore quand nous retournerons à la campagne.

Une voix d'enfant résonna dans le couloir et tous les regards convergèrent vers la porte. Une seconde plus tard, Sebastian entrait en tenant Henry par la main. Leah contempla son mari et son fils. Les cheveux de ce dernier commençaient à foncer. Il avait toujours les yeux bleus d'Angela, mais son sourire était la réplique de celui de son père.

— Grand-mère ! Grand-mère ! Regardez ma *crate*.

Sebastian s'excusa d'un petit sourire.

— Il a insisté pour porter lui aussi une cravate, aujourd'hui.

Henry lâcha la main de Sebastian et se précipita vers Adelaide, qui lui tendit les bras.

— Henry, appela doucement Leah. N'oublie pas les bonnes manières.

Le petit garçon s'arrêta net, et salua poliment chaque dame présente. Il sourit à Béatrice, qui lui fit un clin d'œil.

— Quel parfait gentleman, déclara lady Elliot.

Henry toucha le ruban de soie à pois bleus noué autour de son cou.

— Vous avez vu ma crate ?

— Bien sûr, dit Mme Meyer. Tu ressembles tout à fait à ton papa, maintenant, n'est-ce pas ?

Rayonnant de fierté, Henry se tourna vers Adelaide.

— Vous avez vu ma crate, grand-mère ?

Sebastian se pencha discrètement vers son épouse et l'embrassa sur la joue.

— Hello, mon amour.

— Tu ne pouvais pas te passer de moi une heure ou deux ? Vraiment, Sebastian, je vais finir par croire que tu es amoureux de moi.

— Oh, mais je le suis ! lui murmura-t-il tout en souriant aimablement à lady Elliot et à Mme Meyer.

— Tu me manquais aussi.

— Tu ne vas pas me gronder d'interrompre une fois de plus ton thé ?

Henry se mit à pleurnicher.

— Papa dit que je n'aurai pas de crème glacée, expliqua-t-il à Adelaide avant de lancer un regard triste à ses parents.

Adelaide émit un petit reniflement et le prit sur ses genoux.

— Tu dois obéir à ton papa. Mais grand-mère t'en donnera tout de même quand tu seras avec elle.

Peu après, les invitées se levèrent, abandonnant leur tasse à moitié pleine. Apparemment, tout le monde avait décidé d'aller s'offrir de la crème glacée.

Henry courut vers Leah, avec un grand sourire.

— Papa t'a-t-il dit de demander de la crème glacée à grand-mère ? chuchota-t-elle.

Il regarda tour à tour son père, puis Leah, et hocha la tête.

— Vas-y, dans ce cas ! fit-elle en riant. Attends, Henry.

Le petit garçon s'immobilisa et se tourna vers elle.

— Je t'aime, souffla-t-elle.

— Moi aussi, maman.

Il rejoignit Béatrice et Adelaide, qui lui prirent chacune une main. Quand tout le monde fut sorti, Leah croisa les bras.

— La prochaine fois, n'attends pas aussi si longtemps, lui suggéra-t-elle.

— Tu veux que l'on vienne au bout d'une demi-heure ?

— Plutôt vingt minutes. Ou même dix.

Sebastian sourit et la prit par la taille.

— Je commence à croire, lady Wriothesly, que c'est vous qui êtes obsédée par moi.

— Et si c'est le cas ? répliqua-t-elle.

— Je t'en prie, ne change jamais.

— Je n'en ai pas l'intention, assura-t-elle. Figure-toi que j'ai eu une idée, enchaîna-t-elle. La prochaine fois, j'enverrai Henry et sa nurse prendre le thé chez ma mère. Elle l'emmènera peut-être faire une promenade. Je donnerai congé pour la journée aux autres domestiques. Nous serons seuls à la maison.

— Tout seuls ?

Leah hocha la tête. Sebastian lui sourit d'un air coquin, et murmura :

— Voilà une idée qui mérite un baiser, madame.

Remerciements

Merci à mon éditeur Jesse Feldman, qui est très vite devenu ma planche de salut pendant ce voyage au pays de l'écriture. Grâce à vous mes bonnes idées sont devenues excellentes, et mes divagations compréhensibles. Je suis si heureuse que le hasard ait fait atterrir mon manuscrit sur votre bureau, et tellement reconnaissante pour votre soutien et vos conseils.

Merci à mon merveilleux agent Sara Megibow, qui ne cesse d'aller au-delà de mes espérances. J'ai une chance folle de vous avoir à mes côtés, et je suis fière de faire partie de votre équipe. Merci pour tout.

Comme toujours, un immense merci à Anna Randol et Kat Brauer, mes deux fabuleuses copines auteurs et critiques, qui ne tarderont pas à bouleverser la planète du roman.

Merci à ma famille et à mes amis pour m'avoir encouragée dans mon nouveau rôle d'écrivain. Un merci tout particulier aux Henderson-Metzger qui ont acheté les premiers exemplaires de mes livres, et à Lynett qui m'a montré comment les vendre.

Enfin, merci à tous les auteurs, blogueurs, et lecteurs grâce à qui cette première année en tant qu'écrivain a été fabuleuse. Je pense tout spécialement à Rita,

Danielle, Paige, Linda, Shane, Kris, Katharine, Jeanne, Buffie, Aislynn, Kati, Ely, Alyssa, Donna, mes collègues de l'agence NLA, les auteurs de CRW, la RA Army, et tous ceux qui ont participé à la First Annual March Madness Blog Party. C'est grâce à vous que le roman d'amour se porte si bien.

Découvrez les prochaines nouveautés
des différentes collections J'ai lu pour elle

AVENTURES
& PASSIONS

Le 2 octobre

Inédit **_La trilogie Fitzhugh - 2 - Elle, et aucune autre_**

Sherry Thomas

Fou amoureux d'Isabelle, lord Fitzhugh a dû se résoudre à épouser Millie, héritière d'un riche industriel. Une jeune fille si banale comparée à la fougueuse Isabelle. Révolté, il a exigé que leur mariage reste platonique. Huit ans après, Isabelle revient des Indes, veuve et libre. Fitz va enfin pouvoir la retrouver. C'est compter sans Millie qui va soudain se montrer sous un autre jour.

Inédit **_Dame de cœur, atout pique_**

Cecilia Grant

1816, Londres. Lydia Slaughter, prostituée, s'y connaît aussi bien aux jeux qu'en hommes et n'hésite pas à user de tous les artifices pour arriver à ses fins. Lors d'une soirée, elle va plumer purement et simplement Will Blackshear. Ce dernier est un homme audacieux et, tout comme elle, il a impérativement besoin d'argent. Une alliance pourrait s'avérer très rentable pour tous les deux. Mais cet arrangement implique des paris risqués en échange de délices charnel.

N'aimer qu'une fois **LaVryle Spencer**

1837. Île de Nantucket. Lorsque son époux, Rye Dalton disparaît en mer, Laura se réfugie dans les bras de Dan, son ami d'enfance. Son enfant aura besoin d'un père. Quatre ans plus tard, Laura mène une existence paisible avec son fils Josh et son mari. Alors, quand Rye réapparaît, Laura est tiraillée entre deux hommes. Incapable d'oublier celui qu'elle n'a jamais cessé d'aimer, elle doit faire un choix : trahir son cœur ou sa parole.

Le 16 octobre

Inédit *Un mari apprivoisé* ❧ **Hope Tarr**

1860. Après avoir passé toute son enfance à l'orphelinat, Patrick O'Rourke est devenu un homme d'affaires prospère. Il lui faut désormais penser à se marier. Lors d'une réception, il tombe sous le charme de lady Katherine Lindsey, jeune et belle aristocrate. Une femme inaccessible. Mais lorsqu'elle va mettre au point un chantage dans le but d'accepter un mariage de convenance avec Rourke, Katherine lui montre une autre facette de sa personnalité. Rapidement naît entre eux une passion dévorant

Inédit *Maîtres et seigneurs - 2 - Le maître de mes tourments* ❧ **Karin Tabke**

1067. Comme ses compagnons, Wulfson de Trevelyn, s'est engagé à servir le roi Guillaume le Conquérant. Chargé d'exécuter la princesse Tarian, qui est accusée de meurtre et de traîtrise, il se rend au domaine de Draceadon. Il y découvre une magnifique jeune femme en détresse et tombe sous le charme de cette Saxonne à la beauté ensorcelante. Dès lors, Wulfson ne se pose plus qu'une seule question : sa fidélité au roi résistera-t-elle à son amour pour Tarian?

La fraternité royale - 2 - Escorte de charme
❧ **Sabrina Jeffries**

Marcus North, vicomte Draker, n'a pas pardonné à sa mère de l'avoir conçu hors mariage. Redoutant que sa sœur ne suive le même chemin, il la surveille de près et lui interdit de revoir Simon Tremaine. N'ayant pas l'habitude de recevoir de la visite, il tombe des nues lorsque Régina Tremaine se présente à l'improviste pour plaider la cause de son frère. Marcus refuse de l'écouter. Mais, lorsqu'elle évoque l'éventualité de rencontres secrètes, il lui propose un marché : si elle l'autorise à lui faire la cour, il acceptera que Simon revoie sa sœur !

CRÉPUSCULE

Le 2 octobre

Inédit

***Les ombres de la nuit - 9 - La prophétie du guerrier* Kresley Cole**

Assassiné avant d'avoir pu épouser la sublime Regin, Aidan le Fier n'a de cesse de poursuivre sa bien-aimée. Depuis l'éternité, il arpente le monde des vivants sous différentes identités, en quête de son amour perdu. Réincarné aujourd'hui en un puissant guerrier celte, il est prêt à tout pour réintégrer le monde qui lui est interdit et conquérir sa promise…

Le 16 octobre

Inédit

***Les exilés d'Austin - 1 - Insolente créature* Jennifer Ashley**

Créatures redoutées, les Garous inspirent peur et méfiance à tout humain qui se respecte. Excepté Kim Fraser. Choquée par les accusations portées contre Brian Smith dans une affaire de meurtre, Kim décide de faire justice elle-même en prouvant l'innocence du jeune Garou. Et pour élucider cette affaire, elle ne pourra compter que sur l'aide du séduisant et dangereux Liam Morrissey…

PROMESSES

Le 2 octobre

Inédit *Un amour à négocier* ☙ **Inara Scott**

À bientôt trente ans, Lisa Anderson est accaparée par son job d'avocate et par sa mère, atteinte d'Alzheimer. Aussi résiste-t-elle d'emblée aux avances de Brit Bencher, brillant homme d'affaires, rencontré lors d'une cession d'entreprise. D'ailleurs, que ferait ce légendaire amateur de mannequins avec une fille comme elle, un peu ronde, débordée de boulot ?

Le 16 octobre

Inédit *Destiny - 3 - La cascade aux murmures*

☙ **Toni Blake**

Incroyable ! Qui Tessa vient-elle de reconnaître en la personne de son nouveau voisin, ce motard tatoué et baraqué, terriblement sexy ? Lucky Romo, le bad boy qui faisait les quatre cents coups à Destiny au temps du lycée. Il serait donc revenu alors que tout le monde le croyait mort ? Contre toute attente, Lucky engage Tessa pour ses talents de décoratrice. La jeune femme, séduite, décide de donner un coup d'accélérateur à sa vie un peu trop paisible. Lucky l'entraîne alors dans son univers excitant, dangereux. Mais les secrets de son lourd passé vont bientôt les rattraper...

Passion intense

Des romans légers et coquins

Le 2 octobre

Inédit ***H.O.T. - 2 - Exquise luxure***

Lacey Alexander

Ex-membre des H.O.T. désormais avocat, Ethan file le parfait amour avec Mira Adams. Leur relation est stable, or la jeune femme se sent délaissée par Ethan, trop investi dans son travail. Pour se rattraper, à l'occasion de l'anniversaire de sa bien- aimée, il lui organise donc la plus folle des surprises : un week-end passionné… à trois, avec Rogan Wolfe, l'ex-petit-ami de Mira.

Le 16 octobre

Inédit ***Les frères McCloud - 4 - L'aube de minuit***

Shannon McKenna

La vie de Sam McCloud a basculé à l'âge de 19 ans, à la mort de son frère jumeau. Depuis, chaque année à la date anniversaire, Sam noie son chagrin dans l'alcool et la débauche. Jusqu'au jour où il se réveille au côté de la divine Liv Endicott. Malgré la passion qu'elle lui inspire, Sam coupe tout contact avec elle. Or quand il comprend que Liv court un grand danger, il abandonne toute mélancolie et passe à l'acte…

Et toujours la reine du roman sentimental :

Barbara Cartland

« Les romans de Barbara Cartland nous transportent dans un monde passé, mais si proche de nous en ce qui concerne les sentiments.
L'amour y est un protagoniste à part entière : un amour parfois contrarié, qui souvent arrive de façon imprévue.
Grâce à son style, Barbara Cartland nous apprend que les rêves peuvent toujours se réaliser et qu'il ne faut jamais désespérer. »

Angela Fracchiolla, lectrice, Italie

Le 2 octobre
Pour l'éternité
Princesse d'un jour

10139

Composition
FACOMPO

Achevé d'imprimer en Italie
par GRAFICA VENETA
le 19 août 2013.

Dépôt légal : août 2013.
EAN 9782290057896
L21EPSN000942N001

ÉDITIONS J'AI LU
87, quai Panhard-et-Levassor, 75013 Paris

Diffusion France et étranger : Flammarion